TRINITY TAYLOR

GIB'S MIR!

EROTISCHE GESCHICHTEN

www.blue-panther-books.de

BLUE PANTHER BOOKS TASCHENBUCH
BAND 2221
1. AUFLAGE: DEZEMBER 2016

VOLLSTÄNDIGE TASCHENBUCHAUSGABE
ORIGINALAUSGABE
© 2016 BY BLUE PANTHER BOOKS, HAMBURG
ALL RIGHTS RESERVED
COVER: DARIYA2 @ 123RF.COM
UMSCHLAGGESTALTUNG: WWW.HEUBACH-MEDIA.DE
GESETZT IN DER TRAJAN PRO UND ADOBE GARAMOND PRO
PRINTED IN GERMANY
ISBN 978-3-86277-583-5
WWW.BLUE-PANTHER-BOOKS.DE

INHALT

1. Verborgene Wünsche 5

2. LustKampf 29

3. In der Höhle des Löwen 55

4. Wild und nass................. 83

5. NotGeil 107

6. Harte Männer 143

7. Ausgespannt 181

8. SexGedanken .... im Internet / 211

Mit dem Gutschein-Code

TT8TBHEQR

erhalten Sie auf www.blue-panther-books.de
diese exklusive Zusatzgeschichte als E-Book
in den Formaten PDF, E-Pub und Kindle.
Registrieren Sie sich einfach online oder
schicken Sie uns die beiliegende Postkarte
ausgefüllt zurück!

VERBORGENE WÜNSCHE

»Und, sieht er gut aus?«, fragte Marie.

»Das fragst du immer als erstes«, gab ich seufzend von mir.

Marie nahm sich den Keks, der auf dem Rand ihres Cappu-ccino-Untertellers lag, und kaute aufgeregt, während sie sagte: »Das ist ja auch das Wichtigste, wenn man einen Menschen sieht! Und komm mir jetzt nicht mit inneren Werten und so'n Kram.«

Ich musste lachen. »Beinahe hätte ich es gesagt ...«

»Gott sei Dank, ich konnte dich davor bewahren! Nun erzähl schon.«

Ich nahm einen Schluck von meinem Cappuccino, aber nur, um Zeit zu gewinnen. Diese Sache war so verrückt!

»Tja, also ...« Ich blickte mich in dem Café um.

Marie und ich saßen draußen, das Café war voll besetzt und eine grün-weiß gestreifte Markise schützte uns vor den Sonnenstrahlen. Frauen in luftigen Kleidern und hübschen Flip Flops flanierten um uns herum, dazu passend der eine oder andere Mann in hellem Hemd, das offen über eine Jeans hing. Wir waren in Rom. Knatternd fuhr ab und an ein Mo-torroller vorbei und zurück blieb eine kleine Abgaswolke, die das Leben hier in dieser Stadt so authentisch machte.

»Lisa? Bist du weggetreten?« Marie hatte sich über den Tisch gebeugt.

Ich blickte zu meiner Freundin. »Nein, nur in Gedanken ... Also, ich habe diesen Mann über das Internet kennengelernt.«

Marie ließ sich in ihrem Korbstuhl nach hinten sinken. Enttäuschung machte sich auf ihrem Gesicht breit. »Im Internet?«

Ich wusste, dass sie als Romantikerin es nicht verstand, wenn man jemanden gezielt über eine Plattform suchte. Sie war der Meinung, der Richtige würde einem, wenn es an der Zeit wäre, über den Weg laufen.

»Das ist total unromantisch! Es ist, als würdest du dir ein Kleid bestellen.«

»Ich weiß, dass du das blöd findest. Aber es kann trotzdem romantisch sein. Man kennt sich ja schließlich noch nicht.«

Marie rührte in ihrem Cappuccino und sie nickte mir aufmunternd zu, doch ich wusste, dass sie mir ab jetzt nur noch fünfzig Prozent ihrer Aufmerksamkeit schenkte.

»Er ist ein Dom.«

»Was?!« Da war sie wieder. »Seit wann stehst du denn auf Sklavin, Sub, Unterwerfung, Peitschenhiebe und solche Sachen? Ich dachte ...«

»Dann lass es mich erzählen. Also, er schrieb mich an und fragte, ob ich nicht Lust hätte, ihn kennenzulernen. Doch ich schrieb ihm zurück, dass ich keine Sub wäre, weil sein Profil so angelegt war, dass er eine Sub suchte und da auch genaue Vorstellungen hatte. Zwar gefiel mir sein Profil, aber es machte ja keinen Sinn mit uns. Er schrieb daraufhin zurück, dass ihm sehr wohl bewusst sei, dass ich keine Sub bin, und er es außerdem sehr gut trennen könnte. Ich fragte ihn, ob es für ihn denn erfüllend sei, wenn er eine ›normalo‹ Frau wie mich trifft, bei der er sein Dom-Leben ja gar nicht ausleben könnte. Er meinte ... Marie, was ist denn, warum guckst du so komisch?«

Marie schüttelte ungläubig den Kopf. »Was erzählst du denn da alles? Ich dachte, du wolltest einen Mann kennenlernen?«

»Er ist doch ein Mann.«

»Schon. Aber in diesem Fall wirst du einen Mann *nur* für *Sex* kennenlernen. Das ist ein verdammt großer Unterschied.«

»Das stimmt. Aber genau das wollte ich. Denn ich bin nun seit drei Jahren Single und hatte das letzte Mal vor einem Jahr Sex. Ich bin ausgehungert! Ich sehne mich nach einem Mann, seinen Muskeln und seinem Schwanz!«

Mit offenem Mund starrte Marie mich an. Und als ich mich mit einem leichten Schwenk meines Kopfes zur Seite drehte, stellte ich fest, dass es auch andere Gäste taten. Der »Schwanz« war mir wohl ein bisschen zu laut über die Lippen gekommen, wobei ich mir wünschte, mir würde mal wieder einer zwischen die Lippen kommen.

Ich nahm einen Schluck Cappuccino und blickte auf die »Santa Maria Sopra Minerva«, eine der vielen Kirchen in Rom, die in der Nachmittagssonne lag. Früher hätte ich ein schlechtes Gewissen gehabt, heute nicht mehr. Ich war vor fünf Monaten vierzig geworden und hatte wohl nicht nur die drei vor meinem Alter abgelegt, sondern auch die Unsicherheit. Wenn Marie mich nicht verstand, dann war das erstens ihr Problem und zweitens war sie dann wohl nicht die Richtige für mich.

»Okay ... erzähl weiter«, sagte sie zögerlich, aber das Interesse stand ihr trotzdem ins Gesicht geschrieben. Selbst als ihr Handy klingelte, drückte sie den Anruf weg, ohne einen Blick auf das Display zu werfen, wer sie sprechen wollte.

»Eigentlich war es das auch schon«, sagte ich.

»Wie, das war es? Habt ihr euch denn nicht getroffen?«

»Nein, noch nicht. Aber wir haben ein Date.«

»Wo? Wann? Wofür?«

»In der Altstadt, in drei Tagen, für ... mal sehen. Erst mal trinken wir was und reden.«

»Was ist, wenn er dir nicht gefällt?«, wollte Marie wissen.

»Dann verabschiede ich mich nach dem Treffen.«

»Das könntest du?«

Ich nickte. »Natürlich. Das muss ich sogar. Ich kann doch nicht mit jemandem ins Bett, den ich nicht mag.«

Marie seufzte. »Das ist ja sowas von unromantisch.«

»Ach, meine Liebe«, lachte ich, »ich weiß, dass das in deinen Augen fern von jeglicher Romantik ist. Aber das soll es ja auch nicht sein. Ich brauche Sex. Und dafür brauche ich einen Mann. Und nun kenne ich einen.«

»Ja, aber er ist ein Dom!«

»Stimmt, aber das ist das kleinste Problem.«

»Also, ich weiß nicht ...«, zweifelte Marie.

***

Ich war aufgeregt. So locker, wie ich mit Marie über den Mann aus dem Internet – er hieß Mio – gesprochen hatte, war ich dann doch nicht. Zwar hatte ich noch zwei andere Männer zur Auswahl gehabt, aber Mio erschien mir am reizvollsten von den Dreien. Er hatte etwas in seiner Art zu schreiben, was ich mochte und auch sein Profil war verlockend für mich. Alles an dem Mann strahlte Mut, Souveränität und Stärke aus. Ich war sehr gespannt auf ihn.

In zwei Stunden würde ich ihn sehen. Mein Herz machte einen Satz. Das war bald, sehr bald. Doch noch stand ich, wie schon seit mehreren kostbaren Minuten, vor meinem Kleiderschrank. Drei Kleider hatte ich zur Auswahl. Ein Rotes, ein Dunkelgrünes in lang und ein Schwarzes. Sollte ich einen BH tragen? Hätte ich mir nur schon gestern die Sachen rausgelegt, doch gestern war ich genauso unschlüssig gewesen, hatte da gedacht, dass es besser wäre, zu prüfen, in welcher Stimmung ich mich am eigentlichen Tag befand. Tja, da stand ich nun. Ich entschied mich für das kleine Schwarze, damit konnte ich nichts falsch machen. Rot wirkte mir zu provokativ und ein langes Grünes zu lahm. Also schwarz. Dazu schwarze Pumps, silbernen dezenten Schmuck – und fertig. Noch war ich motiviert. Wie würde es sein, wenn er auf mich zutrat?

***

Eine Stunde und siebenundfünfzig Minuten später wusste ich es. Die Kamera hatte es gut mit ihm gemeint, in der Abendsonne wirkte er älter als auf den Bildern. Doch seine Ausstrahlung war enorm. Nicht er trat auf mich zu, denn er wartete bereits vor dem Restaurant, sondern ich auf ihn. Er trug einen dunklen Anzug und ein weißes Hemd, bei dem die ersten beiden Knöpfe geöffnet waren. Er kam mir zwei Schritte entgegen, blickte mir mit ernstem Gesichtsausdruck in die Augen, scannte meinen Körper und lächelte, als er meine Hand ergriff. Mein Herz galoppierte, während er mir rechts, links und rechts seine Wange an meine drückte und sagte: »Ich bin erfreut.«

Ich wurde rot und sagte leiser als gewünscht: »Hallo.«

»Komm, ich habe uns einen Tisch reserviert.« Er nahm meine Hand und ging vor.

Es wirkte wie selbstverständlich, dass wir so das Restaurant »Casa della Piacere« betraten.

Ich war unglaublich nervös. Immer wieder versuchte ich, mich auf mich zu besinnen und mir zu sagen, dass ich nur das sagen konnte, was ich sagte und nur tun konnte, was ich tat. Doch es fiel mir unglaublich schwer. Warum? Wollte ich keinen Fehler machen? Aber es war doch egal. Er war egal. Er war nur irgendein Mann, der Sex von mir wollte. War er blöd, würde ich mir sofort einen anderen suchen. Aber er war nicht blöd – im Gegenteil. Und das war mein Problem.

Mio war nett, höflich, ganz Gentleman. Und er hatte diese unglaubliche Aura. Er schien in sich zu ruhen. Das, was ich zu Hause in meinen vier Wänden auch tat, nur jetzt leider nicht.

»Es ist also dein erstes Mal«, stellte er fest und nahm einen Schluck Weißwein.

»Um Gottes Willen nein, ich habe schon oft ...« Es klingelte in meinem Hirn. Er meinte nicht den Sex, sondern das Date. Ich Trottel. Röte schoss mir ins Gesicht. Als ich es gerade richtig stellen wollte und versuchte, ihn selbstbewusst anzublicken, sah ich sein Grinsen. Er nahm noch einen Schluck und stellte schmunzelnd das Glas zur Seite.

»Ja, datemäßig, also das, was wir hier haben, schon. Damit meine ich allerdings, dass ich trotzdem schon diverse Dates hatte ...« Mist, er sollte nicht denken, dass ich viele Dates hatte und keiner von den Männern mich gemocht hatte. »Also, nicht so viele normale Dates. Nur manche. Wenige ...« Ich schluckte. Ich nahm meinen Wein, doch damit wurde es auch nicht besser, es verzögerte nur meine dämlichen Antworten. Ich wollte ihm aber einfach nicht das Gefühl geben, dass er es mit einem Dummchen zu tun hatte, also ging ich in die Offensive: »Du bist also Dom. Und nun sitzt du hier mit mir und bist zufrieden damit, dass ich keine Sub bin?« Ich wusste, dass das ein wunder Punkt für ihn sein musste. Deswegen gab ich mir noch mehr Sicherheit, indem ich anfügte: »Ich könnte auf meine Kosten kommen, aber du wirst nur einen Bruchteil von dem bekommen können, was du so liebst.«

Er sah mich schmunzelnd an. Damit machte er mich ungeheuer nervös, denn ich hatte das Gefühl, dass ihn überhaupt nichts aus der Ruhe bringen konnte.

»Das stimmt nur zum Teil«, sagte er. »Denn ich kann das sehr gut trennen.«

»Verstehe. Deine Sklavinnen sind dein Vergnügen und ich bin diejenige, bei der du dann Kraft tanken kannst.« Mein Ton war spitzer, als ich wollte.

»Nein, so ist es nicht. Ich habe auch Spaß an Vanilla-Sex.«

Ich hatte nicht vorgehabt, ihn anzugreifen. Wäre es als Angriff bei ihm angekommen, hatte er ihn souverän ausgebremst. Ich kam mir schlecht vor. Schuldbewusst suchte ich nach Worten, etwas Nettes zu sagen, doch mir fiel nichts ein. Ich sah ihn an und er blickte mir mit einem geraden Blick in die Augen. Dann verzog sich sein Mund zu einem Grinsen. Mein Herz schlug schneller. Das war unmöglich, was da mit mir passierte.

Zum Glück wurde unser Essen gebracht. Ich hatte mir Seezungenfilets bestellt und vor Mio stellte der Kellner einen Teller mit Seeteufel.

Mio wünschte mir einen guten Appetit und ich ihm leise auch. Nachdem wir die ersten Bissen genossen hatten, sagte er: »Ich glaube, dass du noch gar nicht weißt, was du möchtest.«

»Was meinst du? Ich bin eine Frau, die im Leben steht. Ich habe meinen Job, einen ziemlich verantwortungsvollen sogar, habe eine Eigentumswohnung und eine Scheidung hinter mir. Ich weiß sehr wohl, was ich möchte und was nicht. Das prägt einen.« Endlich hatte ich meine Souveränität wiedergefunden.

»Das mag ja alles stimmen und du hast dich durch dein Leben gekämpft, aber du selber, tief in deinem Inneren ... was möchte diese Lisa?«

»Ich verstehe dich nicht. Was soll sie schon wollen?« Ich lachte laut und befreiend. »Sex natürlich!«

Ich sah ihn direkt an, ob er sich unangenehm berührt nach anderen Gästen umsah, weil ich die beiden letzten Worte so laut ausgesprochen hatte. Nein, nichts dergleichen. Er beobachtete mich, erforschte mich, machte mich wahnsinnig! Ohne den Blick von mir zu nehmen, nahm er sein Weinglas, lehnte sich zurück und trank einen Schluck. Als er es wieder hinstellte, lächelte er und sagte: »Wir werden noch viel Spaß haben ...«

***

Ich weiß, dass ich zu viel getrunken hatte. Kichernd hing ich an Mios Arm. Auch war mir bewusst, dass Männer Frauen, die

11

zu kleinen Mädchen mutierten, nicht wirklich sexy fanden. Und nun hing ich am Arm dieses römischen Ober-Doms, vollgefüllt mit Wein, kaum auf meinen Pumps laufen könnend, giggelnd. Vorgestellt hatte er sich bestimmt eine ruhige, devote Sklavin. Darüber musste ich noch mehr lachen. Wahrscheinlich würde er mich irgendwann in die nächste Seitengasse schubsen und mir sagen, ich könnte bleiben, wo der Pfeffer wächst. Deswegen versuchte ich mich zusammenzureißen, und lieber die elegante Frau an seiner Seite zu sein, die zu ihm passte. Doch das amüsierte mich nur noch mehr. Shit! Ich war wirklich unwürdig, aber ich konnte nicht anders. »Tut mir leid ...«, stammelte ich zwischen Lachanfällen.

Er hielt an und drehte mich zu sich, sah mich an. »Was ist denn bloß so komisch?«, fragte er. Zum Glück sah er mich nicht genervt, sondern neugierig an.

»Ich ... ich weiß nicht ... irgendwie alles ... ich bin sonst nicht so ... wirklich ...«

Er schüttelte mit einem Schmunzeln den Kopf, doch dann wurde sein Gesicht wieder ernst. Oh Mist, jetzt würde er sich von mir verabschieden, ich hätte es auch nicht anders getan ... Doch er fasste mir mit einer Hand in den Nacken, dort, wo meine Haare hochgesteckt waren, und zog meinen Kopf zu sich ran. Seine Lippen pressten sich auf meine, hart, fordernd, männlich ... Sofort fing mein Herz an zu rasen. Augenblicklich stellte mein Körper von Leichtigkeit und Kindlichkeit auf Sinnlichkeit und Fraulichkeit um. Mein Unterleib füllte sich mit Wärme. Ich schlug die Augen auf, hatte nicht gemerkt, dass ich sie geschlossen hatte, aber ich hatte gemerkt, dass der Mann an mir verschwunden war. Er stand noch vor mir, nur seine Lippen berührten mich nicht mehr. Ich wollte mehr, wollte seine Lippen, wollte ihn. Das zeigte ich ihm auch, näherte mich seinem Mund, und er reagierte sofort, küsste mich erneut. Doch diesmal intensiver. Unsere Lippen pressten sich aufeinander, unsere Zungen spielten, jeder erforschte den anderen. Es nahm mir den Atem ...

Er löste sich von mir.

Schwer atmend blickte ich ihn an. Dieser Mann war unglaublich! Er schaffte es, mich innerhalb von Sekunden voll auf Touren zu bringen. Ich war Feuer und Flamme.

»Wollen wir irgendwo weitermachen?«, fragte Mio ruhig.

»Irgendwo?«, hauchte ich und merkte, dass der Wein noch immer mein Denkvermögen beeinträchtigte.

»In ein Hotel oder zu mir?«

»In ein Hotel«, sagte ich und war froh, dass ich doch noch bis drei zählen konnte.

Er lächelte und nickte. »Gut.«

***

Im Fahrstuhl hatte ich mir sehr viele Gedanken gemacht. Ich fühlte mich mit einem Mal wieder vollkommen nüchtern. Wie sollte ich mich und meinen Körper präsentieren? Ob er mich nackt immer noch so reizvoll fand? Was sollte ich tun? Strippen? Oder ihn zuerst ausziehen? Was, wenn wir beide nur linkisch herumstanden? Oder wenn er ...?

»Lisa?«

Ich zuckte zusammen. Der Fahrstuhl war offen. Mio stand in der geöffneten Tür und hielt mir die Hand hin. Mit einem entschuldigenden, kurzen Lächeln ging ich auf ihn zu und nahm seine Hand. Der Weg über den Hotelflur kam mir lang vor. Schließlich blieben wir vor einem Zimmer stehen. Mio zog die Chipkarte oberhalb der Klinke durch und öffnete die Tür. Wohlige Kühle schlug uns entgegen.

Mit einem schnellen, nervösen Blick sah ich mich im Zimmer um. Es war ein normales Hotelzimmer, nur das Bett erschien mir riesig.

13

»Kingsize«, sagte Mio, als könnte er Gedanken lesen.

»Wunderbar«, brachte ich heraus.

Mit zwei Schritten war er bei der Minibar. »Möchtest du noch einen Schluck ...«

»Oh nein«, unterbrach ich ihn schnell, und sagte einlenkend: »Ich hatte sowieso schon ein bisschen viel.«

Er schloss die Kühlschranktür. Dieser Mann wirkte kein bisschen unsicher. Entweder hatte er jede Woche drei Frauen oder er war einfach nur ungeheuer selbstbewusst und cool. Er kam auf mich zu, beugte sich zu meinem Hals und küsste ihn. Dabei raunte er: »Willst du deinen Mantel nicht ausziehen?«

Ich wollte gerade etwas erwidern, als er mir mit seinen Lippen den Mund verschloss und meinen Mantel von den Schultern schob. Meine Handtasche fiel gleich mit. Seine Hände strichen über meine Oberarme runter bis zu meinen Händen, und weiter auf meine Oberschenkel. Von dort fuhren sie auf meinen Po zu. Sein Körper presste sich gegen meinen und ich spürte seine Härte an meinem Bauch. Eine Hitzewelle schoss mir durch den Körper, direkt auf meinen Unterleib zu. Seine Finger glitten unter mein Kleid und zogen mir den Slip runter. Mein Herz blieb fast stehen. Ging das nicht eine Nuance zu schnell? Er hielt mich noch immer mit seinem Mund bei sich. Vor lauter Sinneseindrücken konnte ich kaum noch klar denken, und der Wein tat sein Übriges. Mein Höschen rutschte verräterisch meine Beine hinunter und landete auf meinen Pumps. Seine Hände glitten nach oben über meinen Rücken zu meinen Schultern. *Jetzt wird er meine Brüste anfassen, jede Wette!*, dachte ich.

Gut, dass ich nicht gewettet hatte, denn er tat es nicht. Stattdessen drückte er mich an den Schultern nach unten.

Oh Gott, ich soll ihm einen blasen, schossen mir erneut Gedanken durch den Kopf.

»Knie dich hin!«, befahl er.

»Aber ...«

»Knie dich hin. Ohne Kommentar«, sagte er ruhig in bestimmendem Ton.

Ich konnte gar nicht anders, er flößte mir so viel Respekt ein, und es machte mich unglaublich an. Also tat ich es. Mit klopfendem Herzen erwartete ich seine nächste Anweisung, achtete darauf, ob er seine Hose öffnen würde. Ich hörte nichts.

Schließlich sagte er. »Beug dich vor und leg dein Kinn auf den Boden.«

Mein Herz klopfte schneller. Das bedeutete ja, dass er unter meinem kurzen Kleid alles sehen konnte ...

»Aber ...«

»Mach es einfach.«

Ich zögerte. Doch dann tat ich es. Als mein Kinn auf dem weichen Teppich lag und mein Hintern zu ihm hochgereckt war, ging er um mich herum. Schamesröte schoss mir ins Gesicht. Was tat ich hier nur? Ich hörte Stoff rascheln. Er hatte sich wohl hingekniet. Dann spürte ich seine Hand an meinen Schamlippen. Seine Finger glitten leicht durch meine Spalte und tauchten dann in mein Loch. Ich stöhnte auf. Mein Herz schlug schnell und meine Scham war groß. Es gesellte sich aber auch eine ziemlich große Portion Geilheit dazu. Als er den Finger herauszog, rieb er weiter durch meine Schamlippen und ich merkte, wie nass sein Finger jetzt war. Sanft berührte er meine Klitoris und mir entwich ein Wimmern. Als er über sie kreiste, atmete ich schneller, stöhnte bei jedem Kreisen. Dann nahm er den Finger weg. Zurück blieb ich, schwer atmend, aufgegeilt, zu allem bereit ...

»Du bist faszinierend«, sagte er und erhob sich. »Du kannst aufstehen.«

Jetzt? Das war alles? So aufgegeilt und unbefriedigt zurückgelassen hatte mich noch keiner. Ich richtete mich auf und blickte zu Mio. Er goss sich gerade Wasser aus der Minibar ein. Dann hielt er mir das Glas hin.

»Hier, trink.«

»Aber ...«

»Warum sagst du nach jeder Anweisung ›aber‹?«

Ich seufzte und ging zu ihm, nahm das Glas und trank. Ich hatte tatsächlich ziemlichen Durst.

»Das war doch nicht alles, oder?«

Er lachte. »Nein, das war noch nicht alles.«

»Aber warum ...«

»Ich wollte deine Grundgeilheit prüfen.«

Röte schoss mir wieder ins Gesicht. Er wollte was?!

»Aha«, versuchte ich leichthin zu sagen. »Und, habe ich den Test bestanden?«

Er lehnte sich an den Schreibtisch, der im Zimmer stand, verschränkte die Arme und blickte mich mit schräggelegtem Kopf an. »Was glaubst du?«

Ich nickte.

Er nickte auch, bestätigend.

»Ich möchte trotzdem keine Sklavin sein.«

»Ich weiß, dass du das gesagt hast ...«

»Aber?« Es klang, als würde er noch etwas anfügen wollen. Er machte mich wahnsinnig mit seiner Kurzangebundenheit.

»Lass uns doch einfach noch ein bisschen Spaß haben und sehen, wo es uns hinführt. Man muss nicht immer alles im Voraus planen.«

»Aber ...«

Er lachte. »Wenn du noch einmal aber sagst, dann hole ich meine Peitsche raus, lege dich übers Knie und du bekommst etwas auf den Hintern.«

»Was? Welche Peitsche? Das wäre das k.o. für diesen Abend!«, sagte ich vehement. Doch ich spürte, wie seine Worte mich angemacht hatten. Ich stellte mir vor, wie ich nackt über seinen Oberschenkeln lag und er …

Ich zuckte, als beide Daumen von ihm über meine harten Brustwarzen, die sich unter dem Stoff meines Kleides befanden, strichen. Sein Blick war darauf gerichtet. Er kreiste auf ihnen und machte mich schwach. Ich spürte, wie meine Säfte zusammenliefen. Das Schlimme war, dass er genau zu wissen schien, wie sehr mich seine Worte angemacht hatten. Er prüfte nur das Ergebnis seiner Worte an meinen steifen Nippeln. Je länger er kreiste, desto willenloser wurde ich. Kaum schaffte ich es, meinen Reststolz zu zeigen. Er kreiste immer weiter und ich fing an zu keuchen. Als meine Knie einknickten, fing er mich auf, legte mich aufs Bett.

Ich versuchte, wieder ich zu sein, die Beherrschung über meinen Körper wiederzuerlangen.

»Warum kämpfst du so gegen deine Gefühle an?«, fragte er leise in mein Ohr.

»Das tue ich nicht.«

»Oh doch, das tust du. Ich sehe es in deinem Gesicht.«

Ich konnte nichts erwidern. Er hatte recht und ich wollte es auf gar keinen Fall zugeben.

Er sah mich an. Seine Augen zogen sich zu Schlitzen zusammen, dann sagte er ruhig: »Ich möchte, dass du dich auszichst. Ganz.«

Ich richtete meinen Oberkörper auf dem Bett auf. »Wieso geht es eigentlich nur die ganze Zeit darum, was *du* möchtest. Kann ich keinen Wunsch äußern?«

»Nein.«

»Was? Warum nicht?«

»Weil ich der Dom bin.«

Ich lachte auf. »Aber genau das wollte ich nicht. Das hatten wir vorher geklärt. Du hast gesagt, du könntest das sehr gut trennen. Wir würden heute, so wie du es so schön ausgedrückt hast, ›Vanilla-Sex‹ haben. Und nun befiehlst du die ganze Zeit.« Ich wartete auf eine Erwiderung von ihm, einen Streit, irgendetwas.

Doch er schmunzelte lediglich und sagte. »Du merkst anscheinend gar nicht, wie ich deine Wünsche einen nach dem anderen erfülle ...«

Ich war sprachlos.

Aber er hatte recht. Er tat alles, was mich anmachte. Nichts, was er bisher getan hatte, war mir gegen den Strich gegangen, im Gegenteil, es hatte mich geil und nass gemacht. Verborgene Wünsche geweckt.

»Ich möchte, dass du dich ausziehst«, wiederholte er ruhig.

Ich erhob mich. Ich hatte die Wahl: gehen oder bleiben. Bleiben.

Mio stand ebenfalls vom Bett auf und setzte sich in einen breiten Sessel, seine Beine waren leicht gespreizt, seine Ellenbogen stützen sich auf den Lehnen ab und seine Fingerspitzen berührten sich an allen zehn Punkten.

Ich war nicht sehr geübt im Strippen, hatte das noch nie gemacht. Vor ihm wollte ich es richtig gut machen. Also fing ich an, mit dem Rücken zu ihm, mit dem Po hin und her zu wackeln.

»Zieh dich einfach nur langsam aus. Ohne Show«, sagte er ruhig.

Dieser Satz war wie eine Ohrfeige für mich. Wie peinlich! Ich spürte wieder, wie mein Gesicht rot wurde. Ich war verärgert, weil ich schon wieder nicht »mein Ding« machen konnte, aber auf der anderen Seite war ich erleichtert, dass ich vor ihm nicht rumkaspern musste, das war nämlich gar nicht »mein Ding«. Konnte es sein, dass er in meine Seele blicken konnte? Ich sah zu ihm.

Geduldig saß er in seinem Sessel und guckte mich an. Er war nicht genervt, war nicht ungeduldig, gab mir die Zeit, die ich brauchte, um meine Gedanken zu sortieren. Zögerlich schob ich mein schwarzes Kleid von den Schultern. Ich brauchte nicht mehr nachhelfen, es rutschte von allein abwärts und hinterließ einen leichten Luftzug, der bei mir eine Gänsehaut verursachte. Da ich kein Höschen mehr anhatte, stand ich nur noch im BH und mit Pumps vor ihm, mit drei Schritten Distanz zwischen uns. Ich sah hoch. Sein Blick war auf mein Gesicht gerichtet, nicht auf meine Scham, wie ich es vermutet hatte. Ich schob meine Hände auf den Rücken und löste meinen BH. Erst drückte ich eine Schulter, dann die andere nach vorn, sodass der BH von meinen Brüsten glitt. Meine Brustwarzen hatten sich verhärtet, ich spürte es. Und in diesem Moment war es soweit. Mio tat, was ich die ganze Zeit schon befürchtet hatte – oder war es mein Wunsch gewesen? Er löste seinen Blick von meinen Augen und ließ ihn langsam von oben nach unten über meinen Körper wandern. Ein bis jetzt nicht in der Form gekanntes Kribbeln breitete sich in meinem ganzen Körper aus und beschleunigte mit diesem Sinneseindruck meine Atmung.

Mio erhob sich und kam auf mich zu. Als er vor mir stand, sagte er: »Und jetzt noch die Schuhe.«

Ich brauchte nur wenig zu ihm hochsehen. Doch als ich meine Pumps von den Füßen streifte, überragte er mich um fast einen ganzen Kopf. Nun musste ich ziemlich hochsehen. Ich fühlte mich klein, verletzlich, weiblich ...

Ich wünschte mir, er würde mich jetzt in den Arm nehmen. Aber das tat er nicht, stand nur vor mir und blickte auf mich herab.

»Leg dich auf das Bett«, sagte er schließlich. »Auf den Rücken.«

Und ich tat es.

Mio zog sein Sakko aus und hängte es über eine Stuhl-lehne. Danach folgte sein Hemd. Seine Brust war breit und durchtrainiert, aber nicht über die Maßen und auch seine Oberarme besaßen nur sanfte muskulöse Rundungen. Er ließ Hose und Schuhe an.

Ich fand das nicht fair. Aber hier ging es wohl nicht um Gleichberechtigung und Fairness. Das war der springende Punkt. Und schon wieder machte es mich an, dass er noch angezogen war, während ich splitternackt vor ihm lag.

Er zog etwas aus seiner Sakkotasche. Es war ein dünnes, schwarzes Tuch.

»Was hast du vor? Willst du mir die Augen verbinden«, fragte ich unsicher.

»Ganz genau.«

»Aber ... das will ich nicht.«

»Warum nicht?«

»Ich kenne dich nicht, weiß nicht, was du vorhast.«

Er zögerte. »Also schön. Dann schließ deine Augen und versuche, sie geschlossen zu lassen. Ich werde nichts tun, was dir nicht gefällt.«

Ich machte die Augen zu. Das Bett senkte sich auf der linken Seite. Kurz blinzelte ich durch die Augenschlitze. Ja, er hatte sich neben mich gesetzt.

»Die Augen zulassen, habe ich gesagt.«

Wie hatte er das nur gemerkt? Ich drückte die Augen wieder zu. Dann fühlte ich seine warme Hand auf meinem Bauch. Er hatte sie da nur draufgelegt und schon wurde mir warm in meinem Unterleib. Er fuhr ein Stück nach unten und stoppte direkt vor meinem rasierten Schamdreieck. Sanft drückte er seine Hand stärker auf diese Stelle. Ich spürte, wie meine Säfte zusammenflossen. Was tat er da nur? Aber es fühlte sich unglaublich schön an. Plötzlich spürte ich, wie mein einer Nippel fest zusammengedrückt wurde und ich schrie vor Überraschung und Schmerz auf. Lust schoss durch meinen Körper. Ich riss die Augen auf.

»Schließ die Augen, sonst muss ich sie dir verbinden!«

»Aber ...«

»Und wenn du noch einmal aber sagst, mache ich die Warnung wahr und lege dich übers Knie!«

Mit klopfendem Herzen machte ich wieder die Augen zu. Mein Körper war in Wallung. Als Mio seine Hände von mir nahm, zuckte ich. Und als er mit einer Hand meine Brust umschloss, zuckte ich auch. Ich war wie elektrisiert. Kaum hielt ich es so aus. Was kam als nächstes? Ich schlug die Augen auf. Seine Augen sahen mir ins Gesicht.

»Du kannst es einfach nicht lassen, was?«

»Tschuldigung«, sagte ich und machte sie schnell wieder zu. Jetzt entschuldigte ich mich auch schon ... Unfassbar!

Das Bett bewegte sich und meine rechte Seite lag wieder gerade auf dem Bett. Was tat er? Ich konnte nicht anders, meine Augen öffneten sich wie von selbst. Gerade sah ich noch, wie er mir das Tuch vor die Augen schob.

»Aber ...«, stieß ich hervor.

»Du hast schon wieder gegen beide Verbote verstoßen: Du hast die Augen nicht zugelassen und du hast schon wieder aber gesagt!«

»Aber ... Shit! Tut mir leid.«

Er packte grob meinen linken Oberarm, zog mich mit einem Ruck zu sich, setzte sich auf das Bett und schob mich quer über seine leicht gespreizten Beine.

»Nein!«, rief ich. »Das wirst du nicht tun! Ich gebe dafür nicht mein Okay.«

»Das hast du schon«, sagte er leichthin.

»Wann?«

»Als du meine Bedingung akzeptiert hast.«

»Das habe ich nicht!«, rief ich und setzte mich zur Wehr. Doch er hielt mich eisern fest, drückte mit einer Hand meinen Oberkörper auf seine Beine. Eine Brust drückte sich auf sein Bein, die andere hing darüber, weil ich etwas schräg auf ihm lag. Ich versuchte alle Kraft aufzuwenden und stemmte mich hoch. Etwas schaffte ich es, doch er war stark und drückte mich wieder runter, hielt mich fest. Und während ich noch in meinen Kampf mit ihm verwickelt war und rief: »Lass mich sofort los!«, da klatschte es auf meinem Hintern. Der Schmerz schoss durch meinen Po. Er hatte mich geschlagen! Doch mit dem Schmerz schoss eine Welle der Lust durch meinen Körper. Ich war geschockt von dieser Erfahrung. Das konnte ich auf gar keinen Fall zugeben! Deswegen zappelte ich weiter, hoffte auf den nächsten Schlag, und er kam. Wieder ein Schmerz und eine Welle der Lust. Oh Gott, war das geil! Ich war nicht mehr ich. Wer war ich?

»Lass ... mich ... los«, sagte ich mit komischer Stimme.

Er zögerte. Dann kam der nächste Schlag. Ich konnte es nicht verhindern: Ich stöhnte. Dann bekam ich fünf Schläge hintereinander. Ich wollte schreien, mich losmachen, ihn beschimpfen, aber alles, was ich zustande brachte, war ein jämmerliches, geiles Stöhnen nach jedem Schlag. Ich spürte, wie der Stoff seiner Hose an meinem Bauch und der einen Brust rieb, ich roch seine gewaschene Hose, sah den Teppich und seine schwarzen Slipper. Ich war so geil ...

Die Schläge hatten aufgehört. Ich atmete schwer. Seine Hand legte sich auf meinen Po und ich zuckte kurz zusammen, dann wanderte sie langsam zwischen meine Beine. Oh bitte nicht ... Doch er tat es und tauchte mit zwei Fingern in mein Loch. Ich stöhnte erneut.

»Das kannst du gar nicht gemerkt haben, so nass wie es da unten ist«, raunte er.

Ich wollte mehr, ich wollte ihn, ich wollte alles ...

Mio schob mich von seinen Beinen. »Das nächste Mal wird es eine Peitsche sein«, sagte er.

Ich schluckte.

»Hock dich auf das Bett, Hintern zu mir.«

Ich tat es.

Er fasste mir rechts und links an die Hüften und zog mich mit einem Ruck zur Bettkante, dorthin, wo er stand. »Und jetzt: Hintern hoch«, befahl er.

Auch das tat ich. Ich hätte alles in diesem Moment getan. Ich hörte, wie sein Gürtel klimperte. *Oh nein! Nicht mit dem Gürtel schlagen*, dachte ich verzweifelt. Ich war so geil, ich wollte ihn.

»Bitte ...«, hörte ich mich flehen.

Er wartete. Nach einer Weile fragte er gedehnt: »Ja?«

»Nicht schlagen.«

»Sondern?«

Diese Frage machte mich noch geiler. Er wusste es ganz genau. Er wusste, was er mit meinem Körper und meinem Geist angestellt hatte und nun wollte er, dass ich es aussprach.

»Ich will dich«, kam es mir zaghaft über die Lippen.

»Was von mir?«

»Dich.«

»Mich? Ich bin doch hier. Was willst du genau?«

»Dass du ... Muss ich das sagen?« Kaum hatte ich die Frage gestellt, spürte ich einen minimalen Windhauch und dann einen Schlag auf meinen Hintern. »Au!«, schrie ich.

»Sag, was du willst!«, herrschte er mich an.

»Aber ...« Wieder ein Schlag von ihm. Ich biss mir auf die Zähne. Lust rauschte wieder durch meinen Körper. Noch ein

Schlag. »Au«, schrie ich wieder. Der war hart, mein Körper ruckte nach vorn. Meine Atmung beschleunigte sich. »Ich will ... dass du ... mich ...« Ich konnte das nicht aussprechen, obwohl ich so geil war. Es war mir peinlich.

»Sag es!«

Ich konnte nicht. Wieder ein fester Schlag von ihm. Ich stöhnte. Noch ein Schlag, ich keuchte. »Fick mich!«

»Wie bitte?«

Ich wurde fast wahnsinnig. »Du sollst mich ficken!«, rief ich verzweifelt, allen Stolz verlierend. Mit hochgerecktem, wahrscheinlich rotem Hintern von den Schlägen, wollte ich, dass er mich fickt. Wie tief kann man sinken?

»Bitte mich darum.«

»Nein.«

Er schlug auf meinen Hintern. Ich keuchte und schrie zugleich. »Bitte mich darum«, wiederholte er.

»Das kann ich nicht!«

»Doch, das kannst du. Bitte mich jetzt.« Er schlug wieder.

Gott, ich hielt das nicht mehr aus. Mein Hintern schmerzte wirklich und ich war so unendlich geil.

»Bitte fick mich!«, hörte ich mich rufen.

Im gleichen Augenblick fiel die Gürtelschnalle mit einem dumpfen Aufprall, wohl samt der Hose, auf den Boden. Es dauerte noch kurz, dann spürte ich seine Eichel an meinem Scheideneingang. Langsam schob er sich in mich. Ich begleitete sein Tun mit einem langgezogenen Stöhnen. Gott, war das geil! Ich krallte mich in die Bettdecke.

Er zog sich wieder aus mir raus. Dann stieß er kräftiger zu. Dieses Gefühl war unbeschreiblich. Ich sehnte mich so sehr danach, dass ich spürte, wie mir Tränen die Wangen runterliefen. Ich wimmerte, wünschte mir seinen harten Schwanz schnell und kräftig. »Bitte ...«, jammerte ich. »Fick mich doller, schneller ...«

24

Ich bekam es. Sein großer Schwanz stieß in mich rein. Schnell, hart, erbarmungslos. Er traf alle wichtigen Punkte in meinem Inneren, die er treffen musste, um mich zur Raserei zu bringen. Mein Orgasmus rauschte heran und überflutete mich. Ich schrie!

Sofort legte sich seine Hand auf meinen Mund, während er mich weiterfickte. Ich konnte mich nicht beherrschen, schrie in seine Hand weiter, so lange wie er mich fickte und sein Unterleib auf meinen klatschte. Durch meinen mir ewig lang vorkommenden Orgasmus spürte ich einen Ruck, dann Pause, und hörte einen unterdrückten Laut von ihm. Keuchend blieb ich in der Position, nahm wahr, wie sein Schwanz in mir zuckte und schenkte ihm die paar Minuten, die er für seinen Orgasmus brauchte.

***

Mein nackter Körper lag auf Mios nacktem Körper. Mein Po brannte, aber das machte mir nichts aus. Ein Lächeln lag auf meinem Gesicht. Das würde ich die nächsten Stunden da wohl auch nicht mehr rausbekommen. Mio streichelte einen Arm von mir, indem er mit den Fingernägeln daran langsam auf und ab fuhr. Ich war so selig. Nie hätte ich gedacht, dass ich auf Schläge während des Sexspiels so reagieren könnte. Nie.

»Na, meine kleine Sub, woran denkst du?«, fragt Mio.

Ich richtete mich auf und sah ihn an. »Ich bin keine Sub.«

»Nein? Bist du nicht?«

Ich schüttelte den Kopf.

Er lächelte.

Und ich wusste, dass er es schon wieder besser wusste.

***

»Mein Gott ...« Marie wurde blass. »Du hast dich wirklich auf diese Dom-Nummer eingelassen? Aber ... Du bist doch gar nicht der Typ dazu. Oder doch?«

Marie und ich befanden uns wieder in unserem Lieblings-Café. Unsere Cappuccinos standen vor uns, meiner so gut wie unangerührt, ihrer so gut wie leer. Die Luft war sanft und die Sonne unter der riesigen Markise wunderbar auszuhalten. Meine gebräunten Beine waren übereinandergeschlagen und ein Fuß wippte immerzu in die Sonne. Ich war wohlig erfüllt, obwohl ich die Schmerzen auf meinem Po noch spürte, aber gerade dieses Gefühl machte mich glücklich.

»Ich habe auch nicht gewusst, dass ich so bin, oder zumindest, es gut finde«, gab ich zu. »Aber im Grunde genommen können wir es doch auch gar nicht wissen, außer, wir probieren es aus.«

»Ich weiß schon jetzt, dass es mir nie gefallen würde!«, sagte Marie mit Bestimmtheit.

»Das glaube ich eben nicht. Du kannst vorher einfach nicht wissen, wie dein Köper reagiert, was die Dominanz eines Mannes in dir auslöst.«

»Aha, du meinst also, ich muss mich erst auspeitschen lassen, um zu wissen, dass es wehtut und ich nicht drauf stehe?« Marie schüttelte missbilligend den Kopf. »Also, Lisa, ehrlich. Ich habe dich auch schon intelligenter reden hören.«

»Es hat nichts mit Intelligenz zu tun. Im Gegenteil. Intelligenz ist vom Verstand gesteuert. Aber die Unterwerfung ist ein Gefühl tief in uns.« Ich rührte in einem Halbkreis durch den Schaum meines Cappuccinos und formte damit einen Halbmond. »Wenn du sagst, du weißt, dass Auspeitschen Schmerz bedeutet, dann ist das einerseits richtig. Aber auf der anderen Seite hast du es aus dem Zusammenhang gerissen.«

»Wie, verstehe ich nicht. Wenn ich ausgepeitscht werde, tut es mir weh und wenn du ausgepeitscht wirst, tut es dir nicht weh?«

Ich schüttelte den Kopf. »Nein, es tut auch mir weh. Nur der Unterschied ist, wenn man sich darauf einlässt, dann ist es geil. Dieser Schmerz kommt nicht, weil jemand sauer auf dich ist, er entsteht, weil dich jemand will, dich geil findet, sich an deinem Schmerz weidet, und das macht auch mich geil.«

Marie blickte mich mit halb geöffnetem Mund an. »Mein Gott, du bist da ja richtig drin in der Materie.«

Ich zuckte die Schultern. »Probier es aus, dann weißt du, was ich meine.«

Marie setzte ihre Tasse an die Lippen und blickte auf die große Kirche. »Habe ich dir schon mal gesagt, dass ich diesen Dom richtig gern mag.«

Ich lächelte meine Freundin an und sagte: »Ja, das hast du. Jetzt haben wir beide unseren Dom in Rom, den wir richtig gern haben ...«

LustKampf

Es war für Betty nicht das erste Mal, dass ihr vierzehnjähriger Sohn auf eine Klassenreise fuhr. Doch diesmal ging es weiter als bisher. Dreieinhalb Stunden mit dem »Acela Express« von Boston nach New York City.

Ausgerechnet New York City ..., dachte Betty. Da konnte so viel passieren. Sie, als alleinerziehende Mutter, hatte eine große Verantwortung zu tragen und auf der anderen Seite war ihr Sohn John ihr Ein und Alles. Sie versuchte natürlich, ihm seine Freiräume zu lassen und nicht zu sehr wie eine Klette an ihm zu hängen, aber wo hörte Erziehung auf und wo fing Kontrolle an?

»Mum?«

Betty zuckte zusammen.

»Alles okay bei dir?« Johns Gesicht erschien in der Küchentür.

»Ja, ja, Schatz, alles okay. War nur in Gedanken. Was ist?«

»Äh, kannst du mir noch mal dieses T-Shirt kurz waschen?«

Betty blickte ihren hochgeschossenen Sohn an. Sie hatte sämtliche Jeans, T-Shirts, Unterhosen und Socken neu kaufen müssen und auch gewaschen. Aber immer wieder kamen angeblich noch coolere Klamotten dazu, die unbedingt mitmussten.

»Johnny, deine Tasche steht gepackt im Flur, morgen geht es los. Ich werfe doch nicht die Waschmaschine für ein einziges Teil an, und das, nachdem ich permanent neue Sachen für dich waschen musste. Nun reicht es.«

»Bitte, Mum, ist echt wichtig.«

»Kommt nicht in Frage. Wasch es dir selber durch.«

»Was? Ich? Wie denn?«

»Na, schon mal was vom Waschbecken gehört, wo man Wasser reinlassen, Waschpulver reinstreuen und Wäsche kurz mit den Händen durchdrücken kann?«

»Oh bitte ... Kannst du das nicht kurz machen. Du sitzt doch da eh nur in der Küche rum.«

Betty starrte ihren Sohn an. »Ich glaub, es hackt! Ich sitze hier, solange ich möchte, und wenn ich mich auf die Fliesen legen und dort schlafen würde, es wäre meine Sache, und noch lange kein Grund, für dich ein T-Shirt zu waschen, was du selber ruck zuck erledigen könntest!«

»Ja, ja, schon gut, Mum, schon gut. Reg dich jetzt bloß nicht auf.« Er schlurfte in sein Zimmer und fügte noch genervt hinzu: »Dann muss ich es eben ungewaschen anziehen, auch wenn da wahrscheinlich noch hochgiftige Stoffe drin sind. Auch egal ...«

Betty seufzte. Kaum waren die Kinder groß, wollten sie die Eltern mit ihren eigenen Waffen schlagen. Sie war froh, wenn er mal eine Woche weg war. Doch sie wusste auch, dass er ihr sehr fehlen würde, so war es immer. Dann fiel ihr siedend heiß etwas ein. Sie lief zu seinem Zimmer und klopfte. Musik dröhnte laut durch die Tür.

»Johnny?«, rief sie, und als er nicht antwortete, rief sie lauter: »John!«

Sekunden später wurde die Tür aufgerissen. Der musikalische Lärm war ohrenbetäubend. Genervt erschien er in der Tür. »Was denn!«

Sie wollte nicht schon wieder mit ihm meckern, also entschied sie sich, seine Art zu ignorieren und sagte: »Stell die Musik leiser!«

Er tat es widerwillig, kam zurück. »Was noch?«

Sie wollte ihm nicht schon wieder eine Gardinenpredigt über seine Art halten und ging darüber hinweg, fragte stattdessen: »Nimmst du dein Handy mit auf die Klassenfahrt?«

»Wieso?«

»Das ist eine Überraschung.«

»Ich mag keine Überraschungen ...«

Betty seufzte. »Also schön, da du ja am Mittwoch Geburtstag hast, während ihr noch in New York seid, wollte ich dir gern schreiben.«

»Ach so, ja richtig. Nee, dürfen wir nicht. Alle Handys sind verboten. Aber ich bin am Donnerstag ja wieder da.«

»Gibt es denn eine Möglichkeit, dich zu erreichen?«

»Mum, ich bin doch keine vier mehr. Wir machen da bestimmt Party.«

»Ach so, ja, okay. Na, war auch nur so eine Idee.«

»Gut, noch was?«

Betty schüttelte den Kopf.

Er schloss die Tür und die Musik wurde wieder ohrenbetäubend.

Hoffentlich war die Pubertät bald vorbei, wünschte Betty sich.

***

Die *South Station* in Boston war voller Menschen. Es war laut, bunt, ein ziemliches Durcheinander. John ging mit langen Schritten voran, trug seine Sporttasche und einen Rucksack, schob sich durch wartende, lachende, lesende, essende Menschen, die alle das Gleiche taten: Warten auf den richtigen Zug.

Betty wusste, er fand es uncool, dass seine Mutter ihn bis zum Bahnsteig begleitete, doch ihr war es wichtig. Sie wollte wenigstens seinem Lehrer noch mal Hallo sagen.

Schließlich trafen sie auf eine Gruppe Jugendlicher.

»Hey, Mann, wie geht's?«, begrüßte John seine Kumpels und hatte ein paar verschiedener Handschläge dafür.

Betty hielt an und sah sich nach dem Lehrer um. Er war neu und sie hatte ihn erst einmal flüchtig in der Schule gesehen. Die Schüler waren angeblich begeistert von ihm, sogar ihr Sohn schwärmte von Mr Jackmann. Betty war sich nicht mehr sicher, wie er aussah. Suchend blickte sie sich um. Es waren doch mehr Eltern mitgekommen, als sie angenommen hatte. Ihr Sohn hatte ja behauptet, kein Elternteil außer ihr würde seine Mitschüler begleiten. Von wegen. Ein größerer, ziemlich gut aussehender Mann in ihrem Alter hielt ein Klemmbrett in den Händen. Das musste er sein, denn er blickte sich um, hakte ab, wer da war. Doch der Weg zu ihm war versperrt durch lauter Taschen und Trolleys. So begnügte sie sich damit, ihn zu studieren. Groß, dunkelhaarig, kräftig, ohne dick zu wirken, selbstsicher, laut lachend, und trotzdem alles im Überblick behaltend. Er trug eine blaue Jeans und ein hellgrünes T-Shirt mit Aufdruck, locker über der Jeans. Seine Füße steckten in Turnschuhen. Sie sah wieder zu ihm auf und bemerkte seinen Blick. Wie peinlich! Er hob die Hand zum Gruß. Sie hob ebenfalls die Hand und lächelte. Ein »Hallo« verließ ihre Lippen und sie hatte ein bisschen Herzklopfen, das sofort verschwand, als eine große, dünne Frau mit langen hellblonden Haaren sich den Weg zu Mr Jackmann bahnte und ihm freudig die Hand schüttelte. Ihr glockenhelles Lachen war bis zu Betty zu hören.

Und noch mal peinlich! Woher sollte sie auch wissen, dass er dieser »Party-Schirmchen-Frau« winkte. Sie blickte sich nach John um. Der stand mit seinen Kumpels zusammen und unterhielt sich, lachte, boxte, feixte. Und sie stand hier rum wie bestellt und nicht abgeholt. Andere Eltern hatten sich in Grüppchen zusammengetan und redeten. Sie gehörte irgendwie nicht dazu, hatte keinen Kontakt zu den anderen.

Gut, dann konnte sie sich auch von John verabschieden, obwohl sie ihn gern noch hätte einsteigen sehen. Sie spürte, wie die Tränen sich Bahn brechen wollten, als sie daran dachte, wie er losfuhr. Sie versuchte gerade, die Tränen zurückzublinzeln, als sie ein tiefes »Hallo« hörte.

Sie drehte sich um. Vor ihr stand Mr Jackmann und streckte ihr die Hand hin.

»Oh, hallo.« Sie schlug ein. Ihr Herz hatte sich sofort beschleunigt. Er war groß und von Dichtem sah er noch besser aus. Sie musste zu ihm aufsehen. Er ließ ihre Hand nicht los, was sie ziemlich irritierte. »Ja, äh ...«

»Und wer sind Sie noch mal, wenn ich fragen darf?«

»Betty.«

Er hob die Augenbrauen.

»Äh, ich meine, Betty Handson, die Mutter von John.«

»Ah, Sie sind also die Mutter von John ...«

Was hatte das nun wieder zu bedeuten? Und wieso war ihr ganzes Selbstbewusstsein abhandengekommen?

Er ließ ihre Hand los. Ein Glück. Denn ihre Hand hatte angefangen zu kribbeln. Wieso passierte das? Sie war doch kein Teenager mehr. Und dieser Mann war der Lehrer ihres Sohnes, bestimmt glücklich verheiratet, zwei Kinder, Hund und Kanarienvogel in einem großen Haus.

»John gibt sich in letzter Zeit sehr viel Mühe. Wenn das so bleibt, dann könnte er sich allein durch die mündliche Beteiligung um ein bis zwei Noten in sämtlichen Fächern verbessern.«

»Das wäre toll. Ja, ich habe auch das Gefühl, dass er in letzter Zeit mehr Gas gibt. Wäre ja super«, pflichtete Betty ihm bei.

»Wäre gut für ihn.«

Nun standen sie beide hier. Mr Jackmann hob ab und an den Arm, winkte, machte sich Notizen auf dem Klemmbrett, hielt Smalltalk mit dem einen oder anderen Schüler, schüttelte eine Elternhand.

»Tja, dann werde ich mal. Ich wünsche Ihnen eine gute Reise und ... ach, mir fällt da gerade ein ... Wäre es vielleicht okay, wenn ich für den Notfall Ihre Handynummer einspeichern könnte?«

Mr Jackmann wiegte den Kopf. »Das mache ich nicht so gern. Wenn etwas ist, werden die Eltern sofort benachrichtigt. Außerdem haben Sie ja die Adresse unserer Unterkunft.« Er blickte sie einen langen Moment an, nickte dann und sagte: »Also schön, aber nur für den Notfall. Wenn ich wiederkomme, dann bitte sofort löschen! Verstanden?«

Betty nickte, fühlte sich wie eine seiner Schülerinnen. Er nannte ihr die Nummer und Betty tippte sie in ihr Handy.

»Nein, dort muss erst die drei, dann die acht ...« Er sah ihr über die Schulter und sie spürte seinen Atem in ihrem Nacken. Dann berührte er mit dem Zeigefinger ihren Handrücken. Es kam Betty so vor, als bekäme sie einen Stromschlag. Was war nur los mit ihr? Zu allem Unglück fingen ihre Finger auch noch an zu zittern.

»Ja, genau. Jetzt ist es richtig.« Er stellte sich wieder vor sie und blickte sie prüfend an.

Schnell senkte sie den Blick und verstaute das Handy in ihrer Handtasche. »Wunderbar«, sagte sie. »Dann gute Reise!«

Er streckte seine Hand aus und sah ihr fest in die Augen. Betty hatte das Gefühl, die Zeit schien stillzustehen.

»Nur für den Notfall, okay?!«, sagte er eindringlich und leise.

Betty nickte. »Ja, nur für den Notfall.«

***

Am Mittwochmorgen rang Betty mit sich selbst. Sie wollte John unbedingt zum Geburtstag gratulieren. Ihr Sohn wurde fünfzehn, und es war das erste Mal, dass sie an seinem Geburtstag nicht dabei war, dass sie ihm nicht sagen konnte, wie glücklich sie war, dass er ihr Sohn war. Sie hätte ihm gern sein Lieblingsessen gemacht: Pfannkuchen, und einen Kuchen gebacken. Doch nun lagen seine Geschenke hier, die bis Donnerstag auf ihn warten mussten.

Sollte sie seinem Lehrer eine SMS schicken und ihn bitten, John die herzlichsten Grüße auszurichten? Wäre es ein anderer Lehrer gewesen, hätte sie nicht gezögert. Aber dieser Mann ... Das war egal. Es ging ja um ihren Sohn. Schließlich sollte ihm nur ein kurzer Gruß überbracht werden, eine Geste, dass seine Mutter an ihn dachte. Also schrieb Betty:

»Lieber Mr Jackmann, könnten Sie bitte meinem Sohn ganz herzliche Glückwünsche zu seinem Geburtstag ausrichten? Das wäre sehr nett. Ich hoffe, die Reise gefällt Ihnen und allen Beteiligen. Herzliche Grüße, Betty Handson.«

Ihr Finger schwebte über dem Sendebutton. Dann drückte sie. Die Nachricht war raus. Es gab kein Zurück.

»Nur für den Notfall«, hörte sie die mahnenden Worte Mr Jackmanns.

Das hier war zwar kein Notfall, aber es war wichtig! Schließlich war er Lehrer von Schülern, die Bedürfnisse und auch Eltern hatten. Das gehörte alles zusammen.

Mit gutem Gefühl kochte sich Betty einen Kaffee. Sie wartete die erste halbe Stunde ungeduldig, dass er ihre Nachricht las. Immer wieder blickte sie auf ihr Handy. Dann hatte er tatsächlich ihre SMS gelesen. Er war online. Ihr Herz beschleunigte sich. Wie dumm von ihr. Wieso passierte das? Dann war er wieder weg. Wieso hatte er nicht geschrieben? Ein einfaches »okay« hätte ja gereicht. Fand er die SMS nicht gut? Unmöglich vielleicht? Und wieso machte sie sich so viele Gedanken darüber, was der Lehrer ihres Sohnes dachte? Wahrscheinlich musste er gerade Ruhe in den Haufen Pubertierender bringen und hatte keine Zeit für eine Rückmeldung.

Betty versuchte den ganzen Tag, nicht daran zu denken, dass Mr Jackmann nicht geschrieben hatte. Sie lenkte sich mit ihrer Arbeit, ihrem Mittagessen, Gesprächen mit Kollegen und Vorgesetzten und später mit Einkaufen und Abwasch ab. Doch immer wieder schweiften ihre Gedanken zu dieser blöden SMS. Nein, ihre SMS war nicht blöd. Mr Jackmann war blöd. Wieso antwortete er nicht?

Sie nahm sich vor, ihn am Donnerstag, dem Ankunftstag, darauf anzusprechen, wenn sie John vom Bahnhof wieder abholte.

***

Mit einem Zischen hielt der Zug am Bahnhof. Betty sah schon die junge, wilde Meute sich ungeduldig an die Tür drücken. Die Türen öffneten sich und die jungen Leute stürmten heraus. Sie sahen aus wie Zombies. Dunkle Augenringe, verstrubbelte Haare, zerknitterte Klamotten, schiefhängende Jacken ... Aber alle strahlten. Auch John. Er stieg eher cool aus dem Zug, hatte sich ein neues Base-Cap zugelegt und grinste. Betty schossen die Tränen in die Augen, als sie ihren Sohn sah. Als er sie umarmte, konnte sie nicht sprechen. Er kannte das ja schon von ihr und war cool. »Na, Mum, alles gut bei dir?«

Sie nickte, wischte sich verstohlen die Tränen aus den Augenwinkeln, konnte zwar noch immer nicht sprechen, aber versuchte es: »Schön, dass du ... wieder da bist ... Herzlichen Glückwunsch, mein Liebling.«

»Danke, Mum.«

»Wo ist ... Mr Jackmann?«

»Äh, keine Ahnung.« John blickte sich suchend um.

Immer wieder wurden sie angerempelt.

»Komm, Mum, lass uns erst mal nach Hause fahren.«

»Nein, ich muss unbedingt mit ihm sprechen!«

Er sah sie prüfend an. »So, wie du aussiehst, könnte er Angst vor dir bekommen.« Er grinste.

Geschockt wühlte sie in ihrer Handtasche nach einem kleinen Spiegel. Sie sah hinein. »Oh Gott!« Ihre Wimperntusche war komplett verlaufen, sie sah schlimmer aus, als die ganze Klasse nach ihren durchzechten Nächten zusammen. Sie fing an zu wischen.

»Mrs Handson?«

Betty blickte hoch. Vor ihr stand Mr Jackmann. Bloß nicht das! Allerdings sah er nicht erfreut aus, eher grimmig. Sofort ließ sie die Wischerei sein, wappnete sich auf einen Angriff.

»Ich würde gern morgen mit Ihnen reden, unter vier Augen. Am besten nach der Schule. Das wäre um halb drei.«

Sofort blickte sie John an. Dieser hob nur unschuldig die Schultern.

»Geht es um John?«, wollte sie wissen.

»Um Allgemeines und John. Ich muss jetzt los. Bis morgen.«

»Äh, ja, danke für die Reise. Bis morgen.«

Völlig in Gedanken versunken ging Betty mit ihrem Sohn zum Auto. Mr Jackmann hatte nicht mal gefragt, ob sie überhaupt Zeit hatte. Er setzte das voraus. Eigentlich war das richtig frech. So ein Wichtigtuer, so ein Egoist. Sie schnaubte.

»Alles okay, Mum?«, fragte John.

»Ja, entschuldige.« Sie hatte sich wenig um ihren Sohn gekümmert. Doch nun sollte seine Redezeit kommen. Sie ging mit ihm als Geburtstagsessen zum Mexikaner. Sie wusste, er mochte das.

Während des Essens überschüttete er sie mit Erzählungen von der Klassenreise und sie hörte gebannt zu. Diese Zeit gehörte nur ihm, und er freute sich darüber.

***

Betty hatte schlecht geschlafen. Das war nicht gut. Sie fühlte sich wie durch die Mangel gedreht. Permanent hatte sie sich Gedanken gemacht, was Mr Jackmann denn mit ihr zu besprechen hatte. Zwar hatte sie John beim Essen immer wieder gefragt, ob er sich auf der Klassenreise daneben benommen hätte, aber er beteuerte, dass dem nicht so gewesen war.

Mit einem Flattern im Herzen erklomm sie die Stufen des Treppenhauses zu Johns Klasse. Als sie vor der Tür stand, schloss sie kurz die Augen und atmete tief durch, dann klopfte sie, wartete kurz und machte die Tür auf.

Mr Jackmann saß an seinem Lehrerpult, vor ihm ein geöffneter Laptop. Er blickte auf, nahm seine Brille ab und erhob sich. »Mrs Handson, bitte.« Seine offene Hand wies auf einen Stuhl, der direkt vor seinem Pult stand.

Sie schloss die Tür, kam auf ihn zu, nahm die Hand, die er ihr zur Begrüßung reichte.

»Schön, dass Sie es einrichten konnten«, sagte er und setzte sich zeitgleich mit ihr.

»Nun, was war so wichtig? Hat John etwas ausgeheckt? Mir gegenüber hat er beteuert, nichts getan zu haben.«

»Das ist auch so. Es geht in diesem Fall tatsächlich nicht um ihn, sondern um Sie!«

»Um mich?« Im ersten Moment war Betty wie geschockt. Doch sie schlug die Beine übereinandere und sagte »Ich höre« betont locker, aber ihr Herz hatte einen Hüpfer in ihrer Brust gemacht und hämmerte nun weiter. Gut, dass er sprechen musste.

»Können Sie sich noch daran erinnern, was ich zu meiner Handynummer sagte?«

Betty wich die Farbe aus dem Gesicht. »Äh … ja.«

»Und, was war es?«

»Bin ich eine Ihrer Schülerinnen?« Betty erhob sich. »So können Sie mit Ihren Schülern reden, nicht mit mir.«

»Aber leider haben Sie meine Anweisungen genauso missachtet, wie meine Schüler, wenn ich ihnen Hausaufgaben gebe.«

»Das ist ja wohl ein riesiger Unterschied! Ich wollte lediglich, dass Sie meinem Sohn meine Glückwünsche überbringen. Das ist alles. Ist das so sträflich?«

»Nein, aber es war kein Notfall!«

»Das ist ja wohl lächerlich. Mein Sohn ist fünfzehn geworden und ich war nicht bei ihm, da war es doch wohl nicht schlimm ...«

»Ich sagte«, unterbrach er sie, »nur für den Notfall. Und es war keiner!«

»Sie sind kleinkariert und egoistisch«, rutschte es Betty raus.

Mr Jackmann erhob sich und sein Stuhl schabte laut über den Boden. »Wie bitte?« Er stützte sich auf sein Pult und kam ihr dadurch sehr nahe.

Sie roch sein Aftershave. Wie auch schon am Bahnhof. Es war männlich, dunkel, mit etwas Leichtem, Frischen darin. Betörend geradezu. Sie konnte so nicht denken, suchte nach Worten, um ihren Angriff wieder wettzumachen. Doch stattdessen hörte sie sich sagen: »Sie können es wohl nicht ertragen, wenn es mal nicht nach Ihrer Nase läuft. Aber ich bin keine Ihrer Schülerinnen, sondern Ihresgleichen. Wobei nein, so ein verschrobener Mensch wie Sie bin ich nicht.«

Seine Augen wurden dunkler, seine Brust hob und senkte sich schneller. Er hatte ein Hemd an, bei dem die obersten drei Knöpfe offenstanden, sie konnte seine helle Brust sehen, die im Schatten des Hemdes lag.

Betty wurde sich bewusst, dass sie ihm ins Hemd gestarrt hatte, wie peinlich! Ausgerechnet in dieser Situation! Als sie zu seinen Augen zurückkam, hatte sich etwas in seinem Ausdruck verändert. Sie konnte nicht weiter darüber nachdenken, denn er löste sich von seiner Position hinter dem Pult und ging mit bestimmtem Schritt an ihr vorbei zur Klassentür.

Okay, das war's, dachte Betty, jetzt würde er sie hochkant rausschmeißen. Doch zu ihrem Entsetzen drehte er den Schlüssel um, der im Schloss steckte. Dann kam er zu ihr zurück. Was hatte er vor? Wollte er sie jetzt vertrimmen? Es waren bestimmt noch Lehrer und Schüler im Gebäude, die hören würden, wenn sie um Hilfe rief.

Nun stand er dicht vor ihr. Sie musste zu ihm aufblicken.

»Was war das eben?«, fragte er betont ruhig.

Ihr Herz raste. Was hatte er nur vor? Ihr fiel keine Antwort ein. Sein Duft und seine Aura verwirrten sie und mehr als das, sein nicht zu deutender Gesichtsausdruck. Dann blickten seine Augen auf ihren Mund.

Oh Gott, er wollte sie doch tatsächlich küssen! Ihr Mund war leicht geöffnet, ihr Atem ging einen Tick zu schnell, um als normal zu gelten. Ein paar Sekunden sah sie ihm in die Augen, denn sein Blick war wieder zu ihren Augen zurückgekehrt, dann senkte sie langsam den Blick auf seine Lippen und schob den Kopf einen Hauch mehr in den Nacken. Seine Lippen legten sich auf ihre. Sanft, vorsichtig ... das hatte sie nicht erwartet. Sie glaubte, er würde seine ganze Wut in seinem Kuss ausdrücken. Es war ein Vortasten gewesen. Der nächste Kuss kam, und er war intensiver. Betty schloss die Augen. Seine Lippen waren warm, weich, eigenwillig, erkundeten ihre Lippen. Dann schob sich seine Zunge in ihren Mund. Das konnte sie nicht zulassen, er war doch ... Aber es war unglaublich schön. Er war sanft und einfühlsam, suchend und tastend. Sie konnte nicht Nein sagen, konnte nicht aufhören. Vorsichtig legte sie ihre Hände auf seinen Rücken, weniger, um sich an ihn ranzuschmeißen, eher, um Halt zu suchen. Er schlang die Arme ebenfalls um sie, hielt sie fest, drückte sie an sich. Sie wusste, er spürte nun ihre Brüste an seiner Brust, und sie fühlte im Gegenzug etwas Festes an ihrem Bauch. Er war hart. Das löste einen unglaublichen Konflikt in ihr aus. Sie drückte ihn weg.

Überrascht sah er sie an.

»Wir ... wir dürfen nicht ...«, stammelte Betty.

»Wieso nicht?«

»Ihre Frau ...«

Sein Mund verzog sich zu einem Grinsen. »Welche Frau?«

»Sie haben keine ...?«

Er schüttelte den Kopf. »Keine Frau, keine Freundin. Und du? Hast du einen Mann?«

Kurz zögerte sie. Wenn sie Ja sagte, dann hörte er auf, ließ sie gehen. Das wäre super. Aber, wollte sie denn gehen? Es war gerade so unglaublich schön! Sie hatte schon lange keinen Mann mehr gehabt. Und noch länger war es her, dass sie so geküsst worden war. Sollte sie ihm anbieten, dass sie sich erst mal richtig kennenlernten und essen gingen, Dinge unternahmen? Aber sie wollte ihn jetzt. *Jetzt und hier.* Sie war scharf und er war scharf. Vielleicht war es der falsche Weg, aber für wen war es der falsche Weg? War es nicht richtig, im Hier und Jetzt zu leben? »Nein, ich habe keinen Mann, auch keinen Freund«, sagte sie leise.

Er zögerte. So standen beide voreinander und taten nichts. Betty wusste, dass es nun an ihr war, den nächsten Schritt zu machen, ihm zu zeigen, dass auch sie ihn wollte. Und so stellte sie sich auf die Zehenspitzen, schlang die Arme um ihn und küsste seine Lippen. Er antwortete stürmischer, als sie erwartet hatte. Doch mit dieser Art riss er sie mit. Wild fielen nun ihre beiden Lippen übereinander her. Betty drückte ihren Körper an seinen und er presste sie noch dichter an sich. Sie fühlte wieder seine Härte, stellte sich vor, wenn diese in ihr verschwand. Hitze schoss ihr ins Gesicht.

Er ging in die Hocke und kam wieder hoch. Seine Hände hatte er auf die Seiten ihrer Beine gepresst und schob somit ihr Kleid nach oben. Sie fühlte, wie er ihre Pobacken knetete und sie immer wieder an sein Glied, das noch in seiner Jeans versteckt war, drückte. Als seine rechte Hand nach vorn glitt und über ihren Venushügel streichelte, der noch unter ihrem Slip verborgen lag, stöhnte sie auf. Er nahm seine Hand weg. Prüfend sah sie zu ihm auf. Seine Gesichtszüge waren ernst, aber um seine Mundwinkel zuckte es ein wenig. Sie musste lächeln. Das tat er dann auch.

Sie hörte, wie er seine Knopfleiste öffnete, und schließlich die Hose fallen ließ. Sie rauschte nach unten auf seine Schuhe. Sein Hemd verdeckte fast seine Boxershorts.

Sie wollte nicht untätig bleiben und fing mutig an, ihm das Hemd aufzuknöpfen. Ihre Finger zitterten, und so dauerte es etwas länger als sie gehofft hatte. Als sie es ihm von den Schultern streifen wollte, hielt er ihre Hände fest an seine Brust gepresst, blickte ihr in die Augen und küsste sie erneut, ohne die Position seiner Hände zu ändern. Dann ließ er sie los, ergriff das Ende ihres Kleides und zog es ihr über den Kopf. Seine Augen glitten über ihren schlanken Körper, blieben kurz beim BH hängen. Mutig griff sie auf den Rücken und öffnete ihn, gab ihm den Blick auf ihre Brüste frei. Und er tat genau, was sie sich vorgestellt hatte, er sah ihre Brüste an. Unter seinem Blick, und wahrscheinlich auch der Kühle des Raumes, stellten sich ihre Brustwarzen auf. Er beugte sich hinab und umkreiste mit der Zungenspitze einen Nippel, drückte ihn dann. Ein Schauer rann Betty über den Rücken und ihr Körper zitterte kurz. Er reagierte darauf nicht, sondern widmete sich dem anderen Nippel. Seine Zunge war ruhig und ausdauernd. Als sie über ihren Nippel drückte, legte Betty ihre Hände auf dem Rücken ineinander und drückte zu. Sie musste sich einfach an irgendetwas festhalten, und das Einzige, was sich ihr bot, waren ihre Hände.

Er blickte zu ihr auf, nahm bestimmt ihren beschleunigten Atem wahr. Dann bückte er sich, streifte Schuhe, Socken und

Jeans ab, kam wieder hoch, legte seine großen Hände auf ihre Oberarme und bugsierte sie zu einer Wand. Mit dem Rücken drückte er sie dagegen. »Hast du diesen Halt gesucht?«, fragte er leise.

Atemlos nickte sie.

Seine rechte Hand glitt über eine ihrer Brüste, fuhr dann tiefer und zog ihr mit der anderen Hand zusammen das Höschen aus. Betty befreite sich davon, indem sie zwei kleine Schritte auf der Stelle machte und das Höschen sich so löste und schließlich neben ihren Pumps lag.

Er ging langsam in die Hocke, wobei seine Zunge über ihre Brüste, über ihren Bauch bis hinunter zu ihrer Scham glitt.

»Mr Jackmann ...«, hauchte Betty.

»Paul«, sagte er.

Sie spürte seinen Atem an ihrer rasierten Scham. Dann öffneten seine Hände ihre Beine ein Stückchen und schon schob sich seine Zunge dazwischen. Dieses Gefühl war umwerfend! Betty stöhnte und schwankte. Er drückte mit einer Hand auf ihren Bauch und hielt sie so an die Wand gepresst. Sie legte vorsichtig ihre Hände auf seine durchtrainierten Schultern, die unter dem Hemd verborgen lagen. Als seine Zunge mit ihrer Perle spielte, stöhnte sie und griff ihm fest in seine Haare. Seine Zunge wurde schneller.

»Oh Paul, bitte nicht ...«, stöhnte sie.

Er antwortete nicht. Seine Zunge machte einfach genauso weiter, flatterte über ihre Klitoris, drückte sie und schließlich saugte sein Mund an ihr. Mit einem Aufschrei brach der Orgasmus über sie herein. Ihre Hand krallte sich in seine Haare, ihr Bauch spannte sich an und Wellen des Lustgefühls rauschten durch ihren Unterleib. Sie hatte die Luft angehalten und als der Orgasmus abebbte, sog sie den fehlenden Sauerstoff mit einem ringenden Geräusch scharf ein.

Paul richtete sich auf. Seine linke Hand schob sich im Nacken in ihre Haare und er küsste sie. Sie schmeckte sich selbst. Ihr rechtes Bein schlang sich um seine Hüfte und sie rieb sich provokativ an ihm. Ihre Lust war noch nicht gestillt, sie war geweckt.

»Na, jetzt willst du es aber wissen ...«, raunte er in ihr Haar, während er seine Boxershorts nach unten drückte. Sein Schwanz wippte gegen ihren Bauch, und die Berührung löste einen Blitz in ihrem Bauch aus, der direkt auf ihr Herz zuschoss und es hektisch klopfen ließ. Er ging etwas in die Hocke, setzte seinen Schwanz an ihren Eingang und schob sich langsam in sie. Betty glaubte, ihre Atmung müsste erneut aussetzen. Dieses Gefühl war unglaublich intensiv und gewaltig. So lange hatte sie schon keinen Mann mehr an sich, geschweige denn, *in* sich gespürt. Sie hielt sich an seinem Rücken fest, während er sich an sie presste und sein Becken bewegte. Sie schloss keuchend die Augen. Glücklicherweise hörte sie auch seinen schweren Atem. Als sie die Augen aufschlug, sah sie, dass er sich rechts und links neben ihrem Kopf an der Wand abgestützt hielt. Sein Blick bohrte sich in ihren, während sein Becken immer wieder die gleiche Bewegung ausführte und sein Schwanz sie von innen massierte. Nach und nach löste diese Reibung etwas in ihr aus. Ihr Atem ging schneller, sie spürte, wie ihr die erste Schweißperle über das Rückgrat lief. Ihre Brüste kreisten an seiner festen Brust und ihr Lustfaktor steigerte sich von Sekunde zu Sekunde. Ihr Mund öffnete sich, leise Laute entrangen sich ihr, ein sanftes Stöhnen gesellte sich dazu. Ihr Geist nahm diese innere Lust wahr, die von ihm in Kombination mit ihr ausgelöst wurden. Er schien es auch zu spüren, denn seine Stöße wurden schneller. Sie krallte sich in seine Schultern, keuchte, japste. Er zog das Tempo noch mal an, packte ihr Becken und stieß heftig in sie rein. Das war zu viel! Sie schrie. Er hielt ihr den Mund zu und kam ebenfalls. Seine Laute waren unterdrückt, tief in ihm, grollend. Sein Körper wurde steif und fest, drängte sich tief in ihr Innerstes, bis sein Körper sich wieder entspannte. Es blieb nur noch ein erschöpftes Atmen zurück – auf beiden Seiten.

Er blickte ihr in die Augen. Sie lächelte. Daraufhin küsste er sie, ohne seine Position zu verändern. Es war ein warmer, fast liebevoller Kuss. Das hatte Betty nicht erwartet, und sie erwiderte ihn gern.

Schließlich löste er sich von ihr, zog sich aus ihr raus. Beide grinsten sich an, als sie sahen, wie ihr sein und ihr Saft an den Innenseiten der Schenkel hinablief. Er ging zu seiner Schulmappe und brachte ihr zwei Taschentücher mit.

Sie fühlte, dass dieser Mann etwas ganz Besonderes war. Nie hätte sie für möglich gehalten, dass sich hinter so einem kumpelhaften, etwas zu coolem und bestimmendem Lehrer, ein so netter und sensibler Mensch befand. Sie versuchte, einen Blick von ihm zu erhaschen, aber er hatte sich wieder abgewendet, zog sich an.

»So, dann beeil dich. Zieh dich an und hau ab, hat sowieso schon viel zu lange gedauert«, sagte er.

Betty glaubte ihren Ohren nicht zu trauen. Es konnte sich nur um einen Scherz handeln, das hatte er jetzt nicht wirklich zu ihr gesagt! Wieso diese plötzliche Hundertachtzig-Grad-Drehung? Sie war wie geschockt.

Kam sie etwa rüber wie ein »leichtes Mädchen«, das Bock auf ihren Lehrer hat, mal eben durchgevögelt wird und sich dann den nächsten Schwanz sucht? Machte sie etwa so einen Eindruck? Oder war *er* so ein Vogel? Nahm er sich eine Mommy nach der anderen, weil sie sich ihm an den Hals warfen?

Er hatte wohl ihre Starre bemerkt, drehte sich zu ihr um und grinste. »Das war doch nur ...«

Ein lautes Klopfen unterbrach ihn. Beide Gesichter ruckten zur Tür, als könnten sie dort etwas sehen.

»Mr Jackmann?«, hörten sie eine männliche Stimme.

Paul legte seinen Zeigefinger auf die Lippen, Betty nickte kurz, obwohl sie am liebsten etwas ganz Fieses gerufen hätte, um ihn reinzureißen und es ihm heimzuzahlen. Doch sie schwieg.

Ein Rütteln an der Tür. »Mr Jackmann, sind Sie da drin? Ich bin's, Walter Friend. Ich habe Mrs Turner bei mir. Sie sagte, sie hätte komische Stimmen und Geräusche gehört. Ich schließe jetzt auf.«

Betty wich das Blut aus den Wangen. Aber auch Paul entgleisten die Gesichtszüge. »Shit«, fluchte er leise.

Geschieht dir recht, Mistkerl, dachte Betty und verschränkte die Arme vor der Brust.

Schnell blickte sich Paul um, lief zu Betty, packte sie am Oberarm und zerrte sie zum Pult. »Los, versteck dich da drunter.«

»Du spinnst wohl!«

»Hör auf zu diskutieren, dafür haben wir jetzt keine Zeit. Und sei um Himmels Willen leise!«, zischte er, während er Betty an den Schultern nach unten drückte.

»Das wird dich was kosten, dass ich dir den Arsch rette!«, fauchte Betty zurück und krabbelte in erniedrigender Position unter das Pult.

Nach mehreren Versuchen, den passenden Schlüssel zu finden, hatte der Hausmeister es wohl endlich geschafft, denn Betty hörte, wie sich die Tür öffnete. Sie sah, wie Paul sich nervös das Hemd in die Hose steckte, denn er hielt sich hinter dem Pult auf. Doch als der Hausmeister eintrat, löste er sich davon und Betty hörte ihn überfreundlich rufen: »Hallo, Mr Friend. Hallo Mrs Turner ...«

»Warum haben Sie denn abgeschlossen?«, wollte die Frau wissen.

»Ich wollte ungestört arbeiten können.«

»Haben Sie mich denn nicht gehört? Ich hatte schon mal vor etwa zehn Minuten gerufen, doch ich vernahm nur Geräusche, als wenn jemandem nicht gut ist.«

»Oh, ach, ich hatte Kopfhörer auf und hörte einem Geigenquartett zu. Wahrscheinlich habe ich ein bisschen mitmusiziert. Ich weiß, meine Talente liegen nicht beim Singen.« Er lachte.

Und die liebliche Lache von Mrs Turner schloss sich ihm an.

»Na, dann ist ja alles gut. Ich gehe wieder«, brummte der Hausmeister und Betty hörte ihn wegschlurfen.

»Wunderbar!«, sagte Mrs Turner. »Ich habe nämlich noch ein paar Fragen an Sie. Kann ich mich kurz ans Pult setzen?«

»Ach äh, wenn es Ihnen nichts ausmacht, wäre es super, wenn Sie hier vorn Platz nehmen würden. Und ich ähm ... setze mich ans Pult.«

Betty erschrak. Wie wollte er denn seine langen Beine darunter bekommen, wenn *sie* dort war? Sie machte sich so leise wie möglich klein. Er schob den Stuhl zurück und setzte sich, wohlweislich allerdings mit einigem Abstand. Doch sein einer Fuß stieß an ihre Handfläche und der andere an ihr Bein. Sie hockte auf allen vieren und das seitlich. Wenn sie sich nach vorn drehen würde, hätte sie seine Männlichkeit direkt vor dem Gesicht. Sie schloss verzweifelt die Augen. Was machte sie hier bloß!

Paul räusperte sich und klappte den Laptop auf. Betty sah, wie sich Mrs Turner setzte, denn ihre Schuhspitzen waren an den unteren Schlitzen des Pultes zu sehen. Ganz brav saß sie dort. Aber Betty war sich sicher, dass Mrs Turner ganz und gar nicht brav war.

»Und, was haben Sie auf dem Herzen?«, flötete Paul freundlich.

Wie Betty ihn in diesem Moment hasste. *Sie* hatte er fast hochkant rausgeworfen, und mit dieser Schnecke turtelte er, während sie außerdem in dieser jämmerlichen Position unter dem Pult hocken musste. Sie würde es ihm heimzahlen! Aber wie? Als sie seine Beine sah, kam ihr eine Idee. Ihr Herz begann laut und stark zu klopfen, als sie sich ausmalte, was sie da tun wollte und wie er wohl reagieren würde. Ein Grinsen legte sich auf ihr Gesicht. Jetzt oder nie …

Langsam rutschte sie zwischen seine Beine, sodass er sie nicht mehr schließen konnte, streckte ihre Hände aus und öffnete den obersten Hosenknopf seiner Jeans. Ein Zucken ging durch seinen Körper. Seine Beine wollten sich zusammenpressen und sofort war eine Hand von ihm bei ihren Händen und versuchte, sie mit einer schnellen Handbewegung wegzustoßen, wobei er so tat, als würde er mit dem Rutschen des Hinterns eine neue Sitzposition einnehmen.

Doch Betty ließ sich nicht wegstoßen. Sie zog am Verschluss seiner Jeans und schon waren zwei weitere Knöpfe offen.

Sie hörte, wie Paul sich räusperte. Aber, er konnte nun mal nicht viel tun, wenn er sich nicht verraten wollte. Also war sie weiter mutig und zog auch die letzten Knöpfe auf. Sie sah seine Boxershorts. Frech wollte sie diese runterziehen, doch nach halb geschafftem Tun packte er ihre beiden Handgelenke. Ihr Herz wummerte.

»… und an dieser Stelle im Buch wird beschrieben, wie der kleinste gemeinsame Vielfache zu finden ist. Aber das Beispiel davon ist falsch. Meines Erachtens … Alles okay bei Ihnen?«, fragte Mrs Turner verwirrt.

»Ja, ja, zeigen Sie nur her. Aha, ich sehe schon. Das scheint aber richtig zu sein …«, versuchte Paul sich auf das mathematische Beispiel zu konzentrieren.

»Das glaube ich nicht. Können Sie nicht mal im Internet nachsehen?«

»Ja, das könnte ich. Aber ich bin mir sicher …«

»Bitte, Mr Jackmann. Ich habe kein Internet zu Hause. Bei mir kommen erst Montag die Monteure, die mir das W-LAN wieder herstellen. Es ist aus irgendeinem Grunde ausgefallen. Aber ich brauche die Informationen dringend zu Montag.«

»Ja, ja, schon gut. Ich sehe nach.« Paul schien genervt, aber er wollte ihr gegenüber nicht unhöflich sein. Also nahm er seine Hände wieder hoch zum Pult und ließ Bettys Handgelenke los.

Beherzt legte Betty ihre rechte Hand auf die Mitte seiner Boxershorts und drückte leicht kreisend zu.

Anscheinend hatte Paul damit nicht gerechnet, denn ihm entfuhr ein Stöhnen.

»Was ist?«, wollte Mrs Turner wissen.

»Diese blöde Webseite ... Na, wird gleich gehen«, redete Paul sich raus.

Betty schmunzelte und fuhr in ihrem Tun fort. Paul presste seine Beine stark zusammen, sodass es ihr fast die Luft abdrückte. Sie drehte sich so, dass er ihr nicht mehr wehtat. Ihre Rippen schützten sie nun. Sie hörte Paul fluchen, was er allerdings auf seinen Laptop schob.

Mutig glitten ihre Finger an den Bund der Boxershorts und zogen die Mitte langsam nach unten. Das war zwar nicht ganz so einfach, weil sein Schwanz nun stark erigiert war, aber sie schaffte es. Als sich ihre Finger um das harte, warme Fleisch schlossen und es langsam zu reiben begannen, drückte Paul seine Beine noch stärker zusammen und ihm entwich ein Stöhnen. Betty hörte, wie er es auf die Schreiber der Internetseite schob, um vor Mrs Turner die Fassade aufrecht zu erhalten.

Wir sind noch nicht fertig, Paul Jackmann, jetzt bekommst du deine Strafe, dass ich hier unter dem Pult wie eine Hündin hocken muss, dachte Betty und schob ihren Körper so eng wie möglich zwischen seine gespreizten Beine. Ihr Mund konnte sich nun mühelos um seinen geilen Schwanz schließen. Ein

Blick nach oben zeigt ihr, wie angespannt Paul atmete. Als sie ihren Kopf vor und zurück bewegte und seinen Schwanz so mit dem Mund massierte, keuchte er laut auf.

»Alles in Ordnung, Mr Jackmann?«, fragte sein Gegenüber besorgt.

»Ja, ja, ich rege mich nur auf, dass diese Idioten es nicht schaffen, eine vernünftige Webseite zu bauen. Wenn ich noch länger diesen Mist ertragen muss, werde ich fuchsteufelswild. Vor allem, wenn diese miesen Seiten nicht aufhören, dann werde ich denen ordentlich Dampf unterm Hintern machen. Ich kann sehr, sehr ungehalten werden!«

Betty verstand diese Zweideutigkeit.

Nur Mrs Turner nicht. »Das würde doch nichts bringen. Wie wollen Sie denn an solche Leute rankommen? Per E-Mail oder anrufen?«

»Die sitzen hier ganz in der Nähe. Ruck zuck bin ich da und würde sie mir packen!« Er stöhnte erneut und fluchte dann.

Betty machte ihre Arbeit richtig Spaß. Sie ließ sich alle Zeit der Welt, seinen Schwanz langsam in ihren Mund zu schieben und wieder herausgleiten zu lassen. Ihre rechte Hand versuchte, an seine Hoden zu kommen, doch das war etwas schwieriger, weil er saß und seine Jeans noch anhatte. Aber das, was sich ihr willig entgegenreckte, genügte ihr auch. Ihr gefiel, ihn mit ihrer Zungenmassage so quälen zu können, ihr gefiel, dass er so emotional war und ihr gefiel, dass er keine Chance hatte, sich wehren zu können.

Sie nahm sich vor, ihn noch mehr herauszufordern. Vorsichtig tauchte sie mit der Zungenspitze in den kleinen Schlitz seines Penis', sein Bauch spannte sich an und seine Pobacken pressten sich zusammen. Erneut schob sie sich seinen Schwanz tief in den Mund. Ein Zittern durchfuhr seinen Körper.

»Sie müssen sich doch nicht so sehr darüber aufregen, Mr

Jackmann. Wir können doch auch auf einer anderen Seite suchen«, schlug Mrs Turner vor.

»Nein, schon gut, ich hab's gleich.«

Betty gab sich Mühe. Sie schloss die Augen und bewegte ihren Kopf nun gleichmäßig vor und zurück, während sie die Luft aus ihren Wangen sog. Sie spürte, wie sein Schwanz knüppelhart wurde. Etwas Salziges glitt auf ihre Zunge. Sie wusste, gleich hatte sie ihn. Sie würde Paul leiden und vor allem kommen lassen. Doch in diesem Moment drückte sich seine rechte Hand auf ihren Kopf und versuchte, sie von sich zu drücken. Betty wollte auf keinen Fall aufgeben. Sie hatte ein Ziel, und das würde sie weiterverfolgen, bis zum Schluss. Sie wurde schneller, trotz seiner Hand. Als sie merkte, dass sein Schwanz kurz vor dem Bersten war, nahm er die Hand weg und überließ sich ihrer Führung. Sie hörte, wie Paul verzweifelt auf den Webseiten rumklickte und versuchte, zu schimpfen und sich aufzuregen, als ihr sein Saft in den Rachen schoss. Sein Schwanz zuckte und spritzte, mehrere Male. Zeit für Paul, so richtig zu stöhnen, angeblich sauer zu sein und mit der Faust auf den Tisch zu schlagen. Sein Körper bebte.

Paul entschuldigte sich bei Mrs Turner. Er las ihr jetzt etwas vor und sie verstand. Anscheinend war ihr sein Gemütszustand nicht ganz geheuer. Sie bedankte sich und verabschiedete sich zügig, wünschte ihm ein schönes, besonders erholsames Wochenende. Sie sagte, sie wüsste ja auch, dass die Zeit auf der Klassenreise anstrengend für ihn gewesen war. Recht schnell war sie aus dem Raum und schloss die Tür.

Mit einem Satz sprang Paul auf, rannte zur Tür, drehte wild den Schlüssel im Schloss und kam zurückgelaufen, riss Betty am Oberarm unter dem Pult hervor und schrie sie an: »Sind Sie von allen guten Geistern verlassen?! Sind Sie völlig verrückt geworden?! Was sollte das?!«

»Das war meine Rache, dass Sie mich nach dem Sex am liebsten rausgeworfen hätten und dass ich unter dem Pult kauern musste wie ein Hund!«

»Vorhin, das war ein Scherz! Und mit dem Pult eine Notlösung!«

»Das ist mir völlig egal. Sie haben Ihre gerechte Strafe bekommen!« Betty zog sich ihr Kleid zurecht und nahm ihre Tasche.

»Oh nein, so leicht kommen Sie mir nicht davon!«, zischte Paul sie wütend an. Er knallte seinen Laptop zu und riss ihn vom Pult, sämtliche Unterlagen wischte er mit einer Handbewegung auf den Boden. Dann packte er Betty und drückte sie grob auf das Pult. Sie versuchte, sich zu wehren, doch er war stärker. Außerdem war er noch voller Energie und anscheinend auch Adrenalin, sodass er wahrscheinlich Bäume hätte ausreißen können. Sein Schwanz war noch immer hart. Wie konnte das sein, fragte Betty sich, es war doch bei allen anderen Männern bereits nach dem ersten Orgasmus vorbei! Doch aus ihm sprach das Tier, und sie war sich sicher, dass es auch noch in ihm wütete. Seine Augen sprühten vor Zorn, Wut und Gier ...

Seine Hände zogen sie an den Pultrand und schoben ihr sofort das Kleid nach oben. Mit einem Ruck hatte er ihr Höschen zerrissen. Betty schrie kurz auf, als er mit einem Schwung in ihre Möse stieß. Erst jetzt merkte sie, wie geil sie war. Die ganze Situation hatte sie so dermaßen angestachelt, dass sie froh war, seine Härte erneut in sich zu spüren, nur war es diesmal wild, animalisch, kaum auszuhalten. Sie nahm dankbar seinen Schwanz in sich auf und ließ die hektischen, wilden Stöße mit Lust über sich ergehen. Ihre Füße stellte sie auf die Pultkanten und öffnete ihre Beine noch mehr für ihn. Mit Keuchen und verzerrtem Gesicht, halb geöffnetem Mund

und schwitzend stieß er in sie. Sie spürte, wie ihr Orgasmus heranrollte. Sie würde ihn nicht lange zurückhalten können und sie wusste, er würde heftig werden. So, wie sie sich beide wie die Tiere benahmen, so würde auch ihr Orgasmus werden. Sie hörte das Klatschen ihrer verschwitzten Leiber, wenn sie aufeinandertrafen. Jeweils ein tiefer Laut von ihm begleitete jeden seiner Stöße.

Betty keuchte, dann hechelte sie. Er fickte tief in sie. Mit einem Schrei war sie da. Es war genau, wie sie sich gedacht hatte: Der Orgasmus kannte keine Gnade, er war gigantisch und wütete durch ihren Unterleib, rollte wie eine Welle über ihren gesamten Körper. Für drei Sekunden ging nichts bei ihr: keine Atmung, kein Blutfließen, kein Hören, kein Sehen – nur dieses unglaubliche Gefühl der Befreiung, des Lustempfindens ... Es war wie Feuer, Wasser, Erde und Luft zugleich. Der absolute Wahnsinn!

Pauls zuckender Schwanz und sein lautes gequältes Aufstöhnen verrieten ihr, dass auch er da war. Erschöpft sackte sein Oberkörper auf ihren. Sie nahm ihn in die Arme und er schloss die Augen. Beide zelebrierten diesen einmaligen Moment.

***

Betty schlug die Augen auf. Sie blicke in Neonröhren. Ihre Hände fühlten Haare, etwas Schweres lag auf ihr. Sie beugte sich hoch, sofort schoss ein Schmerz durch ihren Rücken.

»Au!«, stieß sie hervor.

Paul richtete sich auf, seine Augen blinzelten, er stöhnte leise, wohl auch unter der ungewohnten Lage, die er eingenommen hatte. »Betty?«, fragte er.

»Hmm ...«

»Alles okay bei dir?«

Sie nickte.

Er half ihr vorsichtig beim langsamen Aufrichten.

Als sie auf dem Pult saß und er vor ihr stand, lächelte er sie an. Sie lächelte zurück. Er beugte sich vor und gab ihr einen Kuss auf den Mund. Sie merkte, dass er sich nur mühevoll von ihr löste. Schließlich beugte er sich hinab und zog seine Hosen an. Er half ihr vom Pult. Ihr Kleid rutsche runter.

Sie nahm ihre Tasche und beide gingen schweigend zur Tür. Er drehte den Schlüssel.

»Betty ...«, begann er. »Du sollst wissen: Das, was hier heute war, mache ich nicht mit jeder Frau. Eigentlich habe ich so etwas noch nie gemacht. Ich würde mich freuen, wenn wir in Kontakt bleiben.«

Betty nickte und lächelte ihn an. »Du hast ja meine Nummer.«

»Richtig. Ich rufe dich an.«

Betty wollte gerade den Klassenraum verlassen, als sie sich noch mal zu ihm umdrehte und sagte: »Aber nur für den Notfall!«

In der Höhle des Löwen

Die Beats wummerten in meinem Bauch. Die Strahler der bunten Lichtanlage drehten sich über der Tanzfläche. Verschiedenste Parfum-Düfte lagen im diffusen Licht der Disco. Tanzende Körper wiegten sich im Rhythmus der Musik. Augen blickten umher, suchten, beobachteten, nahmen auf.

Ich sah zu meiner Freundin Susan. Sie hatte die Augen geschlossen, wiegte ihren Kopf hin und her, ließ sich in die Musik fallen, beim Refrain bewegten sich ihre Lippen. Schließlich öffnete sie die Augen und blickte mich an. Ihr Mund verzog sich zu einem Lächeln. Ich lächelte zurück. Ich fragte mich, wie sie es schaffte, mit ihren geschlossenen Augen Männern zu signalisieren, sie anzusprechen.

Denn keine fünfzehn Minuten später stand sie an der Bar mit einem ziemlich gut aussehenden Typen. Ich folgte den beiden, weil sich für mich irgendwie keiner zu interessieren schien. Oder sendete ich die falschen Signale? Klar, ich hätte auch gern einen Mann getroffen, den ich aber erst einmal kennenlernen wollte. Ich suchte das große Ganze. Einen Mann fürs Leben. Das war meine Einstellung. Wenn Susan das hörte, verdrehte sie die Augen und stöhnte. Stets war ihre darauf folgende Aussage: »Gott, gönn dir doch mal ein bisschen Spaß in deinem Leben. Wenn du so verbissen einen Mann suchst, wird das nie was, Nora.« Deshalb sagte ich nichts mehr, behielt meine Gedanken für mich. Sie suchte den Mann für Abendteuer und ich suchte den Mann fürs Leben. Leider war ich schon seit vier Jahren Single und seitdem hatte ich keinen Sex mehr gehabt. Wenn ich daran zurückdachte, wurde mir schlecht. Ich musste im Stillen zugeben: Ich war tatsächlich ausgehungert danach, von einem Mann mal wieder begehrt zu werden, verführt zu werden, geküsst zu werden, gefickt zu werden ...

»Möchtest du auch was trinken?«, fragte mich ein großer Blonder, der neben meiner Freundin an der Bar stand. »Du guckst so durstig.«

Durstig? Wahrscheinlich hatte ich ihn ausgehungert angestarrt. Denn meine Gedanken hatten mich selber überrascht. »Äh, ja, ein ... Wasser.«

Er lächelte. »Okay, kein Problem.«

Susan verdrehte die Augen. Sie hatte vor sich einen Sekt auf Eis stehen. Auch in diesem Punkt war ich wohl die Spaßbremse. »Ich muss noch fahren«, versuchte ich mein Wasser zu rechtfertigen. Aber mein Getränk war wie ich: ohne Spaß.

***

Eigentlich wollte Susan nur auf die Toilette gehen. Ich schlug vor, mit ihr mitzukommen, doch sie lehnte ab und sagte, dass sie diesmal allein gehen müsste. Woraufhin sie mir verschwörerisch zuzwinkerte. Was hatte das nun wieder zu bedeuten? Denken konnte ich es mir schon. Ich gab ihr die Zeit, die sie brauchte. Doch nachdem ich sie eine halbe Stunde lang nicht gesehen hatte, wurde mir doch etwas mulmig zumute. Ich suchte sie, lief von einem Raum in den nächsten. Ich checkte die Frauentoilette, sogar in die Männertoilette warf ich einen Blick und rief ihren Namen. Ein Typ grinste mich an, näherte sich gefährlich meinem Hals, raunte in mein Ohr, ob ich mich für ihn aufgespart hätte und legte eine Hand auf meine Hüfte ... Erschrocken zog ich mich zurück.

Schließlich fand ich Susan. Sie war draußen unter einem Baum mit ihrer neuen Eroberung. Gerade noch sah ich Susans verführerischen Schlafzimmerblick, dann war sie mit ihm im Dickicht verschwunden. Ich rief ihren Namen, doch sie hörte mich nicht mehr. Fand ich das gut, dass sie mit jedem nächstbesten Typen abzog und es im Grünen trieb? Ich seufzte. War ich prüde? War ich eifersüchtig? Was war ich? Grundsätzlich untervögelt: ja. Aber ich würde es niemals mit einem Typen treiben, den ich nicht kannte. Wo blieb das Vertrauen? Ich fand es ehrlich gesagt unmöglich, dass meine Freundin mit jedem Typen gleich herumvögelte.

Ich lief den beiden hinterher. Erst über ein sehr großes Rasenstück, dann am Baum vorbei, in Richtung Grün. Schon jetzt hörte ich die beiden. Schließlich, nachdem ich mich ein Stück weiter in den Wald reingewagt hatte, sah ich sie. Susan stand mit dem Rücken an einen Baum gelehnt, den Rock hochgeschoben, die Arme nach oben gestreckt, die Hände hielten sich rechts und links jeweils an einem Ast fest. Vor ihr stand, sehr doppeldeutig, ihr neuer Stecher. Er rammte seinen Schwanz heftig in sie, während er sie an den Hüften hielt. Mit jedem Stoß stöhnte Susan.

Mir klappte der Mund auf. Es war abartig, meine Freundin so zu sehen. Aber es machte mich auch unglaublich geil. Das wollte ich nicht zugeben. Aber mein Körper zeigte es mir. Er reagierte und ließ meine Säfte zusammenlaufen. In Natura zu sehen, wie ein Mann eine Frau vögelt, hat etwas Animalisches, etwas Lustmachendes ... Man kann gar nicht anders, als zuzusehen und geil zu werden. So ging es auch mir. Mein Verstand war in diesem Moment lahmgelegt. Ich sah nur diese beiden geilen Menschen, wie sie sich von ihren tiefsten Instinkten treiben ließen. Und es war toll! Ich fand es super. Ich sah, wie sein langer Schwanz sich immer wieder aus Susan zog, um erneut zuzustechen. Er verschaffte ihr und sich Lust. Wahnsinn! Und auf einmal spürte ich etwas, was ich nach Susans Erzählungen noch nie empfunden hatte: einen Stich der Eifersucht. Ich stellte mir mich an dieser Stelle vor, wie ich gefickt wurde, an diesem Baum von einem Mann. Meine Brustwarzen stellten sich auf, pressten sich gegen meinen BH, in meinem Höschen wurde es feucht, mein Herzschlag beschleunigte sich. Da schrie Susan ihre Lust heraus, krallte sich in den Ästen fest und stieß dem Fremden ihr Becken entgegen. Er hielt sie fest, stieß richtig schnell in sie, legte den Kopf in den Nacken und ließ einen kehligen, dunklen Laut beim Ausatmen hören. Sofort stellte ich mir vor, wie sein heißer Samen in meine Freundin spritzte ... Ich war trunken vor Geilheit! Weg! Ich musste weg, und zwar so schnell wie möglich! Ich drehte mich um und flüchtete den Weg zurück.

Nun war ich wieder hier, zwischen all den Tanzenden. Sie hatten nichts erlebt, außer zehn weiterer Musikstücke und wechselnden Beats. Ich hatte einen heftigen Fick beobachtet. Mein Körper glühte. Ich wollte das auch. Oh Gott, was dachte ich da?! Ich war eine Verächterin des One-Night-Stands, des Zwischendurch-Vögelns, und nun das ...

»Hey!«

Ich zuckte zusammen. Neben mir tanzte strahlend meine Freundin Susan. Ja, sie strahlte wirklich. Sie war glücklich. Hinter ihr, fast eineinhalb Köpfe größer, ihr Hengst. Als ich ihn ansah, wurde ich rot. Er strahlte auch.

»Hast du mich vermisst?«, fragte sie durch die laute Musik in mein Ohr.

»Ja. Hab dich überall gesucht. Wo warst du?« Irgendetwas musste ich ja sagen.

»Draußen. Abendluft genießen.«

Aha, dachte ich, so nannte man das also ...

Susan blickte sich zu ihrem Typen um und er grinste sie an.

Wieder versetze mir das einen Stich. Tja, wenn ich einen One-Night-Stand ablehnte, würde ich auch nie in diesen Kurzgenuss wie meine Freundin kommen.

Der Stecher fragte etwas, das ich nicht verstehen konnte.

Susan lachte. Fragend blickte ich sie an.

»Ob wir Schwestern seien, hat er gefragt.«

Ich nickte verstehend. Das wurden wir ganz oft gefragt. Susan und ich sahen uns unglaublich ähnlich. Äußerlich wie Schwestern, von unseren Einstellungen wie Schwestern, nur nicht, was unsere Einstellung zu Männern und Sex anbelangte. Wir hatten beide braune lange, leicht gelockte Haare, schmale Gesichter, schlanke Figuren und blaue Augen. Unsere Lippen waren allerdings nicht gleich, Susans waren schmaler als meine. Insgesamt war sie auch ein bis zwei Kilo leichter als ich und ihre Finger feingliedriger, aber ansonsten waren wir uns wirklich sehr ähnlich.

***

»Das ist soo aufregend«, stieß Susan hervor.

Ich schüttelte nur verständnislos den Kopf. Noch vor drei Tagen waren wir in der Shopping-Mall einkaufen gewesen, von morgens bis abends. Wir hatten uns mega verstanden. Doch nun gingen unsere Meinungen wieder auseinander. Aber so was von!

Susan hatte über eine Sex-Plattform einen Typen kennengelernt, mit dem sie heute Sex haben wollte. Wobei kennengelernt zu viel gesagt war. Sie kannten nur ihre Vorlieben beim Sex und äußere Angaben. Dann hatten sie sich ein bisschen per Mail ausgetauscht und nun über das Handy per SMS.

»Und du willst wirklich zu ihm fahren?«, fragte ich ungläubig. »Du hast ihn noch nie gesehen. Was ist, wenn er einen Keller hat und dich da gefangen hält, dich quält oder dich abmurkst?«

»Ach Quatsch! Jetzt hör aber mal auf! Mal doch nicht alles so schwarz.«

Ich seufzte. »Und du malst alles nur rosarot. Wieso wollt ihr euch denn nicht in der Stadt treffen, einen Cocktail trinken und danach in ein Hotelzimmer gehen?«

»Er sagt, Hotelzimmer wirkt wie Callgirl.«

Ungläubig blickte ich meine Freundin an. »ER sagt das? Und was ist mit dir? Hast du auch eine Meinung?«

»Hey, Nora, nun bleib mal locker. Klar, habe ich das. Ich teile seine Meinung.«

»Du gehst in die Höhle des Löwen, du dummes Lamm!«, sagte ich eine Spur zu laut. Aber ich hatte Angst, Angst, dass Susan nicht nachdachte und nur wegen einem schnellen Sexabenteuer ihr Leben ließ.

Sie schüttelte den Kopf, schwieg aber.

»Susan«, versuchte ich es erneut. »Weißt du, wie der Typ mit Nachnamen heißt? Habt ihr mal telefoniert?«

»Wir schreiben uns SMS und er wirkt sehr sympathisch. Nein, ich weiß weder, wie er mit Nachnamen heißt noch wo er wohnt. Das schreibt er mir nachher.«

»Aber ihr trefft euch doch heute schon ...« Ich verstand die Welt nicht mehr. War ich so unlocker, sah ich wirklich alles nur schwarz? In unserer heutigen Welt war nun mal leider nicht alles rosarot. Wie konnte Susan nur so naiv sein!

»Ich werde mitkommen!«, beschloss ich.

»Was? Wohin? Zu ihm? Du hast sie ja nicht alle!« Entsetzt starrte mich Susan an und warf ihre braunen Locken über die Schulter.

Ich tat es ihr mit meinen braunen Haaren gleich und rutschte mit meinem Stuhl ein Stück an den Tisch ran, um ihre Hände zu nehmen. »Süße, ich möchte mich davon überzeugen, wo er wohnt, dass er ein Mann ist, der es gut mit dir meint. Ich komme bis zur Straße mit, dann werde ich mich vom Auto aus überzeugen, was das für ein Typ ist. Von mir aus kann er gern wissen, dass ich eine besorgte Freundin bin. Vielleicht mache ich ein Foto von ihm.«

Susan atmete tief durch. »Das ist eine tolle Idee, aber alles nicht nötig! Bilder habe ich nun acht Stück von ihm. Mehr brauche ich nicht. Ich habe auch zwei Schwanzbilder. Willst du sie sehen?«

Ich zuckte zurück. »Nein!« Mein Herzschlag hatte sich beschleunigt.

»Ich zeig dir, wie er aussieht. Hier.« Sie suchte in ihrem Handy und zeigte mir sein Gesicht.

Wow, dachte ich, was für ein Mann! Wie schaffte sie das bloß, solche Prachtexemplare aufzuspüren? Ich strich zum nächsten Bild. Er im Eishockey-Stadion mit einem Kumpel. Auch nett. Das nächste Bild. Er beim Rudern und einem umwerfenden Lachen. Unglaublich! Nächstes Bild: sein Schwanz. Ich zuckte zusammen.

Susan lachte. »Geil, nicht?!«

Mir wurde heiß und kalt. »Äh, naja, ist halt ein ... Also, dass er dir das schickt, das ist ja unmöglich!«

Susan winkte ab. »Ach Quatsch! Ich finde es gut. Stell dir vor, du hast ein Sex-Date, der Typ oberlecker und packt dann so ein Drei-Zentimeter-Pimmel aus.«

Wir mussten beide lachen. Ja, das wäre echt Scheiße!

»Wobei, wenn er die richtigen Stellen in einem trifft«, versuchte ich diese armen Männer zu verteidigen.

»Ach nö, jetzt hör auf damit! Ein richtiger Kerl braucht auch einen richtigen Schwanz. Und ausgefahren muss ich mindestens meine dreizehn Zentimeter haben.«

Ich blickte noch mal das Gesichtsbild von dem Typen an. »Wie heißt er?«, fragte ich.

»Liam.«

Liam, dachte ich. In diesem Moment, wo ich sein hübsches Gesicht betrachtete, klingelte das Handy. Ich schrie kurz auf vor Schreck, dann lachten wir beide.

»Das ist er«, flüsterte sie, als könnte er uns hören.

Ich reichte Susan ihr Handy und sie meldete sich verführerisch. Mit dem Telefon und ihrer Stimme schwebte sie ins Wohnzimmer, telefonierte dort weiter.

***

Ich war nervös, Susan nicht. Sie saß bei mir im Auto, redete locker und lachte viel, freute sich auf das Date. Das Telefonat hatte ihr Auftrieb gegeben. Sie gestand mir, dass sie sich mit einem weiteren Mann für heute verabredet hatte. Nachdem ich durch diese unglaubliche Aussage, die Grünphase einer Ampel verpasst hatte, weil ich sie mit offenem Mund angestarrt hatte, und mein Hintermann laut und wütend gehupt hatte, war ich dann noch bei »Dunkelorange« über die Fahrbahn gerauscht. Im Rückspiegel durfte ich mir noch seinen Fuckfinger ansehen. Ja, das hatte ich verdient, allerdings hatte ich auch einen verdammt wichtigen Grund gehabt, nicht zu fahren. Ich teilte meiner Freundin mit, dass sie völlig wahnsinnig sei. Doch ihre typische Reaktion darauf: Sie lachte. Meine typische Reaktion darauf: Ich schüttelte den Kopf.

Nun parkten wir hier, etwa 30 Meter von seinem Haus entfernt, Motor aus. Ich in Jeans, T-Shirt und Turnschuhen, sie in schwarzem Minikleid, keinem BH und Highheels.

»Ich habe eine Idee«, sagte Susan. »Da du ja unbedingt mein Aufpass-Wau-Wau sein willst, klingel du doch, begutachte ihn und dann sagst du, du hättest was im Auto vergessen, und wir tauschen die Rollen ...«

»Genau«, sagte ich ironisch zustimmend, »und der Typ wird auch so bescheuert sein, nicht zu merken, dass ich von T-Shirt und Jeans auf Mini-Kleid und Pumps gewechselt habe ...«

Susan lachte. »Ich könnte ja sagen, dass ich mich für ihn umgezogen habe, sozusagen als Überraschungseffekt.«

»Und was soll das bringen?«

»Dass du ihn siehst und dass du merkst, er ist ein Mann, der einen guten Beruf hat und im Leben steht, es sich nicht leisten kann, eine Frau in seinem Garten zu verscharren – neben den anderen zwanzig.«

»Hör auf, Susan!«, fuhr ich sie an.

»Schon gut, schon gut«, gluckste sie und tupfte sich die Lachtränen aus den Augenwinkeln. »Also, willst du oder soll ich?«

»Ich gehe und klingle, ich will sehen, ob es wirklich der Typ von den Fotos ist!«, sagte ich bestimmt und drückte die Autotür auf.

»Ach, mein liebe Nora, du bist so süß. Als wärst du mein besorgter Papa.«

»Papa ist gut!« Ich schlug die Autotür zu und ging beherzten Schrittes zu dem Anwesen. Es war ein wirklich schönes Haus. Es wirkte modern, aber nicht zu abgehoben. Es fehlte an Blumen. Zwei große Terrakottatöpfe standen neben dem Eingang, in dem sich die Blumen wohlzufühlen schienen. Ich klingelte. Mein Herz hämmerte in meiner Brust. Schritte. Mein Herz hämmerte noch mehr. Die Tür öffnete sich. Mein Herz setzte aus. Ich wusste von den Bildern, dass er gut aussah, aber sein Lächeln und seine Ausstrahlung toppten alles. Sein Blick glitt über meine Aufmachung, die keine war. Er zog die Augenbrauen hoch. Sicher, ich als Mann hätte auch etwas anderes erwartet. So etwas, was wie Susan heute aussah.

»Hallo«, sagte er locker, »du musst Susan sein.«

»Hallo«, kam über meine Lippen. Mehr hörte ich nicht. Anscheinend sagte ich dann wohl auch nichts mehr.

Er war amüsiert. »Du siehst zwar ein bisschen anders aus, als auf den Bildern, aber ... du gefällst mir. Komm rein.«

Stimmt. Er hatte ja auch Bilder von Susan bekommen. Darüber hatte ich gar nicht nachgedacht. Dass er mich überhaupt mit ihr in Verbindung brachte ... gut, wir gingen ja auch als Schwestern durch. Ein Segen. Aber gleich würde sowieso die Richtige auftauchen.

»Ich ... also, ich muss noch mal zum Auto. Ich habe ... eine Überraschung.«

Er legte den Kopf schräg zur Seite. »Oh, klingt gut. Aber nicht wieder wegfahren, ja?!«

Ich lachte, eine Spur zu laut. »Nein, nein ... natürlich nicht. Bin gleich wieder da.« Ich lief zum Auto, richtig schnell. Mein Adrenalin pumpte durch meine Adern. Doch das Auto war nicht da! So schnell wie das Adrenalin gekommen war, so schnell war es wieder verschwunden. Verdammt! Wo war mein Auto? Und wo war Susan?! Ich blieb mit offenem Mund ungläubig stehen. Das konnte nicht wahr sein! Vielleicht hatte sie einen Parkplatz gesucht und gefunden. Ja klar, wir standen ja auch mitten auf der Straße. Erleichterung machte sich in mir breit. Ich suchte, aber fand sie nicht. Ich lief die Straße rauf. Dann wieder runter. Blickte in Nebenstraßen. Doch mein Auto blieb verschwunden. Ich fing an, Susan zu rufen, immer wieder. Aber, das konnte sie doch nicht machen ... Mein Handy brummte. Eine Nachricht von Susan.

»Ich hoffe, du wirst mir je verzeihen. Bin zum anderen Date gefahren, der Typ war einfach mega süß, den muss ich heute einfach ficken. Nimm du doch Liam. Bitte verzeih mir, bitte, bitte, bitte. Ich nehm deinen Wagen. Wenn du ein Taxi nimmst, dann zahle ich das natürlich! Hab dich lieb! Sue«

Ich starrte auf die Zeilen. Das konnte nicht ihr ernst sein! Das konnte jetzt nicht passiert sein! Das – war – nicht – real! Ich dachte, ich müsste durchdrehen!

Ich seufzte. Und wo sollte ich jetzt bitte ein Taxi herbekommen?

»Susan?«

Ich zuckte zusammen. Ich stand mitten auf der Straße in diesem Wohngebiet und drehte mich um. Hinter mir stand Adonis Liam.

»Alles in Ordnung?«, fragte Liam.

»Äh ja ... ich ...«

»Wagen nicht gefunden?«

Ich schloss die Augen. Das war alles ein Albtraum. Am liebsten hätte ich stehenden Fußes geheult und geschrien. Ich wusste überhaupt nicht, was ich machen sollte. Ich war selten so ideenlos gewesen wie jetzt. Was sollte ich tun? Was wollte ich? Nach Hause, hörte ich meine innere Stimme. Aber dann wäre eine Chance vertan. Eine Chance auf einen Abend mit diesem tollen Mann. Ich öffnete die Augen. Liam stand etwa einen Meter von mir entfernt und beobachtete mich. Er sagte nichts, er wartete nur. Ich war überrascht. In meinem Inneren fand ich seine entspannte, nette Haltung super, er gab mir die Zeit, die ich brauchte. Forderte nicht, zwang mich nicht. Ich durfte entscheiden, was ich wollte. Und je mehr Sekunden verstrichen, desto mehr wollte ich ihn.

Als hätte er meine Gedanken gelesen, streckte er mir die Hand hin, ohne ein Wort. Ich sah auf seine Hand, dann in sein Gesicht. Er wollte mich nicht überzeugen, bot nur an. Und ich nahm an, legte meine Hand in seine. So gingen wir wie ein normales Pärchen, Hand in Hand zu seinem Haus.

Zum Aufschließen ließ er meine Hand los. Als ich über die Türschwelle gehen wollte, schoss mir durch den Kopf, dass ich als Nora dieses Haus betreten wollte, und nicht als Susan.

»Mein Name ist Nora. Susan ist nur ein Nickname.«

Er nickte. »Schön.«

Dann waren wir drin. Mein Herz klopfte. Ich war sehr nervös. Er bot mir einen Sekt an, den ich dankbar hinunterstürzte. Mit einem Lächeln auf den Lippen schenkte er sofort nach. Ich hielt mich an meinem Glas fest, erwartete, dass er mir nun die Kleidung vom Leib reißen würde, aber er schlug mir vor, eine Hausbesichtigung zu machen. Darüber war ich sehr erleichtert und es beruhigte mein laut klopfendes Herz.

Liam war nett, witzig, offen. Er erzählte, erklärte, zeigte, lachte, streichelte mir mal über den Rücken, nahm mal meine Hand. Seine Berührungen waren sanft, leicht, elektrisierend.

Als wir in sein Badezimmer kamen, es war eher eine Badelandschaft, war ich überwältigt. Heller Marmor bis zur Decke. Eine riesige runde Badewanne mit breitem Rand und Baldachin war das Schmuckstück dieses Raumes. Wenn man in der Wanne lag, den Nacken zur Wand, dann konnte man über den Raum hinaus durch ein großes deckenhohes Fenster direkt in die Bäume sehen. Da dieses Bad im ersten Stock lag, war es, als wäre man in einem majestätischen Baumhaus.

»Das ist traumhaft schön!«, staunte ich.

»Klasse, dass es dir gefällt. Hättest du Lust auf ein Wannenbad?«

»Ja, sehr gern!«, sagte ich, ohne nachzudenken. Dann wurde mir klar, was ich da tat und mir rutschte die Frage raus: »Du auch?«

Er lachte, während er den Hahn aufdrehte. »Ja, ich auch! Oder soll ich so lange fernsehen, während du badest?«

»Nein, nein ...« Ich wurde rot, blickte auf den Marmorboden. Oh Mann, der musste auch von mir denken, ich komme vom anderen Planeten. Von Planet Prüdus.

Auf einmal spürte ich seine Nähe. Er legte seine Hände um mein Gesicht, hob es zu seinem Gesicht an und gab mir einen Kuss auf die Lippen. Das war unglaublich schön. Noch mal, dachte ich. Und er tat es. Seine Lippen waren weich und warm. Ich erwiderte den Kuss. Seine Zunge drängte sich in meinen Mund und ich ließ ihn rein. Mein Unterleib wurde warm. Gott, war das schön! Ohne es gemerkt zu haben, hatte sich mein Körper an seinen geschoben. Seine Zunge tauchte in dem Moment tiefer in meinen Mund, als sein Körper sich gegen meinen drückte. Mein Herzschlag beschleunigte sich. Ich spürte ihn, ihn und seine Männlichkeit. Das war so lange her ... Und es fühlte sich so gut an. Einfach nur gut. Jetzt, hier, in diesem Moment mit ihm ... Unser Kuss wurde mehr, wilder. Ich wollte ihn, unbedingt!

Er zuckte und ließ keuchend von mir ab.

»Mamma mia ... du gehst aber ran, Baby«, sagte er. »Erst tauchst du hier in Jeans auf mit Ablehnung im Gesicht geschrieben und jetzt frisst du mich auf ...«

Seine Lippe blutete.

»Oh Gott, war ich das etwa?« Ich schlug mir eine Hand vor den Mund.

»Naja, ich werde mich wohl kaum selber beißen.«

»Tut mir leid, das ... ich habe nicht gemerkt, dass ich das getan habe.«

»Schon gut. Nicht so schlimm.« Er beugte sich zum Wasser, prüfte mit einer Hand die Temperatur und drehte den Kaltwasserhahn noch mehr auf. Sein Gesicht kam zurück. Er lächelte. »Wenn du möchtest, kannst du dich da hinten ausziehen ...«

Das erleichterte mich schon. Denn so musste ich mich nicht unter seinen prüfenden Blicken ausziehen. Außerdem hatte ich nicht mal meine sexy Unterwäsche an. Die Vorstellung, dass er mich in meinem hellblau-weiß gestreiften Baumwollhöschen plus BH sah, ließ mir die Röte ins Gesicht steigen. Ich nickte dankbar und machte mich auf den Weg zu dem kleinen Extra-Raum, der zwar keine Tür besaß, aber mir einen Sichtschutz vor ihm bot. Ich zog mich mit zitternden Fingern aus und legte meine Sachen ordentlich zusammengefaltet auf einen Hocker. An einem Haken daneben hingen zwei weiße Bademäntel, groß und flauschig. Aber es wäre doch zu albern, wenn ich mir einen davon umlegen würde. Also musste ich in den sauren Apfel beißen und ihm mutig meine Blöße zeigen. Ich schickte ein Stoßgebet zum Himmel, dass ich mich heute Morgen rasiert hatte.

Als ich um die Ecke des kleinen Raumes bog, sah ich Liam nackt auf dem Wannenrand sitzen. Sein Anblick verschlug mir den Atem. Er sah aus wie ein Gott. Sein Schwanz war halb erigiert. Wie konnte das sein bei meinem wenig sexy Anblick? Seine Augen wanderten über meinen Körper. Mein Herz schlug laut in meiner Brust und ich musste den Mund öffnen, weil meine Atmung sich meinem Herzschlag angepasst hatte. Langsam ging ich auf ihn zu.

Er erhob sich, lächelte mich an und reichte mir die Hand. Er half mir, über den Wannenrand zu steigen. Die Wärme ließ meine bereits harten Brustwarzen sich noch mehr zusammenziehen. Kaum waren wir im Wasser, mussten wir erst mal ausbaldowern, wie wir sitzen wollten. Seine langen Beine fanden nur wenig Platz und so gab es einen entspannenden Grund für uns zu lachen. Schließlich zog er mich an sich heran, sodass ich mit dem Rücken zu ihm saß und ich seinen Schwanz an meinem Po fühlte. Er schlang seine Arme um mich und seine Hände landeten auf meinen Brüsten. Ich versteifte mich.

»Du bist eine wunderschöne Frau«, flüsterte er mir ins Ohr, während seine Finger anfingen, mit meinen Nippeln zu spielen. Eine Woge der Lust schoss durch meinen Körper. Seine Finger rollten und drückten meine Nippel, dann schöpfte er warmes Badewasser und übergoss sie. Ich konnte nicht anders, ich musste aufstöhnen. Diese Vielfalt der Sinneseindrücke ...

»Was bist du für ein Sternzeichen?«, fragte ich. Mir war völlig schleierhaft, warum ich das fragte.

Und so, wie er reagierte, war es ihm das auch. Er ließ erst mal von meinen Nippeln ab. Ich atmete durch. Hatte wieder Luft.

»Typische Frauenfrage. Wie kommst du jetzt darauf?«

»Vielleicht brauchte ich nur etwas Ablenkung.«

»Ich bin Löwe.«

»Dann bin ich jetzt also in der Höhle des Löwen?«, stellte ich fest.

Es hörte sich so an, als schmeichelte es ihm. »Ja, kann man so sagen. So lange es dir hier gefällt. Welches Sternzeichen hast du?«

»Jungfrau.«

Er lachte. »Na, das passt doch. Die Jungfrau in der Höhle des Löwen.«

Seine Hand glitt durch den Schaum ins Wasser an meinem Bauch entlang auf meine Scham zu. Mir stockte der Atem. Seine Hand war neugierig und mutig. Sie fuhr immer weiter, bis zu meinem Eingang, wo sich ein Finger in mich hinein-schob. Ich stöhnte auf.

»Oh ja ... Aber Jungfrau scheinst du nicht mehr zu sein. Ich hoffe, du verzeihst mir meinen stürmischen Vorgriff. Aber wenn ich dich gleich auf meinen Schwanz setze, möchte ich sicher-gehen, dass ich dir nicht wehtue, wenn er dich durchbohrt.«

Seine Worte lösten in mir ein Feuerwerk an Gefühlen aus. Hitze und Lust schossen zu gleichen Teilen durch meinen Körper. Sein Finger zog sich nicht zurück, sondern vollführte Stoßbewegungen. Ich keuchte. Es gab keine Chance, mich weg zu winden, denn seine andere Hand hielt mich an der Schul-ter fest, drückte meinen Körper gegen seinen. Sein Schwanz zuckte gegen meinen Po. Ich, die Prüde, die Verschlossene, die auf meine freivögelnde Freundin Schimpfende, ich hatte Lust auf diesen Mann, den ich nicht kannte. Schlimmer noch: Ich hatte Lust auf seinen Schwanz – und wie! Und je mehr sein langer, schmaler Finger in mich stieß und alle meine Säfte zum Fließen brachte, desto mehr wollte ich seinen dicken Schwanz in mir spüren. Gott, ich war so ausgehungert nach Sex!

»Gib's mir«, flüsterte ich.

Er zog seinen Finger aus mir, griff mir unter die Arme und drehte mich mit Kraft um. Mein Körper war voller Erwartung. Ich kniete mich rechts und links seiner Beine hin, die er zusammengeschoben hatte, und ließ mich ganz, ganz langsam auf seinen harten Schwanz sinken. Dabei blickte ich Liam in die Augen – und er mir. Als ich seinen Schwanz in mir versenkt hatte, hörte man nur meinen zitternden und seinen tiefen Atem.

»Beweg dich«, raunte er mir zu. »Reite mich.«

Mein Körper fing an zu zittern. Ich war so voller Lust und Anspannung, dass ich mich nicht bewegen konnte. Er beugte sich ein Stück nach vorn und saugte an meinem linken Nippel. Ich schrie auf. Mein Körper war voller Erregung. Noch immer konnte ich mich nicht rühren. Da fühlte ich auf einmal, wie seine Hände sich rechts und links auf meine Hüften legten und stark, wie er war, hob er mich ein Stück an und ließ mich auf seinen Schwanz sinken. Ich stöhnte laut. Er tat es wieder und wieder. Er benutzte meinen Körper, um sich selber zu vögeln. Ich war nicht mehr auf dieser Erde, das war einfach zu geil! Doch mein Körper war wieder mit mir auf einer Wellenlänge und so schaffte ich es, mich selber hochzudrücken und in einer leichten Wellenbewegung auf seinem Schwanz niederzulassen. Jetzt hörte ich ihn stöhnen. Das spornte mich an. Allerdings war ich so darauf bedacht, ihn wild zu machen, dass ich meine Lust außer Acht ließ, was er recht schnell merkte und nicht zuließ. Denn sein Mund umschloss wieder meinen linken Nippel und saugte daran. Lust fuhr durch meinen Körper, ließ ihn vibrieren. Ich ritt ihn schneller, atemloser, wollte ihn noch mal hören, und schaffte es. Er ließ von meinem Nippel ab und stöhnte. Das machte mich total geil. Und so ritt ich ihn noch schneller, spürte aber, wie ich mich dadurch selber zum Höhepunkt brachte. Oh Gott, das war geil, das war hammergeil, ich wollte kommen, hier, jetzt, in diesem Moment, auf diesem Schwanz von diesem Mann! Ich sah ihm in die Augen. Sein Mund war leicht geöffnet, er atmete unregelmäßig, dann immer schneller, ich fieberte mit ihm, fühlte mit ihm, wir zusammen ... Ich kam. Und wie! Ich schrie! Rieb mich an seinem harten Schwanz, der einen Hauch später sein heißes Sperma in mich spritzte. Meine Hände krallten sich in seine Schultern, wobei eine abrutschte und eine rote Spur hinterließ. Ich zuckte, ich stöhnte, ich war im siebten Himmel. Es war ein Gottesgeschenk!

***

Der Sekt auf Eis tat gut. Er kühlte mein erhitztes Gemüt von innen. Liams Blick ruhte auf mir. Ruhig, entspannt, ein bisschen amüsiert.

»Das war schön. Sehr schön sogar ...«, sagte er schließlich. Ich nickte zustimmend.

»Hast du das schon öfter gemacht?«, fragte er.

»Nein. Heute war das erste Mal für mich.«

Sein Ausdruck veränderte sich. Er zweifelte wohl an meinem Wahrheitsgehalt, denn seine Augen verengten sich zu Schlitzen.

»Doch, es stimmt.«

»Aber auf der Plattform hast du geschrieben, du hättest schon reichlich Erfahrung gesammelt.«

»Das war ja meine Freundin«, rutschte mir raus. Oh Shit! Zwar hätte ich mich da noch irgendwie rausreden können, doch meine vor den Mund gerissene Hand unterstrich leider meine Aussage.

Liam neigte den Kopf und sein Blick wurde ernst. Wir saßen beide in Korbstühlen in seinem Wintergarten. Es regnete und ließ unsere in flauschige Handtücher geschlungenen Körper noch wohliger fühlen.

»Deine Freundin?«, hakte er nach.

»Ich meine ... sie hat ... ich wollte gar nicht ...«

»Was?« Er erhob sich.

Mein Herz begann schneller zu schlagen. »Ich ...«

Er verschränkte die Arme vor der Brust. »Raus mit der Sprache. Was wird hier gespielt?«

Ich überlegte, wie ich mich rausreden konnte, aber das erwies sich innerhalb der wenigen Sekunden, die mir blieben, als äußerst schwierig. Deswegen dachte ich darüber nach, ihm die Wahrheit zu sagen und freundete mich auch mit dem Gedanken an.

»Also gut«, sagte ich und setzte mich gerade hin. »Ich bin nicht diejenige auf der Webseite, sondern meine Freundin Susan. Ich war absolut kein Befürworter von dem, was sie da tat, und so schlug ich ihr vor, mir ihre neue Bekanntschaft einmal von dichtem anzusehen. Doch leider ist Susan ... davongefahren.«

»Davongefahren? Wieso? Kalte Füße wird sie bei ihrer Erfahrung wohl nicht bekommen haben, oder?«

Ich schüttelte den Kopf und blickte auf ein Korbstuhlkissen. »Nein, eher nicht.«

»Sondern?«

»Es gab da noch ein Date ...«

Er stieß genervt die Luft aus den Lungen. »Das ist ja unglaublich!« Er drehte sich um und blickte aus dem Fenster.

»Tut mir leid«, sagte ich leise.

Er drehte sich wieder zu mir und sah mich prüfend an. Dann kam er auf mich zu und stützte die Hände rechts und links auf dem Korbstuhl, in dem ich saß, ab.

Er machte mir Angst. »Soll ... soll ich gehen?«, fragte ich zaghaft.

»Was meinst du wohl, was ich mit solchen Frauen mache, die mich verarschen?«

Mein Herzschlag verdoppelte sich. Sein Gesicht war nahe dem meinem, sehr nahe. Doch irgendwie sagte mir eine innere Stimme, dass er nicht wirklich böse war. War das die Reaktion eines naiven Mädchens? Starben die meisten so? Ich befand mich in einer Situation, vor der ich meine Freundin ständig bewahren wollte: fremder Typ, fremdes Haus, Ziel: Sex. Ausgerechnet ich! Doch jetzt, wo es so weit war, wo ich nicht wusste, wie meine Zukunft aussah, spürte ich, wie mein Mut mir zu Hilfe kam. Er näherte sich Schritt für Schritt, während meine Angst wich.

Und plötzlich war ein neues Gefühl da. Vertrauen. Aber warum? Lag es an der Art, wie er mich ansah? Aber er sah böse und genervt aus. Und obwohl mein Verstand schrie, sagte mir mein Bauchgefühl, dass ich von Liam nichts zu befürchten hatte.

Was meinst du wohl, was ich mit solchen Frauen mache, die mich verarschen?, wiederholte sich seine Frage in meinem Hinterkopf.

»Die Jungfrau wird noch mal vom Löwen vernascht?«, fragte ich unschuldig.

Er ließ einen Ton der Verachtung hören, löste sich aber nicht von seinem Platz. »Nachdem ihr mich so veralbern wolltet?«

»Das haben wir nicht«, sagte ich mit fester Stimme. »Ich bin in diese Situation reingeraten. Ich hatte das wirklich nicht geplant.«

Er sah mir nach wie vor prüfend in die Augen, rührte sich nicht.

»Ich hätte mich normalerweise niemals mit so einem Typen wie dir getroffen. Das verstößt gegen meine Prinzipien.«

»Ach ja? Und warum hast du es dann trotzdem getan?«

Ich zögerte. Sollte ich ihm wirklich die Wahrheit sagen? Vielleicht nicht die verkehrteste Idee, nachdem er auch wieder etwas Vertrauen zu mir aufbauen musste. »Weil du mir gefallen hast.«

Sein Blick bohrte sich in meine Augen, dann glitt er hinunter zu meinem Mund. Ich schloss die Augen und schon spürte ich seine Lippen auf meinen. Seine Hände glitten unter meine Kniekehlen und unter meinen Armen hindurch, und er hob mich hoch. Ich schlug die Augen auf, als er mich aus dem Wintergarten trug.

»Du weißt, was jetzt kommt, oder?«, fragte er.

»Dann glaubst du mir also?«

Er lachte einmal auf. »Habe ich eine Wahl?«

Ich grinste. »Du könntest mich fallen lassen.«

»Das tue ich auch«, gab er zu. Und als sich mein Gesicht erschrocken verzog, grinste er und sagte: »Aber nur über dem Bett.«

Ich merkte den Fall nicht. Unsere Münder hatten sich aufeinandergepresst, unsere Zungen umschlangen sich, erkundeten sich. Mit einem Ruck hatte Liam meinen Bademantel geöffnet und umfasste meine Brüste. Sein Mund saugte sich daran fest und ich stöhnte. Während er sich immer abwechselnd mit meinen Brüsten und den harten Nippeln beschäftigte, zog er den Gürtel seines Bademantels auf und schob sich den Bademantel über die Schultern. Mit einem Ruck warf er ihn auf den Boden. Ich gönnte mir einen kurzen Blick durch sein helles Schlafzimmer. Auch das war vertrauenerweckend. Ich packte seinen Kopf und zog sein Gesicht an seinen Haaren zu mir, sodass er mich ansehen musste. Was für ein toller, gut aussehender Mann. Kurz schoss mir der Gedanke durch den Kopf, dass so ein Mann im »normalen« Leben wahrscheinlich niemals auf mich aufmerksam geworden wäre. Und auch das, was wir hier taten, hatte nichts mit Liebe zu tun, sondern nur mit Sex. Wir wollten beide nur eins: Sex. Mehr nicht. Traurigkeit überkam mich.

»Was hast du?«, fragte Liam.

»Nichts«, sagte ich schnell. Es war nicht richtig, ausgerechnet jetzt darüber nachzudenken. Wichtig war in diesem Moment im Jetzt zu leben. Dieser Mann gehörte in dieser Sekunde und in den nächsten Minuten mir. Wir waren ein Paar – wenn auch nur in diesem Bett. Aber das konnte ich doch genießen, oder?

Ich spürte, wie seine warmen Hände an meinen Hüften nach oben zu meinen Brüsten glitten, sie in beide Hände nahmen, sie drückten und pressten. Das fühlte sich super an! Auch mein Schoß fand das klasse, denn er füllte sich mit Wärme. Noch immer sah ich Liam in die Augen.

Und als könnte er Gedanken lesen, sagte er leise: »Hör auf, nachzudenken. Genieß einfach den Augenblick.«

Ich lächelte leicht. Dann beugte ich mich ein Stück nach oben. Er kam mir für den Kuss entgegen. Sein schwerer männlicher Körper rollte sich auf mich. Ich liebte dieses Gefühl. Das ist kaum mit etwas anderem zu vergleichen. Die nackte Schwere eines Mannes, der scharf auf einen ist und in ein paar Sekunden in einen eindringen wird ... Ich stöhnte. Und das Schöne war, er wusste darum. Denn er machte sich keinen Deut leichter, schob seinen Körper nur ein bisschen in Position, sodass sein harter Schwanz zwischen meine Beine glitt. Willig öffnete ich mich für ihn, spreizte die Beine und stellte sie rechts und links von seinem Körper auf. Meinen Unterleib ließ ich an seinem Schwanz kreisen, was ihm ein Stöhnen entlockte. Seine Geilheit ließ mich noch geiler werden und ich spürte, wie mein Saft aus mir herauslief. Ich wünschte mir so sehr, dass er nun endlich in mich stoßen würde. Doch er ließ sich Zeit, genoss, wie sein Schwanz von meinem Saft benetzt wurde und durch meine Schamlippen glitschte. Mich machte das wahnsinnig. Ich krallte mich in seine Schultern, fuhr mit den Händen über seinen Rücken, hielt mich fest, ließ los, kratzte ihn, bis er meine Handgelenke ergriff und sie rechts und links von meinem Kopf auf das Bett presste. Wieder rieb er sich an mir. Mein Atem ging schnell, ich hatte das Gefühl, dass ich gleich käme, ohne, dass er in mir war. Doch ich wollte ihn nicht dazu auffordern, er wusste es ja, und wie er es wusste ... Ich fing leise an zu wimmern. Sein leichtes Lächeln auf den Lippen sagte mir, dass er genau das wollte. Er drängte mich in eine unterwürfige Haltung, die mich nach seinem Schwanz lechzen ließ. Jegliche Gedanken in meinem Kopf waren fort. Es gab nur noch einen dominierenden Wunsch und der hieß: Schieb deinen Schwanz rein und fick mich endlich, bis ich schreie!

»Ich dachte schon, du würdest das nie sagen«, hörte ich Liams Stimme.

Hatte ich das etwa laut ausgesprochen? Röte schoss in mein keuchendes Gesicht. Stolz hin oder her. Ich war geil, ich wollte ihn endlich. Wie lange wollte er mich noch leiden lassen. Und während ich mir etwas überlegen wollte, wie ich ihn dazu bekam, sich in mich zu schieben, tat er es. Mit einem Ruck versenkte er seinen inzwischen megaharten Schwanz in mir. Ich schrie auf! Ein Keuchen blieb zurück. Mit aufgerissenen Augen starrte ich ihn an. Sein Mund war leicht geöffnet, auch seine Atmung ging schneller. Er schloss die Augen. Ich merkte, dass er versuchte, sich zu beherrschen. Das Reiben an mir konnte ihn unmöglich kalt gelassen haben. Außerdem hatte ich seit Jahren keinen Sex mehr gehabt, von daher war meine Möse mit Sicherheit ziemlich eng.

Er schlug die Augen auf, sah mich an. Sein Blick versetzte mir einen Stich ins Herz. Dann bewegte er sich langsam, prüfend. Es schien wohl zu gehen, denn er stieß nun etwas schneller zu. Ich stellte mir seinen Anblick von oben vor: wie sein zusammengepresster Po sich auf meine Mitte fallen ließ, ausholte und wieder darauf klatschte. Ich versuchte, meine Hände unter seinen Händen herauszuziehen, doch er hielt mich eisern fest. Der gute Löwe wollte wohl die Kontrolle behalten ...

Er zog das Tempo an. Lustwellen durchfuhren meinen Körper. Sein Schwanz rieb sich in mir, schien an Größe noch zuzunehmen, denn es war kaum noch auszuhalten. Dass er meine Hände festhielt, machte mich zusätzlich an. Ich drückte meinen Oberkörper so weit ich konnte nach oben, keuchte, atmete immer hektischer und er stieß mich schneller, immer schneller. Jeder Stoß von ihm entlockte mir nun ein lautes Stöhnen, ich konnte es nicht unterdrücken, war gefangen in dem Sog der Lust, wollte kommen und spürte es heranrollen.

»Oh Gott!«, schrie ich und kam. Die Woge des Orgasmus' war so gigantisch, dass ich nicht mitbekam, wie ich mich gab. Ich ließ alles los, folgte nur meinem Gefühl, gab dem nach, war wie ich war, genoss, ließ mich in das Glücksgefühl des Orgasmus' fallen. Ganz am Rande hatte ich seinen männlichen tiefen Aufschrei gehört. Es hatte uns also beide mit sich fortgerissen. Ich zelebrierte die Sekunden nach dem Höhepunkt, ließ mir Zeit, genoss jeden Augenblick, der mit diesem unglaublichen Gefühl gefüllt war, was nur ein Orgasmus schaffte.

Endlich schlug ich die Augen auf. Das Erste, was ich sah, waren seine Augen. Sie sahen mich an. Doch sie wirkten ganz anders, als noch Minuten zuvor. Sie schenkten seinem Gesicht eine Entspanntheit, eine Zufriedenheit, ein Wohlgefühl …

»Danke«, hörte ich mich sagen. War das zu albern? Ich hatte mich noch nie für einen Orgasmus bedankt.

Er lächelte als Antwort. Dann zog er sich aus mir raus und legte sich neben mich. Mir wurde die sofortige Leere bewusst. Und es lief mir kalt über den Rücken. Wahrscheinlich sollte ich jetzt schnell meine Anziehsachen nehmen und verschwinden. Wir hatten beide bekommen, was wir wollten. Panik ergriff mich. Ich wusste nicht, wie man mit so einer Situation umging. Er war ja nicht mein Freund, an den man sich nach dem Sex so schön rankuscheln konnte. Er war nur ein »Mittel zum Zweck«, so wie ich. Mir wurde noch kälter, und am liebsten hätte ich laut geheult. Ich zwang mich, einen kühlen Kopf zu behalten und pragmatisch vorzugehen. Also erhob ich mich, setzte mich auf die Bettkante, wollte aufstehen, aber ein Schwindel überfiel mich. So ließ ich mich wieder sinken.

»Was ist los?«, fragte Liam.

»Mir war nur ein bisschen schwindelig. Ich stehe gleich auf.« Es ging ihm vielleicht nicht schnell genug.

»Warum?«, wollte er wissen.

»Ich denke, dass mir vom schnellen Atmen und von der Anspannung und danach der Entspannung …«

»Nein«, unterbrach er mich fast unwirsch. »Warum du aufstehen willst?«

Ich drehte mich zu ihm um. »Na, um zu gehen.«

»Ach so. Okay.«

Ich konnte weder seine Miene noch seine Aussage deuten. Also erhob ich mich und wankte zum Bad. Ich konnte nicht verhindern, dass mir dort, wo ich nicht mehr seinem Blick ausgesetzt war, Tränen über die Wangen liefen. Ich ignorierte sie und nahm meinen Slip. So war das also mit einem Typen, mit dem man nur Sex hat. Scheiße! Es fühlte sich furchtbar an. Ich wollte die Nähe seines Körpers, aber die stand mir nicht zu. Wir hatten beide nur das Eine gewollt und bekommen. Keine Verpflichtung auf Wohlfühlen des anderen. Ich kam mir einsam vor. Ein Gefühl des Benutztwordenseins gesellte sich dazu. Meine Tränen liefen weiter. Meine Hände zitterten, als ich versuchte, die Häkchen meines BHs zu schließen. Ich konnte es nicht verhindern, einmal leise aufzuschluchzen, als meine Traurigkeit überhandnahm.

Zwei warme Hände an meinen Schultern ließen mich zusammenzucken.

»Hey«, Liam drehte mich zu sich um.

Ich sah zur Seite auf den Boden. Doch er hob mit seiner Hand mein Kinn. Ich wollte auf keinen Fall, dass er mich so sah und dass es für ihn eine Genugtuung war, wenn ich ihm sagte, wie schön es war und dass ich mich am liebsten in seine Arme werfen würde und mir wünschte, dass er mich für immer darin festhielt. Ich unterdrückte weitere Tränen, biss mir auf die Zähne.

»Was hast du?«, fragte er sanft.

»Nichts. Ich gehe jetzt.« Ich wollte mich nach meinem Kleid bücken, doch er hielt mich fest.

Daraufhin sah ich ihn an. »Bitte lass mich los.«

»Sag mir erst, warum du weinst.«

»Keine Ahnung. Kam so über mich.« Wieder versuchte ich, mich von ihm loszumachen, aber er hielt mich eisern fest. »Was ist denn noch?«, fragte ich genervt.

Eine ganze Weile sah er mich prüfend an, dann sagte er: »Was hältst du davon, auch wenn ich weiß, dass du unbedingt los möchtest, wenn du dich noch fünf Minuten zu mir legst.«

Ungläubig starrte ich ihn an. Wollte er nett sein, mir entgegenkommen? »Ich weiß nicht ...«, sagte ich unschlüssig.

»Ich würde ... mich freuen«, untermauerte er sein Angebot.

Mein Atem stand still. Wohl einen Tick zu lange, denn ich merkte, wie meine Arme, dann mein Körper anfingen zu kribbeln. Mit einem kleinen Laut holte sich mein Körper die Luft, die er brauchte und ich schwankte.

»Komm«, sagte Liam, ergriff meine Hand und zog mich langsam hinter sich her zum Bett. Er legte sich, nackt wie er war, darauf und zog mich an sich heran. Als meine Wange seine Warme Brust berührte und Liam einen Arm um mich schloss, kamen mir wieder die Tränen.

»Danke«, flüsterte ich.

Ich hörte ihn leise lachen. »Wofür? Für meinen Eigennutz?«

»Was meinst du?«

»Ich mag es, wenn ich nach so einem gigantischen Sex die Frau auch im Arm halten kann. Das gehört zum Ausklingen eines so schönen Ereignisses einfach dazu. Findest du nicht?«

»Doch, unbedingt«, pflichtete ich ihm bei.

»Und warum wolltest du so überstürzt gehen?«

»Tut man das nicht so bei ...«

»Keine Ahnung«, gab er zu.

»Wieso keine Ahnung? Du machst das doch nicht zum ersten Mal, oder?«

»Doch.«

Ich richtete mich auf und diesmal war *ich* diejenige, die ihm prüfend in die Augen sah. »Aber ich dachte ...«

»Ich habe nicht gesagt, dass ich schon mit zig Frauen in dieser Richtung Erfahrungen gesammelt habe. Es war eine Idee, es mal so zu versuchen. Deshalb habe ich mich auf diesem Erotik-Portal angemeldet und wollte mal sehen, was passiert.«

»Das heißt, ich bin wirklich die Erste, mit der du Sex hattest?«

Er schmunzelte. »So würde ich das nicht bezeichnen.«

»Ja, also, ich meine ...« Ich wurde rot.

»Sicher, ich weiß, was du meinst. Und ja, du bist die Erste. Allerdings, egal, was solche Seiten von einem erwarten, möchte ich mir meinen Sinn für Romantik dadurch nicht nehmen lassen. Ich bleibe trotzdem ich und ein Mann mit Bedürfnissen. Ich werde nicht, weil ich von einer Frau Sex haben möchte, automatisch zur Maschine.« Nach einer Weile fügte er hinzu. »Nach unserem heutigen Erlebnis bin ich mir allerdings nicht sicher, ob diese Art von Erlebnis das Richtige für mich ist. Denn ich muss zugeben, es hat mich schon etwas geschockt, dass du so schnell gehen wolltest. Das ist einfach nicht mein Ding.«

»Tja, meins auch nicht«, gab ich zu.

»Warum hast du es dann getan?«

»Weil ich dachte, du erwartest es.«

Er seufzte und drückte mich noch fester an sich. »Tu immer nur, was du für richtig hältst, nie, was andere erwarten könnten!«

Ich nickte, schmiegte mich noch enger an ihn und schloss die Augen.

***

Mich von Liam zu verabschieden, fiel mir schwer. Doch als ich in seine Augen sah, meinte ich, diese gleiche Sehnsucht darin zu lesen.

Wir gaben uns einen Kuss. Danach noch einen, dann noch einen. Schließlich zog Liam mich eng in seinen Arm und küsste mich lange und intensiv, was ich nur zu gern erwiderte. Dann löste ich mich von ihm. Es machte den Abschied sonst noch schwerer.

»Tja, dann ...«, sagte ich und hob die Hand leicht zum Gruß. »Mach's gut.«

»Du auch.«

Ich drehte mich von ihm weg und ging auf das wartende Taxi zu. Im Stillen wünschte ich mir, dass er mich zurückhielt, mir sagte, dass er sich vielleicht doch in mich verguckt hätte, dass wir das alles unbedingt wiederholen sollten, dass er genauso fühlte, wie ich, dass er ... Aber er kam nicht. Ohne zurückzublicken stieg ich hinten ins Taxi und machte die Tür zu.

»Wohin möchten Sie?«, fragte der Taxifahrer.

Ich atmete tief durch. »Zur ...«

Meine Tür wurde aufgerissen. »Hast du morgen etwas vor?«, stieß Liam hastig hervor.

Mein Herz fing an zu galoppieren, ich bekam eine Gänsehaut. Doch wie hielt man einen Mann? Indem man ihm erst mal eine Abfuhr erteilte, egal, ob man Zeit hatte oder nicht? Man sollte nicht sofort für ihn zur Verfügung stehen, man sollte auch ein eigenes Leben haben.

»Egal, was du morgen vorhast, sag es ab. Denn du hast ein Date mit mir!«, sagte Liam entschieden.

»Aber ich ...«

»Morgen, sechs Uhr abends bei mir. Ich werde für uns kochen und dann ... Du weißt schon.« Er grinste.

Schnell blickte ich in den Rückspiegel des Taxifahrers, der sich in seinem Sitz sehr gerade aufgesetzt hatte, um mich sehen zu können, und als er meinen Blick bemerkte, schnell auf seine Armaturen sah.

Ich blickte wieder zu Liam. Was sollte ich tun? Mein Verstand sagte mir, ich sollte Nein sagen ... Aber ich hörte nicht auf ihn. Diesmal folgte ich meinem Herzen. »Okay. Ich werde kommen.«

Liams Gesicht erhellte sich, fast ungläubig sah er mich an. Dann drückte er mir einen festen, überschwänglichen Kuss auf den Mund und sagte: »Ich freue mich, dich morgen erneut in der Höhle des Löwen begrüßen zu dürfen.«

Wild und nass

Die Wassermassen rissen mich mit sich. Ich tauchte unter und dachte: Jetzt sind meine Haare doch nass geworden! Ich hatte sie zu einem Dutt hochgesteckt und gehofft, sie so trocken über die Runden zu bekommen. Weit gefehlt! Allerdings hatte ich auch nicht mit einer Wildwasser-Rutsche gerechnet. Das verdankte ich der Idee meines fünfzehnjährigen Sohnes Connor.

Als ich aus dem sprudelnden Wasser auftauchte, holte ich sogleich Luft, um mich für ein nächstes Untertauchen zu wappnen. Ich hielt Ausschau nach Connor. Weiter vorn sah ich ihn lässig durch eine Kurve sausen und mir lachend winken, während ich noch um einiges hinter ihm war. Keine fünf Sekunden später befand ich mich in der Kurve, aber sie war entspannt zu rutschen. Zum Glück sah ich bereits das Ende der Wildwasserbahn, das hinter Gummilappen im Inneren des Schwimmbades mündete. Ich war erleichtert. Allerdings hatte ich hinter zwei Huckeln nicht mit einem gemeinen Strudel gerechnet. Dieser hielt mich auf der linken Seite direkt an den Rutschenrand gedrückt. Ich versuchte, mich daraus zu befreien, aber es ging nicht. Immer wieder presste mich der Strudel an die Seite. Ich lachte. Einerseits, weil ich mir total albern vorkam, in dem etwa dreißig Zentimeter hohen Wasser nicht voranzukommen, und andererseits, weil es einfach zu komisch war, hier nicht wegzukönnen. An mir sausten rechts diverse Kinder lachend und glucksend vorbei. Das war ja unglaublich! Wie machten die das bloß, nicht in den dämlichen Strudel reinzugeraten? Ausgerechnet ich, als wahrscheinlich älteste Frau auf der Rutsche überhaupt, kam hier nicht weg ...

Ich gab mir nun alle Mühe und wandte sämtliche Kraft auf, mich gegen das Wasser zu stemmen. Da, endlich, ich hatte es geschafft. Erleichtert rutschte ich rechts vorbei und ... geriet wieder hinein. Ich hätte schreien können! Stattdessen fluchte ich lautstark. Das konnte doch nicht sein! Ich sah mich nach Connor um. Aber der konnte mir ja nicht helfen. Gegen die Massen zurückrutschen ging nun mal nicht. Verdammt!

Ich stieß mich vom Boden ab, schaffte es aber noch nicht einmal, aufzustehen, es war so ein unglaublicher Wirbel. Als meine Verzweiflung am größten war, rutschte ein Junge, etwa um die achtzehn, mit einer lässigen Eleganz an mir vorbei. Seine braunen Augen richteten sich auf mich und ich konnte sein Grinsen einfangen.

Arsch, dachte ich verbittert und kämpfte weiter.

»Mum, komm endlich«, hörte ich Connor aus dem Inneren rufen.

Sehr witzig, grollte ich, nichts würde ich lieber tun, wenn ich könnte. Ich antwortete ihm nicht. Erstens war es mir peinlich, dass ich hier nicht wegkam und zweitens wollte ich mich nicht als seine Mutter outen. Wobei ... ich war so alt, niemand anderes außer mir konnte gemeint sein. Im Stillen betete ich, er sollte mich nicht mehr rufen. Ich kämpfte mit dem Strom, und strich mir gleichzeitig die nassen Haare aus den Augen, denn mein Knoten hatte sich komplett gelöst. Auch das noch!

»Deine Mom ist gerade beschäftigt«, rief der Junge an meiner statt.

Ich sah ihn verblüfft an. Damit hatte ich nun nicht gerechnet. Er war direkt vor mir, hatte mich rechts überholt und hielt geschickt den von hinten drückenden Wassermassen stand. Mit einem Grinsen reichte er mir die Hand und sagte: »Kommen Sie, Lady.«

Ich zögerte. Ich konnte sehr wohl allein ... nein, das konnte ich nicht! Das hatte ich ja nun gerade am eigenen Leib erfahren müssen. Aber von so einem Bubi »gerettet« zu werden, ist auch nicht erbaulich. Trotzdem nahm ich sein Angebot in Form von seiner gereichten Hand an. Endlich hier rauszukommen, war es wert, sich zu erniedrigen, dachte ich.

Aber wenn ich erwartet hatte, eine kleine Jungenhand gereicht zu bekommen, die unsicher wurde, sobald ich sie ergriff, dann hatte ich mich getäuscht. Denn seine Hand war stark und zupackend. Er hielt mich mit eisernem Griff fest und zog mich mit einem kräftigen Ruck aus dem Strudel. Mein Körper prallte gegen seinen. Meine weichen Brüste drückten sich gegen seine feste Brust. Ich roch sein süßes jugendliches Parfum. Mir wurde schwindelig. Ein komisches Gefühl breitete sich in meinem Körper aus. Mein Retter wirkte wie ein Mann im Jungen. Endlich war ich frei. Das Wasser packte uns und wirbelte uns beide wieder unter. Seine Hand hielt meine noch immer fest und erneut zog er mich hoch. Ich prustete. Dann schlugen mir die Gummilappen ins Gesicht. Auch das noch! Sie trennten mich von dem Auffangbecken der Schwimmhalle. Ich quälte mich durch, mochte nicht wissen, wie bekloppt ich dabei aussah ... Kaum kamen wir beide dort an, ließ der Junge meine Hand los.

»Danke«, stammelte ich, denn ich hatte nicht mit der heftigen Reaktion meines Körpers auf den jungen Mann gerechnet.

Dieser zwinkerte mir zu und tauchte unter.

»Da bist du ja endlich, Mum. Was hast du so lange gemacht? Nach Wasserschildkröten gesucht?«

»Sehr witzig, Con. Ich war im Strudel gefangen«, antwortete ich genervt, sah mich nach meinem Retter um, doch der war nun um einiges hinter mir, lachte seinem Freund zu und redete mit ihm. Hoffentlich nicht über mich, die ungeschickte Mutter, die unbedingt in die Wildwasserrutsche wollte und dann dort nicht mehr wegkam ... Peinlich!

Doch er war mit sich beschäftigt. Sein Blick huschte an seinem Körper hinunter, seine Hände zogen die Badeshorts gerade und eine Hand wanderte fachmännisch in seinen Schritt, wo sie ordnete, was es dort zu ordnen gab. Wie war er wohl gebaut? Wenn er so kräftig gebaut war, wie er zupackte ... Unsere Blicke trafen sich. Mir schoss die Röte ins Gesicht. Volles Rohr erwischt! Sofort sah ich weg, doch das heiße Gefühl in meinem Gesicht blieb, breitete sich sogar noch in meinem Körper aus.

»Mum, komm doch endlich«, quengelte mein Sohn. Er war schon die Stufen des Beckens hochgestiegen und befand sich bereits auf den breiten Treppenstufen, die nach oben führten, um das Außenbecken zu erreichen.

»Ja, ja, immer mit der Ruhe«, seufzte ich und blickte an meinem Körper hinunter. Mein Bikini befand sich noch an seinem Platz, alle wichtigen Körperstellen waren zum Glück bedeckt. Der Bikini war lediglich etwas verrutscht. Sofort richtete ich ihn neu aus und folgte Connor die Stufen hoch.

»Noch mal?«, fragte er aufgeregt.

»Tja, also ... ich weiß nicht.« Ich wurde unsicher. Noch mal so ein Desaster?

»Och bitte, Mum, es war doch auch lustig für dich, oder?«

Ja, sehr! Ich bin nur deswegen nicht aus dem Wasser gekommen, weil ich permanent am Lachen war ... Aber, was tat man nicht alles für seinen Fünfzehnjährigen, wenn man im Urlaub war ... »Also gut«, stimmte ich zu. »Aber nur noch ein Mal!«

»Mum, du bist die Beste!«

Ein schneller unauffälliger Blick zurück genügte mir, um

in Erfahrung zu bringen, ob mein Retter uns folgte. Er tat es und war mit seinem Freund hinter uns, ganz vertieft in eine Unterhaltung. Gerade, als ich wieder wegsah, bemerkte ich seinen Blick zu mir nach oben. Sofort kam mir der Gedanke, dass er ja nun meine Figur sehen konnte. Ich war zwar sportlich, aber schon vierzig. Die Schwerkraft zerrte also bereits mehr an meinem Körper, als mir lieb war. Schnell zog ich mein Höschen gerade und den Bauch ein. Zu blöd, dass man den Po nicht einziehen konnte! Und von unten auf den Po gestarrt zu werden, war noch schlimmer, als von oben. Aber ich musste es so hinnehmen, konnte es ja nicht ändern. Sollte er doch mit seinem Freund ablästern. Außerdem fand ich mich für mein Alter gut, so wie ich war!

»Komm, Mum, komm«, drängelte Connor und sprang schon in das obere Becken, aus dem die Wildwasser-Rutsche begann. Er tauchte unter den Gummilamellen durch, die es auch hier gab, und ich beeilte mich, ihm zu folgen. Connor trieb mich deshalb zur Eile an, weil diese Rutsche nur für zehn Minuten geöffnet wurde, dann musste man wieder eine Stunde auf die nächste Freigabe warten. Ich tauchte ebenfalls und schwamm gemeinsam mit ihm zur Rutsche. Dort zog er sich auf einen etwa vierzig Zentimeter hohen Hügel und sauste auf dem Po in die erste Kurve rein.

»Juchuuu ...«, hörte ich ihn und konnte endlich mal lachen.

Ich zog mich ebenfalls auf den Hügel und rutschte auf dem Po los. Es war immer mit Aufregung und Herzklopfen verbunden. Die erste Kurve kam und spülte mich die Rutsche hinunter. Es kribbelte in meinem Bauch. Zwei Hügel kamen, ich hoppelte darüber, meine Brüste wackelten wie Pudding, und ich klatschte kurz darauf in ein tiefes Auffangbecken. Wasser sprudelte über meinen Kopf hinweg und ich spürte, wie ich bereits weitergezogen wurde. Als ich gerade auftauchen wollte, um Luft zu holen, prallte etwas gegen mich. Ich schnappte nach Luft und Wasser, prustete, versuchte, mich hochzudrücken, da prallte noch etwas gegen mich. Ich riss meine Augen unter Wasser auf und wurde, ohne Auftauchen zu können, weitergespült. Eine Hand riss an meinem Arm. Luft. Ich zog tief die Luft ein, hustete, atmete, rutschte, hustete, versuchte zu überblicken, wer das war und was als nächstes kam.

»Sorry«, hörte ich den Freund von meinem Retter und sah ihn an mir vorbeisausen. Die Hand hielt mich noch immer hoch. Ich rutschte in die nächste Kurve, konnte den Moment nutzen, um mich umzusehen. *Er* war es wieder. Sein Blick war nach vorn gerichtet, dann auf mich. Sofort lächelte er. Der Strudel kam – und klar – ich geriet hinein! Augenblicklich prallte der Junge gegen mich. Er lachte – und ich auch. Nun waren wir beide gefangen. Er nahm unter Wasser meine Hand und versuchte wieder, mich rauszuziehen. Doch der Sog war stark und drückte ihn immer wieder gegen mich. Ich spürte die Wärme seines Körpers durch die Kühle des Wassers. Sein Körper war fest und trotzdem weich. Für einen kurzen Moment hoffte ich, er würde es nicht schaffen, aus dem Sog zu kommen, sodass ich das Gefühl noch ein bisschen länger genießen konnte. Und tatsächlich – er kämpfte vergeblich, ließ sich kurz zurücksinken und rief lachend: »So eine Scheiße!«

Ich lachte mit, genoss diesen innigen Moment. Und auf einmal spürte ich, wie sich sein verhärteter Penis an meinen unteren Rücken drückte. Das Blut schoss mir durch den Körper. Unsere Blicke trafen sich. Ich sah ihm an, dass es ihm peinlich war. Klar, er war so jung. Wäre er älter, hätte er es so hingenommen. Aber sein Gesicht war ernst geworden und er wirkte plötzlich gar nicht mehr so jung. Er sah aus, als würde er mich jede Sekunde küssen wollen.

Der Sog gab uns in dieser Sekunde frei und ich schrie auf, als mir die Beine fortgerissen wurden. Wir prallten unter Wasser zusammen, wobei eine Hand von ihm meine linke Pobacke knetete und beim Auftauchen sofort wieder von mir abließ. Er war vor mir. Beide hatten wir noch reichlich Schwung drauf. Und nun war es an mir, vor Peinlichkeit fast zu sterben, denn vor lauter Schwung bekam ich meine Beine nicht auf den Boden. Sie ragten rechts und links an ihm vorbei und meine Scham prallte auf seine Hüfte, denn er stand bereits wieder auf seinen Füßen.

»Sorry«, stieß ich prustend hervor.

Er drehte sich zu mir und fragte: »Wollen Sie mir damit irgendetwas sagen?«

»Äh, nein ...« Ich bekam endlich den Boden zu fassen.

Er lachte. »Alles okay soweit?«

»Ja ... ja«, bestätigte ich mit heißem Gesicht.

Er sah mir lächelnd in die Augen und ich erwiderte es. Doch sein Blick blieb nicht lange bei meinen Augen hängen. Er wanderte tiefer und sein Gesichtsausdruck veränderte sich. Ich folgte seinem Blick und mir blieb fast das Herz stehen. Mein Bikinioberteil war total verrutscht und meine Brüste präsentierten sich frei und nackt, wie Gott sie schuf, meine Nippel hart und aufgerichtet. Sofort bedeckte ich sie wieder mit dem Oberteil, wagte allerdings nicht, den Jungen anzusehen. Doch er entlockte mir einen entgeisterten Blick, als er sich zu mir beugte und in mein Ohr sagte: »Jetzt steht es eins zu eins ...«

»Mum, komm doch endlich, sonst machen sie die Rutsche zu!«, rief Connor.

»Ja, ja ...«, rief ich verwirrt. Dann besann ich mich. »Das war doch sowieso meine letzte Runde.«

»Och nö, bitte, nur noch einmal!«

Ich seufzte. »Also schön. Ein allerletztes Mal. Aber lauf schon mal vor und rutsch. Ich komme hinterher.«

»Okay«, rief Connor erleichtert und sprintete die Stufen hoch.

»Hey, James, was ist denn? Komm endlich«, moserte nun auch der Kumpel meines Retters ungeduldig.

»James?«, fragte ich ihn.

»Bin schon auf dem Weg«, rief er seinem Freund zu und watete durchs Wasser. Zu mir gewandt, die ihm folgte, sagte er: »Genau. Wie James Bond, nur ohne Bond.« Er zwinkerte.

Ich lachte.

»Und wie heißen Sie, Lady?«

»Jennifer Garner, nur ohne Garner.«

Er lachte ebenfalls. »Wunderbar. Dann haben wir ja schon mal was gemeinsam.« Er fasste rechts und links die Stangen des Chrom-Geländers an und schwang sich über die vier Stufen nach oben. Dann ging er mit seinem Kumpel die breiten Stufen hoch. Diesmal war ich in der »Spannerposition« und konnte mir seinen Körper ansehen. Er wirkte trainiert. Seine Schultern und der Rücken kräftig und seine Arm- und Brustmuskeln ausgeprägt. Seine Beine waren schlank, ohne dünn zu wirken. Er war ein echter Hingucker. Allerdings war sein ganzer Körper voller Leberflecken, was seinem Aussehen allerdings für mich keinen Abbruch tat, im Gegenteil – es machte ihn eher sympathisch.

James drehte sich um und unsere Blicke trafen sich. Schnell sah ich weg. Es musste ja nicht sein, dass ich diesem Jüngling hinterhergaffte. Ich versuchte, mich zusammenzureißen und nun nicht mehr über ihn nachzudenken. Meine Güte, ich war eine erwachsene Frau mit zwei Söhnen und diese beiden könnten es ebenfalls sein!

Als ich zum oberen Becken gelangte, kam mir James Bond ohne Bond entgegen.

»Die Rutsche ist geschlossen«, sagte er.

»Oh«, war alles, was ich antworten konnte.

»Dann müssen wir uns eben anderweitig vergnügen«, sagte er mit einem Grinsen.

Sein Freund stieß ihn an.

»Ich meinte: schwimmen gehen.«

»Ja klar«, ätzte sein Freund, »also ich geh jetzt auf die anderen Rutschen. Kommst du mit?«

»Okay. Geh schon mal vor, bin gleich bei dir.« Er wandte sich mir zu. »Und, wollen Sie auch mitkommen?«

Ich schüttelte den Kopf. »Nein, ich denke, ich bin schon nass genug.«

Er grinste. »Soweit ich das äußerlich erkennen kann, stimmt das.«

Erst jetzt wurde mir die Zweideutigkeit meiner Aussage bewusst. Ich wurde rot, und wieder spürte ich, wie sich Wärme in meinem Unterleib ausbreitete. Wieso brachte dieser junge Kerl meinen Körper so sehr in Wallung?

James blickte mir auf die Lippen. Er wollte mich doch hier nicht küssen ...! Er wusste doch, dass ich mit meinem Sohn hier war! Allerdings wuchs nun mein eigenes Verlangen, von ihm geküsst zu werden. Die Vorstellung, er könnte dabei meine Brüste berühren oder seine Finger in mich schieben, löste in mir ein wahres Feuerwerk aus. Meine Nippel versteiften sich, Flüssigkeit löste sich in meinem Unterleib.

»Mum! Das war so geil!«, rief Connor mir entgegen.

Einen kurzen Moment brauchte ich, um mich wieder in die reale Welt zu beamen.

»Ah ... super«, entgegnete ich fahrig.

»Dann geh ich mal rutschen. Bis später«, sagte James mit einem Grinsen. Er nahm zwei Stufen auf einmal, als er zur anderen Rutsche emporstieg.

»Mann«, rief Connor begeistert, »das war so genial! Schade, dass die Wildwasser jetzt wieder geschlossen ist. Aber ich glaub, ich probier auch mal die Röhrenrutsche. Kommst du mit?«

»Nein, nein, ich denke, das war erst mal genug Wasser und Aufregung für den heutigen Tag. Ich lege mich auf eine der Liegen.«

»Okay.« Damit sprang Connor ebenfalls die Stufen hoch, zwei auf einmal nehmend, wie James.

***

Auf der Liege schloss ich erschöpft die Augen. Alles drehte sich. Ich wusste, dass es nicht nur von der Wildwasser-Rutsche kam. Meine Gedanken wanderten sofort zu James. Ich verurteilte mich, denn ich wollte nicht so vertraut mit seinem Namen an ihn denken. Er war ein Junge. Höchstens zwei, drei Jahre älter als Connor. Er hätte mein Sohn sein können ... Und dennoch, er hatte etwas an sich, was mich magisch anzog. Sein Blick hypnotisierte mich, sein Körper erotisierte mich. Alles an ihm ließ meine Lebensgrundsätze über Bord werfen. Wenn ich an seine muskulösen Schultern, die breite Brust, seine starken Hände und seinen harten Schwanz an meinem Rücken dachte ... Ich spürte, wie sich meine Brustwarzen aufstellten und Nässe in mein Bikinihöschen lief. Ich drückte die Beine zusammen. Konnte mich jemand sehen? Vorsichtig öffnete ich die Augen. Fast erwartete ich, dass James mich mit seinem wisssenden Blick ansah. Aber da war niemand. Sicher, es waren viele Kinder und auch einige Erwachsene im großen Schwimmbad, im Wasser oder auch außen davor, auf Liegen oder an Tischen und Stühlen in der Nähe einer kleinen Bar. Es war eine ausgesprochen schöne Wasser-Indoor-Landschaft. Doch ich nahm davon nicht wirklich Notiz. Ich war heiß, scharf und nass, brauchte dringend eine Abreaktion – wo und wie auch immer!

Eine Woche wollten wir drei – Connor, mein jüngster Sohn, Gary, mein ältester Sohn, und ich – noch in diesem Ferienpark mit Indoor-Wasserlandschaft sein. Ich beschloss, in unser Ferienhaus zu gehen und es mir zu besorgen. Keine Sekunde länger hielt ich es ohne Befriedigung aus. Auch konnte ich für nichts garantieren, wenn ich James wieder begegnete.

Ich stand auf, schlang mir meinen hellblauen Pareo um, entschied mich, mein nasses Bikinioberteil darunter auszuziehen, denn es sah immer furchtbar blöd aus, wenn die nassen Abdrücke der zwei Brüste des Bikinioberteils sich auf dem Stoff abzeichneten. Ich band den Pareo recht stramm, damit nichts darunter unnötig wackelte und schaukelte. Schnell zog ich noch mein – doppelt – nasses Höschen aus und verstaute es in der Badetasche, die ich mir nun über die Schulter warf. So ging ich zum Ausgang der Wasserrutsche und wartete dort gegenüber, das Auffangbecken war zwischen dem Röhrenausgang und mir, auf Connor.

Ich wollte ihm sagen, dass ich zum Haus vorgehen würde, er könnte ja noch bleiben. Ich geduldete mich einen Moment, sah viele Kinder im Auffangbecken landen, doch Connor war nicht dabei. Dann hörte ich jauchzende Schreie aus der Wasserrutschenröhre und kurz darauf gab es ein heftiges Klatschen. Eine riesige Wasserfontäne spritzte auf und traf mich mit voller Wucht, als drei Rutschende auf die Wasseroberfläche klatschten. Mein gesamter Körper wurde in Mitleidenschaft gezogen, angefangen von meinen Bastschuhen, meiner Badetasche bis zu meinem Pareo, der sich sofort dankbar voll Wasser sog. Ich stand da wie ein begossener Pudel, als drei lachend-prustende Gesichter an die Oberfläche kamen, um Luft zu holen. Ich war sinksauer! Na, denen würde ich was erzählen! Es war nicht gestattet, zu zweit, geschweige denn, zu dritt zu rutschen. Doch das erste Gesicht, das ich erkannte, war das von Connor. Daneben tauchte das von James auf und dahinter das von James' Freund. Sprachlos sah ich die drei an. Sie hatten mich noch nicht bemerkt. Doch dann heftete sich ein Blick auf meinen nassen Pareo. Es war der von James.

Ja, dachte ich wütend, *guck du nur, das hast du verursacht, du Kleinkind!*

Connor sah mich. »Hey, Mum, hast du das gesehen? War das nicht cool?!«, rief er.

»Obercool«, sagte ich genervt.

Er bemerkte meine Verfassung. »Oh, hast du was abbekommen?«

»Abbekommen?!«, explodierte ich. »Ich bin klitschnass!«

»Oh ja, das sieht man«, sagte James mit einem anzüglichen Grinsen.

»Dann stellen Sie sich doch nicht direkt dem Rutschenausgang gegenüber«, gab mir James' Freund den weisen Rat.

Ich kochte vor Wut! Kurz blickte ich an mir hinunter. Oh Schock! Der nasse Pareo klebte an mir wie eine zweite Haut. Meine Brüste mit den erigierten Nippeln stachen deutlich hervor. Ich hätte auch *nichts* drüber tragen können, es wäre aufs Gleiche herausgekommen. Ich wollte mir nicht vorstellen, wie sehr – oder wenig – meine Scham bedeckt war! Schnell verschränkte ich die Arme vor den Brüsten und rief Connor zu, dass ich zum Haus ging. Schnellstens drehte ich mich um und lief aus der Schwimmlandschaft.

***

Im Ferienhaus saß mein großer Sohn Gary, er war siebzehn, vor dem Fernseher. Gerade wollte ich mit ihm schimpfen, denn Fernsehen am helllichten Tag ging gar nicht, und war auch nicht abgemacht gewesen, da besann ich mich. Denn es konnte nur gut sein, wenn er beschäftigt war, so klopfte er nicht ständig an meine Tür und jammerte mich voll, dass dieser Urlaub voll öde und ihm voll langweilig wäre. Ich grüßte ihn kurz, er mich auch, wandte seinen Blick aber nicht von der Glotzte ab, und so verschwand ich unbemerkt in meinem Zimmer, das ich wohlweißlich abschloss.

Ich ließ mich auf mein Bett fallen. Aber wenn ich geglaubt hatte, der peinliche Vorfall hätte mir meine Lust genommen, dann hatte ich mich getäuscht. Anscheinend war genau das Gegenteil der Fall: Ich war heiß und nass!

Als ich den Pareo ausgezogen, mich nackt auf das Bett gelegt und die Augen geschlossen hatte, kam mir sofort das Bild von James' Gesichtsausdruck in den Sinn, wie er mich, oder besser, meine Brüste angestarrt hatte. Er hatte mit Sicherheit alles sehen können! Die Peinlichkeit schlug um in Lust. Ich dachte an seinen erigierten Schwanz an meinem Rücken, als wir aufeinandergeprallt waren.

Meine rechte Hand glitt zu meiner Scham und strich über die Schamlippen. Sie waren so geschwollen, dass sie den Kitzler freigaben und er sich aus seiner Höhle erhob. Ich tauchte in mein heißes Loch, wollte meine Flüssigkeit dort herausholen, aber das war nicht nötig, denn sie war bereits ausgetreten. Selbst in die Bettdecke, auf der ich lag, war sie gesickert. Meine nassen Finger glitten durch die Scheide auf meinen harten Kitzler zu und berührten ihn. Fast hätte ich aufgeschrien, so geil war ich. Ich zog ein Kissen vom Nachbarbett und presste es mir auf den Mund. Meine Finger blieben aktiv, glitten sachte auf meiner Klitoris hin und her. Ich atmete schneller, wurde geiler. Mir kam das Gesicht von James ins Gedächtnis und sein trainierter Jungenkörper mit den muskulösen Armen und Schultern. Ich dachte daran, wie sein Bauch kurz über seiner Badeshorts aussah, diese männliche Haarlinie, die in der Shorts verschwand und nur auf eins hindeuten sollte: seinen Schwanz.

Meine Finger wurden schneller und massierten meine Klitoris nun ganz intensiv. Ich war geil, nass, kurz vor dem Kommen, ja, nur noch ein kleiner Kick und ich würde von meiner geballten Lust erlöst werden ... oh, ja, ich war so geil, ich würde gleich ...

»Mum? Alles okay bei dir?«, hörte ich Gary durch die geschlossene Tür. Sofort erstarb mein Hecheln. Oh Gott, hatte man das etwa bis nach draußen gehört? Meine Hand stand still. Mein ganzer Körper schien wie erstarrt. Ich hörte ein lautes Klopfen an meiner Zimmertür.

»Mum?«

»Äh ja. Alles okay, Liebling«, sagte ich schnell, bevor Gary auf die Idee kam, die Tür aufzubrechen. Er war immer ziemlich besorgt um mich und hatte wohl das Gefühl, nach der Trennung vor drei Jahren von meinem Mann dessen Rolle als Beschützer einnehmen zu müssen.

»Okay. Ich geh mal zum Shop und hol mir eine Sport-Zeitschrift. Bin gleich zurück.«

»In Ordnung«, rief ich.

Ich ließ meine Hand sinken. Kurz darauf hörte ich, wie die Haustür ins Schloss fiel. Klasse, ich bekam meine Chance auf Erfüllung ...

Vor meinem Fenster stritten sich Kinder. Ich versuchte, das zu ignorieren und einfach weiterzumachen. Meine Hand berührte meine Klitoris. Die Lust kam sofort zurück. Ich rieb sie kreisend, ein Stöhnen glitt mir über die Lippen. Dann ...

»Hallo Mum, bin wieder daha ...« Das war Connor.

Shit! Mir blieb auch nichts erspart. War der eine weg, kam der andere. Das gab es doch nicht!

»Mum?«

»Ja, super. Dann guck doch Fern, wenn du willst ...«

Ein lautes Rütteln an der Tür unterbrach meinen Vorschlag.

»Hast du etwa abgeschlossen?«, wunderte sich Connor.

»Äh ... ja.« Als wenn er es schaffen konnte, reinzukommen, kroch ich schnell unter die Decke.

»Wieso?«, wollte er wissen.

»Weil ... ich mal etwas Ruhe brauchte.« Ich befürchtete, er könnte mich noch weiter ausquetschen, so versuchte ich, ihn abzulenken: »Hast du eben mit Gary gestritten?«

»Ja«, biss er an. »Gary sah mich kommen und zog die Haustür ins Schloss, der Arsch. Er hätte sie auch für mich offen lassen können.«

»Aha. Na, dann mach was Schönes.«

»Kann ich Fern?«

Ich seufzte. »Ja, klar. Hab ich doch schon gesagt.«

»Super.« Ich hörte ihn weggehen.

»Eine halbe Stunde.«

Er kam wieder. »Wieso das denn? Was soll ich mir denn bitte in einer halben Stunde ansehen? Mickey Mouse?«

»Na schön«, gab ich nach, »dann eben eine Stunde.«

»Super!«

Ich hörte, wie Connor den Fernseher anschaltete. Ich seufzte. Etwa fünf Minuten blieb ich liegen, starrte an die Decke und tat nichts. Dann rief ich mir James wieder ins Gedächtnis. Meine Hand wanderte zu meiner Scham.

»Mum?«

Das konnte doch nicht wahr sein!

»Was?!«, bellte ich.

»Wieso bist du so genervt?«, fragte Connor.

»Weil ich nur einfach gern meine Ruhe hätte.«

»Verstanden.«

Ich lauschte. »Connor?«, rief ich dann.

Nichts.

»Connor!«

»Ja, Mum, was ist denn?«

»Wieso hast du mich gestört? Was wolltest du denn?«

»Ach so. Kann ich ein Eis?«

»Ja!«

»Danke, Mum. Und jetzt entspann dich endlich! Ruf mich bitte nicht mehr, okay. Ich brauche jetzt Ruhe!«

Ich dachte, ich bin im falschen Film! Aber so war das immer mit den Jungs. Erst störten sie mich ständig und dann drehten sie den Spieß um und taten, als sei *ich* Schuld.

Meine Lust war vergangen. Lust auf Lust und Lust auf gute Laune. Shit!

***

Connor und Gary konnten sich meine schlechte Laune beim Abendessen nicht erklären. Ich gab mir zwar Mühe, aber das reichte nicht. Ich war unbefriedigt.

Als Connor nach dem Essen vorschlug, noch schwimmen zu gehen, hatte ich keine Lust. Doch er bekniete mich so sehr, und auch Gary, dass ich mich überreden ließ. Vielleicht kühlte das Wasser ja mein genervtes Gemüt. Kurz überlegte ich, ob James wohl dort sein würde.

Als hätte Connor meine Gedanken gelesen, sagte er: »Übrigens, James und Ken werden heute Abend nicht dort sein, denn sie fahren in den Nachbarort, um dort eine Tante von Ken mit deren beiden Töchtern zu besuchen.«

Sofort schoss mir das Bild in den Kopf, wie James und sein Freund junge, hübsche Mädchen nebeneinander im Wohnzimmer auf der Couch vögelten, während die Tante an ihrem Wein nippte, die Beine übergeschlagen, die beiden knackigen Jungen bei ihrem Sexspiel beobachtete und nickend sagte: »Ja, sehr schön. Die beiden Mädchen brauchen mal diese Erfahrung, sehr schön macht ihr das. Fickt sie nur ordentlich durch. Ihre jungen Mösen sind hungrig.«

»Hast du mir zugehört, Mum?«

»Äh ja, Con, hab ich. Das ist schön für die Jungs.«

***

Ich ließ mich ins kühle Nass gleiten. Ich hoffte, dass mir das auch meine seit dem Abendessen entstandene Gesichtsröte nehmen würde. Das Außenbecken, von dem die Wildwasser-Rutsche abging, war nicht besucht. Ein Glück, so konnte ich ein paar Bahnen schwimmen. Es war nicht sehr groß, angelegt wie ein Kreis, in deren Mitte sich ein weiterer Pool befand. Die Wände der beiden Pools waren so hochgezogen, dass man den äußeren runden Pool – er wirkte wie eine kleine Rennstrecke – vom Einstig her nicht einsehen konnte.

So schwamm ich meine Runden und merkte, wie die Anspannung von mir abfiel. Ab und an kam mal ein Kind in den Pool, verschwand aber schnell wieder, weil hier draußen nichts los war. Nach und nach zog das Abendrot am Himmel auf und ich konnte den traumhaften Sonnenuntergang beobachten. Ein Pärchen kam, schwamm ein bisschen, knutschte und verschwand wieder. Ein Mann erschien, inspizierte den inneren Pool und verzog sich ebenfalls nach etwa fünf Minuten.

Ich blickte schwimmend in den Sonnenuntergang und schrak zusammen, als ich hinter mir jemanden sagen hörte: »Na, ganz allein hier draußen?«

Ich blickte mich mit klopfendem Herzen um, und da stand er – James! – mitten im Außenpool. Das Wasser reichte ihm bis zur Brust, seine Brustwarzen waren klein und hart, seine Hände unter Wasser in die Hüften gestützt.

»Ja, wie man sieht …«, gab ich zur Antwort und stellte mich ebenfalls hin. Nur reichte mir das Wasser bis zum Hals.

»Ich würde Ihnen gern eine Frage stellen«, sagte James, ohne sich zu rühren.

Ich war gespannt. In meinem Bauch kribbelte es. »Bitte. Nur zu.«

»Was machen Sie eigentlich nachts?«

»Nachts? Schlafen.«

»Allein?«

Ich zögerte. »Seit drei Jahren, ja.«

»Das ist aber eine lange, einsame Zeit.«

Ich zog die Augenbrauen hoch, statt einer Antwort.

Er kam nun durch das Wasser langsam auf mich zu, sein Gesicht hatte einen orangefarbenen Schimmer vom Sonnenuntergang. »Wie wäre es, wenn Sie *diese* Nacht nicht allein verbringen?«

Sofort zog Wärme durch meinen Körper und ich spürte, wie es in meinem Unterbauch zu flattern begann. »Mit dir etwa?«, fragte ich und es klang spöttisch. Das hatte ich so nicht gewollt.

Aber er ließ sich dadurch nicht abschrecken. »Ja, zum Beispiel.«

»Wie alt bist du?«

Er überlegte.

»Denkst du dir jetzt etwas aus?«, kam ich ihm zuvor.

»Nein, ich überlege nur, ob es wichtig ist.«

»Für mich schon.«

»Einundzwanzig.«

»Niemals!«

Er lachte. »Wieso nicht?«

»Du bist höchstens siebzehn.«

Er sah mich entgeistert an. Dann besann er sich und fragte: »Okay, Lady. Wie alt sind Sie?«

»Das fragt man nicht.«

»Sie haben es auch getan.«

»Weil ich die Ältere bin. Ich darf das.«

»Mir ist es wichtig.« Er verschränkte die Hände vor der Brust.

Ich wollte an ihm vorbei zum Ausgang schwimmen, doch er fing mich ab und hielt mich am Oberarm fest.

»Hey«, sagte ich.

»Wenn Sie mir Ihr Alter sagen, dann lasse ich Sie gehen.«

Ich schnaubte: »Vierzig.«

Er lachte und ließ mich nicht los.

»Hey, du hast gesagt, du lässt mich ...«

»Wie wäre es mit der Wahrheit«, unterbrach er mich.

»Das ist die Wahrheit!«

»Sie sind höchstens dreißig.«

Jetzt war es an mir, zu lachen. »Genau. Und mit wieviel Jahren soll ich meinen ersten Sohn bekommen haben? Mit fünfzehn?«

Er wurde ernst. »Da sehen Sie, wie es sich anfühlt, wenn einem nicht geglaubt wird. Ist doof, oder?«

Ich schwieg.

Sein Kopf war meinem nun unglaublich nahe, seine Aura vernebelte meinen Verstand. Er blickte auf meine Brüste und dann auf meinen Mund. Sein Griff um meinen Arm lockerte sich. Ich sah auf seine muskulösen Schultern, seine breite Brust, dann in sein hübsches Gesicht. Er hätte jede haben können, doch er wollte mich! Eine fast zwanzig Jahre ältere Frau. Ich spürte, wie er sein Gesicht senkte und mir einen Kuss auf den Mund gab. Ganz sanft, ganz vorsichtig. Ich bekam eine Gänsehaut. Sein Gesicht kam hoch und er sah mich prüfend an. Es war so jung. Aber seine Augen wirkten älter. Alles an ihm schien jetzt älter. Ich sah auf seine Lippen und er küsste mich erneut, vorsichtig, streichend, fast liebevoll. Eine Woge der Wärme erfasste meinen Körper. Nie hätte ich gedacht, dass so ein junger Mann solche Gefühle in mir auslösen könnte. Ich hatte mit einem schnellen, ungelenken, unsicherem Fick gerechnet. Doch was er hier vollzog, war vorsichtig, sensibel, als wenn er mich zerbrechen könnte. Wobei er außerdem keineswegs unsicher wirkte, wie ich es von einem Mann in seinem Alter erwartet hätte.

James' Kuss war sanft und erotisierend. Er löste sich von mir, betrachtete mein Gesicht prüfend. Ich wollte mehr, küsste ihn nun, viel intensiver und heftiger. Er ließ sich gefallen, dass meine Zunge in seinen Mund drang, er hieß sie willkommen und spielte mit ihr. Automatisch ging ich einen winzigen Schritt weiter auf ihn zu. Das Wasser schwappte um unsere Körper. Er legte mir eine Hand auf die Mitte meines Rückens und presste mich sehr männlich an sich. Meine Brüste quetschten sich gegen seine Brust und sein harter Schwanz presste sich gegen meinen Unterbauch. Das löste eine Wärmewelle in mir aus, die meinen Bauch flutete. Ich atmete schneller. Er bewegte seine Hüften, rieb sich an mir. Gefühlsblitze zuckten durch meinen Körper und ich wurde unglaublich scharf auf ihn. Innerhalb von Sekunden war meine seit dem Nachmittag verschüttete Lust wieder geweckt und kam mit Vehemenz zurück. Ich wurde richtig geil und wollte diesen Kerl. Schlimmer noch ... Ich wollte seinen Schwanz – und zwar in mir! Je geiler ich wurde, desto wilder wurden meine Küsse. Er hielt mit, verschlang meine Lippen förmlich. Ich ließ mein Becken nun ebenfalls rotieren. Nach etwa fünf Sekunden, sein Schwanz fühlte sich inzwischen so hart an wie ein Knüppel, löste James sich schnaufend von mir.

»Boah, gehst du ran!«, schaffte er zu sagen. »Du willst es echt wissen, oder?«

»Auf jeden Fall!«

Kaum hatte ich das gesagt, drückte er sich so stark gegen mich, dass ich unweigerlich einen Schritt nach hinten gehen musste. Er drückte weiter. Und noch einen Schritt. Ich wurde von ihm bis an die hintere Poolwand geschoben. Mit einem Nachwippen prallte ich gegen die Wand. Anstatt über meine Lippen herzufallen, zog er mir mein Bikinioberteil herunter und blickte auf meine Brüste. Zwar waren die Nippel schon durch das Wasser hart, aber jetzt, wo der abendliche Wind über sie streifte, zogen sie sich samt den Höfen noch mehr zusammen.

»Geil«, hauchte er und saugte abwechselnd an ihnen, als könnte er nicht genug davon bekommen.

In meinem Unterleib tobte es. Meine Nässe vermischte sich mit dem Poolwasser. Ich wünschte, sein Schwanz würde sich wieder gegen mich drücken, denn sein Mund machte mich schier wahnsinnig! Ich atmete schnell und keuchend. Ein Stöhnen kam mir über die Lippen, ich hielt es kaum noch aus.

»Komm endlich zu mir«, flehte ich.

Er löste sich von meinen Brüsten. Dann sah er sich um, nahm meine Hand und sagte: »Komm.«

James führte mich zum inneren Pool. Dort waren Steinliegen ins Wasser gebaut worden. Sie befanden sich ziemlich dicht unter der Wasseroberfläche. Er deutete mir, mich hinzulegen. Kaum hatte mein Rücken eine der Liegen berührt, zog James mir mein Bikinihöschen aus. Ich löste zusätzlich mein Oberteil, damit er mich gänzlich nackt sah.

»Hammergeil«, stieß er hervor.

»Zieh dich auch aus«, verlangte ich.

Er kam dem sofort nach. Und endlich konnte ich seinen jugendlichen Schwanz in seiner vollen Größe betrachten und bewundern. Er war lang und schmal – ideal für mich. Dieser junge Mann sah einfach atemberaubend aus. Er ging in die Knie, hockte sich vor mich. Sein Schwanz glitt im Wasser über meinen Venushügel. Das war ein unglaublich geiles Gefühl! Ich hob mein Becken etwas, stellte meine Füße auf und spreizte die Beine. Sein Schwanz glitt durch meine Schamlippen, immer wieder, ohne in mich einzudringen. Das machte mich wahnsinnig. Vor allem machte es mich noch heißer, als ich schon war. Irgendwann konnte ich es nicht mehr aushalten. Ich drückte mich hoch, legte meine Hände auf seine Pobacken und zog ihn zu mir. Sein harter Schwanz drang ohne Mühe Zentimeter um Zentimeter in mich ein. Mein Mund öffnete sich automatisch, während ich atemlos dieses unbeschreiblich geile, schöne Gefühl in mich aufnahm und es sich für immer in mein Gehirn brannte. Was für ein Wahnsinnsmoment! Eine Weile verharrte James, damit ich wieder Luft holen konnte. Dann übernahm er die Führung und fing an, mich zu ficken. Oh ja, es war Ficken! Denn voller Kraft stieß er zu, unsere Leiber klatschten im Wasser zusammen. Jeder Stoß ließ mich stöhnen und mich wie im Himmel fühlen. War das geil!

Die Lust war wieder voll da und drohte, mich sofort zu überrollen. Ich kämpfte, nicht augenblicklich zu kommen, aber ich schaffte es nicht. Seine Stöße waren einfach zu gut. Mit einer Explosion war ich da. Der Orgasmus legte alles in mir lahm, was mit Denken zu tun hatte. Ich schrie vor Lust auf. Er stieß mich weiter, hechelte. Ich öffnete meine Augen und blickte in seine geweiteten Augen, gerade rechtzeitig, um zu sehen, wie seine sich schlossen. Die Gesichtszüge entglitten ihm und sein Orgasmus entlud sich in mir. Sein Mund war weit geöffnet und ein tiefes, kehliges Stöhnen entfuhr ihm, während sein Schwanz immer und immer wieder in mir zuckte.

Als er sich auf mir ermattet niederließ, war es wie ein Klatschen, als wenn er aus der Wasserrutsche kam.

Wir lachten und umarmten uns.

»Hey, guck mal, Josh, was machen die da?«, hörte ich wie aus weiter Ferne einen Jungen fragen.

Mein Herz schien stillzustehen. Zum Glück schien James

diese Frage auch gehört zu haben und reagierte prompt. Er stemmte sich hoch, glitt neben mich und zog sich seine Badeshorts liegend nach oben, was ziemlich ungelenk aussah und grinste mich an. Ich tat es ihm gleich, zog mein Höschen hoch und zupfte noch mein Bikinioberteil über den Brüsten zurecht.

»Wieso, was meinst du?«, fragte wohl Josh. Er war noch nicht zu uns in den Innenpool geschwommen, im Gegensatz zu seinem Freund, dessen neugieriges Gesicht in der Abendsonne leuchtete.

Ich sah ihn unschuldig an. Dann kam der Kopf des Freundes in Sicht. Auch wenn James und ich züchtig nebeneinander auf den Steinliegen lagen, so war mir klar, dass die Jungs nun genau wussten, was wir im wahrsten Sinne des Wortes, getrieben hatten. Auch wenn sie noch jung waren, vielleicht zehn, zwölf Jahre, so waren sie in dem Alter trotzdem schon genug aufgeklärt, um zu wissen, was wir getan haben konnten, zumal der Kleinere von den beiden uns aufeinander liegend gesehen hatte. Die Jungs sahen sich an, grinsten, zogen sich ins Außenbecken zurück und prusteten los.

James blickte kurz gen Himmel.

Und mit einem Mal wurde es turbulent und laut. Mehrere Kinder stürmten in den Außenpool.

James blickte auf seine Uhr. »Einundzwanzig Uhr. Die Wildwasserrutsche wird gleich geöffnet. Und – Lust auf eine Abkühlungsrunde?«

Ich nickte. »Unbedingt!«

Er reichte mir die Hand und sagte: »Dann komm, Lady.«

Wenig später sauste ich durch das wilde Wasser, das mich ungebremst auf der Rutsche nach unten trug. Ich war glücklich und ausgelassen. James hielt mich an der Hand und zeigte mir sein übliches Grinsen, auch er schien beschwingt in seiner neuen Aufgabe als junger Beschützer und Lover. Ich kam mir vor wie ein Teenager.

»Hey, Mom, du rutscht ja auch wieder, wie cool!«, rief Connor, als er mit einer fließenden Bewegung und einer unglaublichen Leichtigkeit, gepaart mit Coolness, an uns vorbeirutschte. Allerdings fiel ein kurzer Blick von ihm auf die miteinander verbundenen Hände von James und mir. Sofort wollte ich James loslassen, doch das ließ er nicht zu, hielt mich eisern fest. Und mit einem Mal wurde mir klar, dass es Menschen gab, die in ihrem Alter jünger waren, so wie ich, und Menschen, die ihrem Alter weit voraus waren, so wie James. Und plötzlich spielte das Alter keine Rolle mehr. Was zählte, war nur der Augenblick, der wunderbare Augenblick, in dem ich so glücklich war.

NOTGEIL

Während Mira die Iso-Matte gegen ihren Körper gedrückt zusammenrollte, presste sie zeitgleich die Luft raus. Sie war so unglaublich froh, dass heute das vierzehntägige Überlebenstraining im Camp zu Ende ging. Sie hatte Hunger, sehnte sich nach einem anständigen Bett, einem anständigen Klo, einer anständigen Dusche und anständigem Essen. Alle Grundbedürfnisse wurden hier im Camp nicht befriedigt. Ganz zu schweigen von Sex. Gut, sie hatte weder Ehemann noch Freund, so würde sie auch zu Hause keinen Sex bekommen, aber wenigstens konnte sie dort ungestört Hand an sich legen, ohne dass es jemand mitbekam. Zwar hatte sie mit Julie, einer Frau, die sie hier kennengelernt hatte, die Zeit im Zweierzelt verbracht, aber sie war keine richtige Freundin gewesen und auch nicht geworden, sodass Mira sich hätte freifühlen und mal schnell befriedigen können. Hier im Camp hatte sie einen leichten Schlaf gehabt, da sich Mira nie sicher gefühlt hatte, und sie wusste, dass es ihrer Zeltgenossin Julie genauso gegangen war. Also wäre es auch keine Option gewesen, so lange zu warten, bis Julie eingeschlafen wäre, um sich dann heimlich anzufassen. Mira musste sich bei der Selbstbefriedigung bewegen. Sie gehörte nicht zu den Frauen, die wie ein Brett dalagen und schweigend zum Höhepunkt kamen. Nein, das ging bei ihr gar nicht. Auch ihre Lusttöne suchten sich den Weg in die Freiheit, da konnte sie sich noch so sehr zu beherrschen versuchen und die Lippen zusammenpressen, leise ging einfach nicht.

Insgesamt war es eine wertvolle Erfahrung für Mira gewesen, diese vierzehn Tage durchzuhalten. Nicht nur körperlich und überlebenstrainingmäßig, sondern auch geistig und seelisch. Sie waren neun Personen, inklusive des Führers Peter, gewesen und hatten sich gut untereinander verstanden. Vier Frauen und fünf Männer.

Mira hielt sich eigentlich für einen umgänglichen Menschen und kam sowohl mit den Männern als auch mit den Frauen, was ja oftmals wegen der Stutenbissigkeit etwas schwieriger war, gut zurecht. Bis auf einen Mann: Russel. Dieser Typ hatte einfach nicht alle Latten am Zaun. Er führte sich auf, als wäre er der Führer, nicht nur des Camps, sondern der Welt. Er hatte große Schwierigkeiten, sich unterzuordnen, was den Männern überhaupt nicht gefiel. Wenn er eine Idee hatte, dann sollte sie sofort umgesetzt werden, und wehe nicht! Sie war mit ihm zwei Mal zusammengerasselt und hatte ihren Standpunkt lautstark vertreten, was er natürlich nicht hatte gelten lassen, und seitdem hatte sie ihn gemieden, wie der Teufel das Weihwasser. Mit so einem Typen musste sie sich nicht auch noch bekriegen, sie hatte schon genug mit dem Überleben zu kämpfen gehabt.

Mira half Julie, das Zelt abzubauen. Sie bückte sich und zog einen der »Heringe« – die gekrümmten, kleinen Eisenhaken, die die Zeltseile hielten – aus dem Boden. Dabei stieß sie gegen einen Thermobecher, der umkippte. Kaffee sickerte in den Waldboden.

»Huch«, entfuhr es ihr und sie sah sich um, wem der Becher gehörte.

»Pass doch auf, Mensch!«, wurde sie von Russel angeranzt.

»Oh, sorry.«

»Oh, sorry«, äffte er sie nach. »Und was soll ich jetzt trinken?«

»Wasser?«, schlug sie vor.

»Was soll ich mit Wasser? Ich brauche einen Kaffee, *meinen* Kaffee!«

»Kann ihn mir ja schlecht aus den Rippen schneiden«, gab Mira gelassen von sich.

»Pass mal auf, Schätzchen ...« Russel trat vor sie.

Mira, noch immer in gebückter Haltung, richtete sich auf. Doch er überragte sie noch immer um knapp einen ganzen Kopf. Wie groß war dieser Kerl eigentlich? Das war keine gute Position zum Diskutieren. Er wirkte, als hätte er die Hosen an. Das wollte sie auf keinen Fall zulassen. Aber sie würde ihm auch nicht mit ihrem Kaffee entgegenkommen. »Was?«, fragte sie genervt.

Er beugte sich ein Stück runter. Ein leichter Wind kam von hinten und sie nahm seinen Duft wahr. Er roch nach Schweiß, nach Kaffee und nach Mann. Sein Bart war zu einem Fünf-Tage-Bart gewachsen und seine grünen Augen funkelten, als diese sie halb zusammengekniffen fixierten. »Ich brauche meinen Kaffee. Du hast ihn umgekippt, und nun ist die logische Schlussfolgerung, dass ich *deinen* trinke. Ob mit oder ohne Angebot!« Er nahm Miras Becher und trank.

Das würde sie auf keinen Fall zulassen, dass dieser eingebildete Mistkerl sich ihre Morgenration zu Gemüte führte. Blitzschnell schnappte sie sich ihren Becher und riss ihn Russel aus der Hand. Dabei schwappte das Meiste vom Kaffee über sein T-Shirt. Sofort trank sie den Becher leer.

»Spinnst du völlig?!«, schrie er sie an.

»Das ist *meiner*!«, giftete Mira zurück.

»Guck dir mein T-Shirt an, blöde Kuh! Das wirst du rauswaschen, bis nichts mehr zu sehen ist!«

»Hey, was ist los?«, fragte einer der Männer in der Nähe.

»Russel hat mal wieder eine seiner Kindergartenallüren ...«, sagte Mira wütend und drehte sich zum Zelt.

Er packte ihren Oberarm mit solcher Kraft und zog sie daran zu sich zurück, sodass sie gegen ihn prallte. Erschrocken hielt sie die Luft an.

»Wir sind noch nicht fertig!«, schnaubte er.

»Au! Lass mich!«

»Hey, Russel. Lass sie los. Bau dein Zelt ab, der Heli kommt in fünf Minuten«, sagte Peter, der Campleiter.

Mira versuchte, sich aus seinem Griff zu winden. »Bin ich froh, wenn ich deine Visage nicht mehr sehen und dein blödes Gerede nicht mehr hören muss!«

»Geht mir ganz genauso!«, zischte er und ließ Mira widerwillig los. Er stapfte zu seinem bereits ausgebreiteten Zelt und rollte es zusammen.

Mira widmete sich genervt ihrem Zelt. Julie hatte schon weitergemacht, während die Szene zwischen Russel und Mira sie kaltgelassen hatte. Das Zelt gehörte Julie. Zwei sollten sich immer ein Zelt teilen und so war es nur logisch, dass nicht jeder eins mitbrachte. Es war vorher so abgesprochen gewesen.

Ein Geräusch war am Himmel zu hören, der Helikopter kam.

Ein Glück, dachte Mira, und das erste Mal seit langem legte sich ein Lächeln auf ihre Lippen. Nach Hause, endlich!

Sie sah dem Helikopter zu, wie er in einiger Entfernung auf einer Lichtung landete. Bäume, Büsche und Gras wurden von dem Luftdruck, den er verursachte, niedergedrückt. Die ersten Campbewohner liefen dem Heli schon entgegen. Peter winkte die restlichen Leute herüber.

Mira besann sich, schloss ihren Rucksack, klemmte sich die Isomatte unter den Arm und lief ebenfalls zum Helikopter. Ihre Haare flatterten, ihre Klamotten blähten. Sie musste kurz warten, weil Peter mit dem Piloten redete. Sie machten ein paar Gesten und riefen sich gegenseitig etwas zu, während der Pilot nach hinten auf die Sitze zeigte. Mira tastete nach ihrem Taschenmesser. Es war ein Geschenk ihres Bruders vor der Abreise gewesen, das ihr sehr gute Dienste geleistet hatte. Oft fühlte sie sich dadurch an ihn und die Heimat erinnert. Doch, oh Schreck, es war nicht in ihrer Hosentasche! Sie tastete weiter. Auch in ihrer Weste steckte es nicht. Sie blickte zurück. Sie musste ihr Taschenmesser unbedingt haben, denn es besaß einen großen Erinnerungswert für sie. Keinesfalls konnte sie ohne dieses Messer nach Hause fliegen. Aber es wäre wahrscheinlich ein Ding der Unmöglichkeit, wenn sie den Heli mit all den Leuten, die nun endlich nach einem richtiges Essen und einer Dusche fieberten, wegen ihres Messers warten ließ. Shit!

Der Zufall kam ihr zu Hilfe. Peter drehte sich zu ihr und sagte, dass sie noch zwei Leute aus einem anderen Camp im Heli hätten, weil der vorige Heli Platz für einen Verletzten gebraucht hatte. Peter würde kurz hier mit dem letzten Camper warten, Mira sollte schon mal einsteigen. Das war ihre Chance. Sie erzählte ihm von ihrem zurückgelassenen Messer und dass sie es noch gern suchen und holen würde. Er war einverstanden.

»Gut, dann fehlt nur noch einer«, sagte Peter und blickte in den Wald.

»Wer?«, fragte Mira.

»Rate mal.«

»Oh nein, sag bloß, Russel?«

»Ganz genau!«

Mira seufzte. Sie blickte nun auch in Richtung Wald.

»Gut, dann fliege ich jetzt los«, sagte Peter. »Der Heli ist in spätestens zwanzig, dreißig Minuten wieder da. Dann wird er dich abholen – und hoffentlich auch Russel, wenn er denn so gütig ist, aufzutauchen.«

Mira zögerte. Mit dem Idioten allein im Wald? Aber was sollte passieren, er war ja noch nicht einmal anwesend. Außerdem waren es nur zwanzig Minuten. Das würde sie wohl überleben.

»Okay«, stimmte sie schließlich zu.

»Klasse!« Peter klopfte ihr kameradschaftlich auf die Schulter. Dann lief er zur geöffneten Tür und schwang sich hinein. Kaum war er drin, hob der Helikopter auch schon ab. Miras Haare flatterten wild im Wind, während sie diesem faszinierenden Fluggerät hinterherstarrte. Als es hoch in der Luft war, besann sie sich und machte sich auf den Weg, ihr Taschenmesser zu suchen. Auf halber Strecke kam ihr Russel entgegen.

»Hey, was ist los? Wieso fliegt er weg?«, fragte er unwirsch.

»Sie kommen gleich zurück, um uns zu holen. Wegen einem Verletzten aus einem anderen Camp fehlten zwei Plätze. Aber am liebsten hätte Peter dich für immer hiergelassen.«

»Quatsch!«

»Doch. Weil du nicht pünktlich warst.«

»Pünktlich? Gab's ne Uhrzeit?«

»Bist du taub? Den Heli konnte man wohl kaum überhören. Was hast du denn gemacht?«

»Mutierst du jetzt zu meiner Mutter? Ich hab mir einen runtergeholt nach der langen Zeit. Was sonst!«

Mira seufzte und blickte gen Himmel. Kopfschüttelnd ging sie an ihm vorbei, dachte aber über seinen dummen Spruch nach. Mochte er noch so ein Spacken sein, aber ihr ging es leider ähnlich mit dem Sexentzug. Als sie bei der Stelle ankam, wo sie ihr Lager gehabt hatte, fand sie ihr Taschenmesser. Es lag auf einem Stein. Ein Glück! So, jetzt noch ein bisschen warten und dann ging es ab in die Heimat. Sie lief zum Landeplatz des Hubschraubers zurück. Dort wartete bereits Russel und blickte nach oben.

»Und wann kommt das Ding zurück?«, fragte er.

»In zwanzig Minuten«, gab sie zurück.

»Na toll.« Er seufzte.

Mira stellte ihren Rucksack samt Iso-Matte auf dem Boden ab und setzte sich daneben. Russel blieb stehen. Schweigend blickten sie in die Ferne oder ab und an in den blauen Himmel. Ein paar kleine Wölkchen waren zu sehen, ansonsten war es sonnig und versprach, ein warmer Tag zu werden. Mira knurrte der Magen. Hoffentlich kam der Heli gleich, denn sie hatte heute Morgen auf den Fisch von gestern Abend verzichtet. Sie freute sich schon dermaßen auf ein traumhaftes Hotelfrüh-stück mit Brötchen, Butter, Honig, Marmelade, Croissant, Organgensaft, Rührei ... Ihr Magen knurrte noch lauter.

Sie bemerkte Russels Blick. Ein dummes Wort von ihm und er würde eine gepfefferte Antwort bekommen. Doch er schwieg.

»Wie spät ist es?«, fragte Mira nach einer Weile.

»Hast du keine Uhr?«

»Würde ich sonst fragen?«

Er seufzte. »Elf.«

»Wann war der Heli da?«

»Zehn nach zehn.«

»Hm ... schon komisch, oder?«, meinte Mira. »Peter hat gesagt, zwanzig bis dreißig Minuten höchstens.«

Russel schwieg.

Sie war genervt darüber. Aber sie würde Geduld haben. Der Helikopter würde schon kommen.

***

»Verdammte Scheiße!«, brüllte Russel.

Mira zuckte zusammen und presste die Lippen aufeinander.

»Diese Penner haben uns vergessen!«, rief er aufgebracht.

Mira war den Tränen nahe. Ja, es sah wohl ganz so aus. Inzwischen war es ein Uhr. Das konnte doch nicht wahr sein!

Ihr Hunger wurde immer größer und ihr Mut sank immer mehr. Leider war sie nicht in der Lage, jemanden anzurufen, denn eine der Bedingungen war gewesen, die Handys vor der Reise beim Campleiter abzugeben. Und der lag bestimmt mit vollgefülltem Bauch eines Traumfrühstücks im weichen Hotelbett und sah Fern.

Russel erhob sich und stapfte in Richtung Wald.

»Wo willst du hin?«, fragte sie ihn, denn es war ihr nicht sehr geheuer, wenn er sie jetzt allein ließ.

»In den Wald.«

»Und dann?«

»Weiß ich noch nicht. Auf jeden Fall raus aus der Sonne.«

Mira erhob sich und ging ihm hinterher. Ausgerechnet mit diesem Idioten musste sie hier sein! Hätte es nicht Julie sein können oder Peter, oder irgendein anderer Mensch auf dieser Welt? Ihr blieb auch nichts erspart!

»Hast du noch was zu essen?«, fragte Mira, als sie bei ihm angekommen war. Sie hasste sich dafür, dass sie ausgerechnet *ihn* fragen musste, aber ihr Hunger zwang sie dazu.

»Fisch«, sagte er.

»Kann ich?«

»Was?«

»Etwas von dem Fisch haben.«

Russel hob den Kopf und sah ihr prüfend in die Augen. »Erst verschüttest du meinen Kaffee, dann verbietest du mir, deinen zu trinken und saust mir mein Shirt ein. Und jetzt soll ich dir meinen Fisch geben? Kommt nicht in Frage. Außerdem weiß ich ja nicht, wie lange wir noch hier rumhocken müssen. Vielleicht rettet der Fisch mein Leben.«

»Und ich?«

»Keine Ahnung. Geh doch Beeren pflücken.«

»Du bist so ein Arsch!«

114

Er lachte.

Mira starrte ihn an. Sie hatte ihn noch nie lachen sehen. Er sah umwerfend aus! Der größte Mistkerl unter der Sonne mit einem irren Lachen. Sie schloss die Augen und wandte sich ab. Sie wusste, dass sämtliche Beeren im Umkreis schon abgeerntet waren. Sie wollte sich auf gar keinen Fall weit von dem Zeltplatz entfernen. Was, wenn der Helikopter genau dann käme, wenn sie gerade Beeren pflückte? Aber wieso kam er nicht?! Sie ließ sich sinken. Ihr war zum Heulen zu Mute. Das würde sie aber niemals vor diesem Idioten tun!

Sie hörte, wie er aß. Mistkerl! Hinsehen wollte sie auf keinen Fall. Ersatzweise trank sie etwas. Aber damit verschwand der Hunger nicht. Ihr traten die Tränen in die Augen. Schnell blickte sie woanders hin, fehlte noch, dass er ihre Schwäche sah.

»Ich geh noch mal zur Lichtung«, sagte Russel nach einer Weile.

Mira antwortete nicht.

»Hier, ich glaube, der Fisch ist nicht mehr gut.« Damit warf er seinen restlichen Fisch in einer Aluschale vor ihr auf den Boden und stapfte zur Lichtung.

Na super, du Penner, mir den schlechten Fisch geben!, dachte Mira verärgert. Sie nahm seine Schale und roch am Fisch. Allerdings bemerkte sie nichts Schlechtes daran. Kurz überprüfte sie, ob er sie nicht beobachtete, dann biss sie ein Stück Fisch ab. Er schmeckte lecker! Sofort aß sie ihn auf. Russel hatte ja gesagt, er wäre schlecht, also wollte er bestimmt nichts mehr davon haben.

Und plötzlich dämmerte es ihr. Hatte er etwa mit Absicht gesagt, dass der Fisch schlecht war, damit sie ihn aß? Hatte er gewusst, dass ihr Stolz ihr verbot, etwas von ihm anzunehmen?

Er war trotzdem ein Idiot. Vielleicht war er auch ein Idiot, der an Geschmacksverirrung litt.

Sie trank einen Schluck Wasser hinterher und es ging ihr sofort besser mit dem bisschen Essen im Magen.

Sie dachte an Brendan, ihren Ex-Freund. Er war ein rauer Kerl gewesen, aber mit einem sehr lieben Kern. Sie erinnerte sich daran, wie sie einen ganzen Tag Wandern gewesen waren und am Ende ihr Schiff verpasst hatten. Sie mussten drei Stunden auf das nächste warten und waren wie ausgehungert gewesen. Kaum waren sie zu Hause gewesen, hatten sie den Kühlschrank geplündert und waren danach übereinander hergefallen. Brendan hatte ihr und sich die Klamotten vom Leib gerissen und sie gevögelt wie ein Irrer. Obwohl sie den ganzen Tag gewandert waren, hatte er solche Energien gehabt, sie in den siebten Himmel zu vögeln. Sein Schwanz war unglaublich hart und sie unglaublich nass gewesen, sodass sie fast beim ersten Stoß von ihm gekommen war. Das war für sie unvergesslich geblieben ...

»War er doch noch gut?«

»Was?« Mira sah erschrocken hoch. Sie spürte, wie es in ihren Brüsten zog und in ihrem Schoß feucht geworden war. Mein Gott, sie war nicht nur nach Essen ausgehungert.

Russel blickte auf sie herunter. »Der Fisch.«

»Ach so ... Der war gut. Hoffe ich. Wenn nicht, kotz ich gleich.«

Er zog die Augenbrauen hoch.

»Was macht die Landebahn?«, fragte Mira.

»Verstaubt so langsam.«

Sie seufzte. »Das können die doch nicht machen«, sagte sie leise, wie zu sich selbst.

»Anscheinend doch.«

»Ich hab Hunger«, rutschte Mira raus.

»Bist du schwanger? Du hast doch gerade schlechten Fisch gegessen.«

»Erstens war er nicht schlecht und zweitens hat er nicht gereicht.«

»Bist du immer so schwer zu befriedigen?«

Mira blickte prüfend zu ihm hoch. Aus seiner Miene konnte sie nichts lesen. Er stand breitbeinig neben ihr, die Hände in die Hüften gestützt.

»Nein, nicht auf allen Gebieten ...«, gab sie von sich.

Das brachte ihn doch tatsächlich zum Grinsen.

Mira konnte ihn nicht ausstehen. So ein Widerling! Sie spürte, wie es in ihrem Unterleib zog, wie sich da etwas ausbreitete, was sich auf gar keinen Fall ausbreiten sollte. Sie wollte diesen verkorksten Typen echt nicht mögen!

»Okay. Ich bin der Mann. Ich geh jagen«, sage Russel.

»Was willst du denn jagen? Hirsche?«

Er überging ihren Spott. »Fische.«

»Fische? Seit wann kannst du Fische fangen?«

»Was willst du von mir? Hast du nun Hunger oder nicht?«

Mira besann sich. Wenn sie ihn verärgerte, konnte sie die blöden Fische selber fangen. Aber das lag ihr überhaupt nicht, geschweige denn das Töten. Sie musste etwas netter zu ihm sein, was ihr allerdings verdammt schwer fiel.

»Ich mein ja nur ... Hast du ja die vierzehn Tage nie gemacht.«

»Weil die anderen sich darin profilieren wollten.«

»Was für eine billige Ausrede!«, schnaubte Mira.

»Okay, dann lasse ich es einfach.« Er setzte sich.

Shit! Genau das hatte Mira nicht gewollt. Sollte sie ihn nun anbetteln?

»Ich glaube, du kannst es einfach nicht«, wollte sie ihn aus der Reserve locken.

»Soll das eine Anmache sein, für dich Essen zu besorgen?« Er zupfte einen Grashalm aus und steckte ihn sich in den Mund.

Ihr Magen knurrte wieder. Das konnte doch nicht wahr sein! Sie durfte es sich auf keinen Fall mit ihm verscherzen. Mochte er noch so ein Idiot sein. »Also schön, ich glaube dir«, sagte sie deshalb.

Er schwieg, kaute am Grashalm.

»Bitte fang für uns einen Fisch«, sagte sie, ihren Stolz runterschluckend.

Er sah sie an und zog die Augenbrauen hoch. »Oh, eine Bitte.«

Mira seufzte und blickte zur Lichtung. Noch mal würde sie das nicht tun.

»Okay«, sagte Russel und erhob sich. »Bin gleich zurück.«

Erschrocken sah sie zu ihm auf. »Willst du mich hier etwa allein zurücklassen?«

»Du kannst ja schon mal Feuer machen.«

»Aber … was ist wenn …«

»Wenn was?«

Ein wildes Tier kommt und mich anfällt, ein Wilderer kommt und auf mich schießt, sich eine Vogelspinne in meinem Arm verbeißt, sich eine Falle unter mir auftut und ich hineinfalle und du mich nicht findest und ich verhungere und elendig sterbe, weil mich keiner hört …

»Äh … wenn … der Heli kommt.«

Er winkte ab. »Den höre ich auch beim See. Ist ja nur zehn Minuten von hier. Bis später.«

Mira sprang auf. »Ich komme mit!«, rief sie eine Spur zu schrill.

Russel hatte kein Mitleid. Wissend, dass sie die Hosen voll hatte, wenn er nicht da war, verzog er seinen Mund zu einem unverschämten Grinsen. »Na, dann komm, Süße.«

»Mistkerl!«, stieß sie hervor.

Er lachte und ging los.

Zum Glück kannten sie den Weg zum See. Nach vierzehn Tagen war das kein Problem mehr. Russel lief vorweg und schlug ihnen den Weg frei, wo das Gestrüpp dichter war. Ab und an schlug ihr ein Ast an den Arm oder auch an den Kopf, aber sie schwieg tapfer. Erstens kannte sie das ja schon vom Erlebniscamp – denn es war fast immer so, wenn einer durch den Wald vorging – und zweitens war sie ja froh, dass sie nicht in die Büsche und Sträucher fassen musste.

Nach etwa zehn Minuten kamen sie an. Mira hoffte, dass sie den Heli rechtzeitig hörten, um diese Strecke auch zurücklaufen zu können.

Sie setzte sich auf einen großen Stein und sah in Gedanken versunken zu, wie Russel sich seine Schuhe, Strümpfe, lange Hose und T-Shirt auszog. Er bückte sich neben dem See und hob etwas auf. Es war der lange gespitzte Stock, den die anderen Campmitglieder zum Fischefangen benutzt und dort liegen gelassen hatten. Langsam ging Russel ins Wasser, den Stock quer über den Kopf haltend, den anderen Arm vom Körper gestreckt, die Hand gespreizt, sein Blick lauernd, seine Körperhaltung angespannt.

Mira betrachtete ihn überrascht. Er hatte einen erstaunlich gut aussehenden Körper. Zwar war seine Haut hell, dort wo das T-Shirt gesessen hatte, aber er wirkte wie ein Mann, der regelmäßig Sport trieb. Seine Oberarme sowie Brust und Bauch waren muskulös. Mira saß dicht genug am Rand des Sees, dass sie erkennen konnte, wie sich seine Brustwarzen durch die Kälte des Wassers zusammengezogen hatten. Wie sie sich wohl unter ihrer Zunge anfühlten ... Überhaupt, wie fühlte es sich an, unter so einem Mann zu liegen? Wie fühlte es sich an, wenn er mit seinem Schwanz in sie eindrang, wenn sich sein Gesicht vor Lust verzerrte, weil er sie wollte, wie, wenn er sie festhielt, damit er sich an ihr, mit ihr, befriedigen konnte ... Sie spürte, wie sie feucht wurde. Russel drehte sich langsam im Wasser, ging tiefer in den See rein. Jetzt sah sie seinen muskulösen Rücken. Sie konnte bildlich vor Augen sehen, wie ihre Fingernägel seinen Rücken zerkratzten, was ihn nicht die Bohne stören würde, ihn eher noch heißer und wilder machte, ihn anspornte, noch tiefer in sie zu stoßen ...

Mira atmete schneller. Die Vorstellung, sie könnte, oder sogar: musste es mit diesem Rohling treiben, machte sie unglaublich scharf. Diesem Mann war bestimmt alles egal. Hauptsache Ficken!

»Hey, alles okay?«, rief er ihr zu.

Mira ruckte aus ihren Tagträumen, schloss den Mund, den sie peinlicherweise geöffnet gehabt hatte. »Ja, ja ... alles cool.«

»Geh mal lieber aus der Sonne raus«, schlug er vor.

Ohne zu zögern rutschte Mira auf ihrem Hintern ein gutes Stück nach hinten und hob dafür das Becken. Das hätte sie mal lieber nicht getan. Denn durch den Druck auf ihren Scham-hügel und ihre Klitoris schoss ihr die Lust durch den Körper. Fast hätte sie laut aufgestöhnt, so geil war sie, konnte sich aber gerade noch beherrschen. Sie schwor sich, so eine Reise nie wieder zu machen. Zwar war es genau ihr Ding gewesen, aber eine Woche hätte auch gereicht. Dann wäre sie jetzt nicht so unglaublich notgeil!

Russels Hand schoss nach unten und der selbstgebastelte Speer tat seine Arbeit. Aber anscheinend erfolglos, denn noch einmal sauste der gespitzte Stock ins Wasser. Es spritzte auf. Dann noch einmal. Russel drehte sich blitzschnell, dann stieß er erneut zu.

Im Stillen betete Mira, dass er etwas gefangen hatte, denn ihr Hunger hatte sich verdreifacht. »Und«, fragte sie ungeduldig. Aber dadurch, dass er den Speer durchs Wasser zog, war ihr klar, dass nichts dranhing.

»Zwei«, sagte er ruhig und kam auf sie zu. Wasser lief an seinem Körper entlang, über seine Brust, auch seine Haare tropften vor Nässe. Seine Boxershorts waren nun nass und seine Männlichkeit zeichnete sich sehr genau darin ab.

Miras Herz machte einen Satz. Was hätte sie darum gegeben, ihm diese Shorts runterzureißen und seinen Schwanz zu blasen. Das hatte sie so lange schon nicht mehr gemacht ...

Sie zwang sich, in die Wirklichkeit zurückzukehren. »Was zwei?« Und nun sah sie es. Er hatte zwei Fische gefangen. Sie steckten hintereinander auf der Stockspitze und zappelten. Das überraschte sie sehr. Anscheinend war er doch ein guter Fischfänger. Vielleicht steckte mehr in ihm, als sie dachte. Auf jeden Fall hatte er es geschafft, ihr die Aussicht auf ein leckeres Abendessen zu bescheren. Das hielt sie ihm zugute.

Sollte er ihren Blick auf seinen Körper und seine nassen Boxershorts gesehen haben, so ließ er es sich nicht anmerken. Sie glaubte aber, dass er es nicht bemerkt hatte, denn einen dummen Spruch hatte er ja sonst auch immer parat.

***

Mira war froh, dass sie wieder bei ihrer alten Campingstelle waren. Sollte der Helikopter endlich kommen, so würden sie ihn hier am besten erreichen können. Doch er hatte sich noch immer nicht blicken lassen.

»Wie spät ist es?«, fragte Mira, während sie zusah, wie Russel das Feuer entfachte.

»Halb vier«, sagte er.

Unglaublich! Inzwischen war Mira sich sehr sicher, dass sie beide vergessen worden waren. Aber es konnte doch nicht sein, dass Peter nicht bemerkte, dass sie und Russel nicht im Hotel angekommen waren.

Während Russel versuchte, das Feuer zu entfachen, legte Mira die Fische, die sie noch am See ausgenommen und geschuppt hatten, in eine Pfanne mit zwei Griffen. Danach suchte sie in ihrem Rucksack nach der kleinen Tüte mit Salz und Pfeffer. Viel war nicht mehr drin. Es war verboten gewesen, Salz und Pfeffer mit ins Camp zu nehmen, aber es war ihr wichtig, dass die kargen Mahlzeiten wenigstens ein bisschen Geschmack besaßen. Die Pfanne war ihre. Sie hatte sie extra für das Überlebenscamp gekauft und war glücklich gewesen, die passende Größe gefunden zu haben. Einziger Nachteil: Die beiden Griffe wurden extrem heiß. Das hatte sie aber erst hier festgestellt. Egal, nun wusste sie ja, dass sie aufpassen musste.

Nach einer Weile hatte Russel das Feuer zum Brennen gebracht. Er schob mit einem Stock die Holzscheite so, dass die Pfanne in der Mitte Platz hatte. Die Fische lagen halbiert darin. Mira hatte bereits die Mittelgräte entfernt und nun waren nur noch die vier Filets übrig, die sie mit Salz und Pfeffer gewürzt hatte. Sobald die Pfanne heiß wurde, zog ein traumhafter Duft in Miras Nase und ihr lief das Wasser im Mund zusammen. Aber eine Weile musste sie sich noch gedulden. Sie wendete die Fische, blickte ungeduldig zu, wie sie brutzelten. Dann stand Mira auf.

Fragend sah Russel, der im Schneidersitz vor dem Feuer saß und die Hände fast andächtig miteinander verschränkt hielt, zu ihr hoch.

»Ich guck mal, ob ich noch ein paar Pilze finde.«

Russel nickte kurz. »Verlauf dich nicht.«

Als Mira losging, wunderte sie sich über Russels Satz. Hatte er etwa auch Angst, allein in diesem Wald zu sein? Nein, bestimmt nicht. Einem Typen wie ihm war das sicher egal. Trotzdem wunderte sie sein Satz, dass sie sich nicht verlaufen sollte. Konnte es sein, dass er umgänglicher wurde? Oder fuhr er seine Hörner wieder aus, sobald sein Magen voll war?

Sie konzentrierte sich auf die Pilzsuche. Es war schon Mitte September und sie könnte fündig werden. Doch sie hatte kein Glück. Sich noch weiter vom Camp zu entfernen, war nicht sehr schlau. Sie sah eine Baumgruppe in einiger Entfernung. Da konnte sie allerdings ein paar Pilze auftreiben. Sie lief hin und suchte. Ja, das könnte ...

Ein gellender Schrei tönte durch den Wald, dann noch einer, der langsam abebbte. Mira schien das Herz stillzustehen. Was war das? Wer war das? War das Russel?

Sie ließ die Pilze Pilze sein und rannte so schnell sie konnte den Weg, den sie gekommen war, zurück. Es dauerte, ehe sie atemlos mit schnell klopfendem Herzen bei Russel ankam. Dieser hockte auf den Knien, sein Kopf berührte den Boden, seine Hände waren in seinem Schoß verkrampft.

»Russel? Was ist?« Seine Körperhaltung machte ihr Angst. War er von einem Tier angefallen worden. Oder war er gar kein Mensch und verwandelte sich jetzt? Die Angst ließ sie anscheinend schwachsinnig werden. Wenn er doch wenigstens etwas sagen würde, er stöhnte nur, behielt seine Position bei. Mira ging näher an ihn ran, ihr Herz klopfte laut. »Russel?«

Er ließ sich stöhnend auf die Seite fallen, seine Hände im Schoß vergraben. Sein Gesicht war gerötet.

»Was hast du? Sag doch endlich, was los ist ...«

»Meine Hände ...«, kam ihm leise gestöhnt über die Lippen.

»Was? Spinnenbiss, Schlangenbiss?« Mira wollte sie ansehen, aber er hielt sie im Schoß gefangen. »Zeig her.«

»Nein.«

»Los, mach schon!«, herrschte sie ihn an.

Er atmete schwer und zog mit schmerzverzerrtem Gesicht die Hände hervor.

Mira zog vor Schreck die Luft laut ein und taumelte. Seine Hände waren feuerrot und es hatten sich viele Brandblasen gebildet, die sich weiß erhoben. »Oh mein Gott«, keuchte sie. »Wie ist das passiert?« Doch noch während sie es fragte, wurde ihr klar, wie das gekommen war.

»Pfanne, die Griffe ...«, stöhnte Russel. »Scheiße.«

Mira versuchte, einen klaren Kopf zu bekommen. Sie musste etwas tun, Russel schien durch die Schmerzen nicht denken zu können. Kaltes Wasser, kam ihr in den Sinn. Sie nahm ihre Wasserflasche, schraubte sie auf und übergoss Russels Hände mit dem wenigen Wasser. Er stöhnte.

»Der See«, sprach sie ihren Gedanken laut aus. »Wir müssen noch mal zum See.«

»Kann nicht ...«, stöhnte er.

»Doch, du musst. Ich stütze dich. Komm.«

»Nein. Lass mich.«

»Russel! Willst du deine Hände nie wieder benutzen können? Wir müssen das kühlen.« Sie zog an ihm. Zum Glück schien sie irgendetwas in ihm bewegt zu haben, denn er rappelte sich mühsam hoch. Er hielt seine Handflächen nach oben und ging mit ihr stöhnend los.

Nun war es an Mira, den Weg durch das Gestrüpp zu bahnen, doch komischerweise machte es ihr nichts aus. Auch wenn Spinnen und Getier fröhlich auf ihre Arme sprangen, so wischte sie diese schnell weg und lief weiter. Russel musste so schnell wie möglich zum kalten Wasser kommen. Ab und an hielt sie ihn am Oberarm fest, wenn er über Baumstämme klettern musste und sich nicht abstützen konnte. Nur widerwillig ließ er sich ihre Hilfe gefallen, aber er sagte nichts. Wahrscheinlich kostete es ihn viel Kraft, die Zähne zusammenzubeißen.

Endlich erreichten sie den See und Russel tauchte seine Hände hinein. Er schloss die Augen und sein Kopf sackte dankbar auf seine Brust. Er atmete tief. Am liebsten hätte Mira ihn in den Arm genommen, oder wenigstens ihren Kopf an seine Schulter gelehnt. Sie fühlte die Erleichterung mit ihm. Er atmete tief durch und öffnete die Augen, hob die Hände und blickte darauf nieder. Es sah furchtbar aus. Die Blasen hatten sich verstärkt, einen blutroten Rand gebildet. Mira drehte sich fast der Magen um. Apropos Magen: der Fisch! Sie hatte vergessen, die Pfanne vom Feuer zu ziehen. Jetzt war er bestimmt nur noch Fischkohle ... Oh Gott, ihr schönes Abendessen!

Doch das war zweitrangig. Russel tauchte noch mal die Hände in das kühle Nass. Es schien ihm Erleichterung zu verschaffen.

***

Nach einer gefühlten Ewigkeit kamen sie ins Camp zurück. Mira hatte sich innerlich bereits darauf vorbereitet, heute Abend ohne Essen auszukommen. Doch Freude durchfuhr ihren Körper, als sie sah, dass die Pfanne nicht mehr auf dem Feuer stand. Klar, Russel hatte sie ja auch runtergezogen. Dank seiner hatten sie nun ein Abendessen. Aber zuerst suchte sie in ihrem Rucksack nach einem Verband. Leider hatte Peter den Erste-Hilfe-Kasten mitgenommen. Ihre Stimmung verschlechterte sich automatisch, als sie daran dachte, wie schlimm es war, dass sie hier zurückgelassen worden waren und anscheinend niemand auf den Gedanken kam, sie zu holen. Es musste doch spätestens beim Abendessen im Hotel jemandem auffallen, dass sie nicht mit am Tisch saßen! Mira hoffte inständig, dass sie noch heute Abend vom Heli geholt wurden.

Sie fand einen Verband, den sie in weiser Voraussicht eingepackt hatte. Vorsichtig umwickelte sie damit Russels Hände. Er hielt die Augen geschlossen, die Zähne aufeinandergebissen.

Als sie fertig war, sah sie ihn an. Sein Blick war starr auf sie gerichtet. Mira erschrak. »Was ist?«, fragte sie sofort.

Er sah auf seine Hände. »Aua«, sagte er leise.

125

Sie musste lächeln. Er tat ihr leid. Auch wenn er ein Ober-idiot war, aber das hatte er nun echt nicht verdient. Oder doch?

Ihr Magen meldete sich wieder und so widmete sie sich schnell dem Fisch, bevor ihre Sympathie für Russel wieder nachließ. Der Fisch war lauwarm, weil die Pfanne neben dem Feuer gestanden hatte. Sie nahm sich ihre Aluschale, legte eine Hälfte für sich hinein und die andere Hälfte gab sie Russel. Sie schob ihm seine Schale hin.

»Sehr witzig«, kommentierte er. Er saß im Schneidersitz, seine Hände waren wie beim Yoga nach oben ausgerichtet und lagen mit dem Handrücken auf den Knien.

Mira besann sich, konnte sich allerdings ein Schmunzeln nicht verkneifen. Doch dann fiel ihr mit Schrecken ein, dass Russel nun völlig von ihr abhängig war. Das würde das Zu-sammenleben nicht einfacher machen. Sie hoffte auf den He-likopter. Immer wieder warf sie ein Stoßgebet gen Himmel.

»Soll ich dich ...« ... *füttern?*, vollendete sie im Stillen.

»Ja«, unterbrach er sie unwirsch.

»Dann sag Bitte.« Ha, jetzt hatte *sie* die Hosen an. Sie konnte mit ihm machen, was sie wollte! Sie konnte mit ihm machen, was sie wollte? Mein Gott, das eröffnete ihr völlig neue Gedanken ... Das war ... Sie könnte ... Ihr Blick glitt auf seinen Schoß.

Er war ihrem Blick gefolgt, dachte aber wohl, dass er seinen Händen galt. Ein Glück!

Sie hörte, wie er leise sagte: »Bitte.«

Gerade, als sie ihren Blick abwenden und ihre lüsternen Gedanken stoppen wollte, bemerkte sie noch in letzter Sekunde ein Zucken in seiner Hose. Ihr Herz hüpfte. Er hatte also ganz ähnliche Gedanken wie sie und ihn hatte es auch angemacht, doch andersherum. Sie machte es gerade geil, mit ihm machen zu können, was sie wollte und ihn machte es geil, wenn sie mit ihm machte, was sie wollte ...

Sie nahm seine Schale, eine Plastikgabel aus ihrem Rucksack und häufte Fisch darauf. Dann rutschte sie dicht an ihn ran, sodass ihre Knie sich beinahe berührten und hielt ihm die Gabel hin. Er öffnete den Mund und sie schob vorsichtig das Essen rein.

Er kaute und sagte mit vollem Mund: »Kannst du das mal schneller machen, sonst schlafe ich, während du die Gabel in meinen Mund führst, ein.«

Da kam der Mistkerl wieder durch. *Na warte, Freundchen, dir werde ich Manieren beibringen,* dachte Mira und freute sich auf den nächsten Happen. Gezielt piekte sie ihn mit den Zinken der Gabel in die Unterlippe.

»Au! Spinnst du«, rief er.

»Oh, sorry.« Mira presste die Lippen aufeinander, um nicht zu lachen.

Er funkelte sie böse an. »Mach das nicht noch mal«, warnte er sie.

»Ach, und was ist dann? Versohlst du mir dann den Hintern?«

»Ich bin hart im Nehmen. Das kann ich trotzdem tun.«

Das jagte ihr einen Schauer über den Rücken. Sie wusste, er würde das wirklich tun, nur um ihr zu zeigen, wer hier der Boss war. Sie gab sich beim nächsten Happen mehr Mühe, überlegte sich aber bereits etwas Neues. Sie wusste etwas. Nachdem er die Gabel im Mund hatte, ließ sie diese dort und widmete sich ihrer eigenen Schale. Er machte: »Mmmmh ...«

»Ich esse jetzt auch etwas, wenn's recht ist.«

Er spuckte die Gabel aus, die auf dem sandigen Waldboden landete. Mira nahm sie, füllte Fisch darauf und wollte ihm das Essen in den Mund schieben. Er presste die Lippen zusammen, doch sie schob. Er riss den Kopf zur Seite und sagte: »Spinnst du jetzt völlig?!«

»Ich wollte dir nur dein Essen geben, aber wenn du nicht willst ...« Sie warf die Gabel in seine Aluschale und aß nun selber. Es war köstlich. Sie wagte nicht, zu ihm zu blicken. Bestimmt hätten seine Blicke sie getötet.

Nachdem sie ihren Fisch gegessen hatte, nahm sie ihre Trinkflasche, doch sie war leer. Stimmt ja, sie hatte das Wasser über seine Hände gegossen. So griff sie nach seiner Flasche.

»Wag es ja nicht«, warnte er sie.

»Du hast mein Wasser verbraucht, jetzt bekomme ich deins.« Sie schraubte den Verschluss auf. Doch kaum hatte sie seine Flasche an ihre Lippen gesetzt und den ersten Schluck getrunken, da stürzte er sich auf sie wie jemand, der einen Fallschirmsprung aus dem Flugzeug macht: mit dem Körper auf sie zu, die Arme ausgebreitet. Mira schrie auf. Er landete der Länge nach hart auf ihr, die Wasserflasche flog zur Seite.

»Bist du jetzt völlig durchgedreht«, rief sie.

Ihre Gesichter befanden sich auf einer Höhe, sie unten, er oben. Augenblicklich wollte sie sich von ihm befreien, versuchte, ihn von sich zu stoßen, doch er war zu schwer. »Geh ... von ... mir ... runter!«, sagte sie, wobei jedes Wort ein angestrengtes Drücken gegen seinen Körper war.

»Auf keinen Fall! Wie du siehst, bin ich noch nicht komplett lahmgelegt. Ich kann immer noch bestimmen, wo es langgeht.«

»Du bist ein Arsch der großen Spießigkeit.«

»Ich bin ein Mann der alten Schule.«

»Dann muss die Schule aber schon verdammt alt sein. Geh jetzt runter!« Mira drückte und ruckelte wieder an ihm, bewegte ihren Körper zusätzlich dazu, doch er ließ sich nicht bewegen. Das Schlimmste war, dass er zwischen ihren gespreizten Beinen lag und sie mit seinem Unterleib festnagelte. Ein heißer Blitz fuhr ihr durch den Körper, als sie spürte, wie sich sein Glied versteifte. Und das Schlimmste war, ihr Körper sprach voll drauf an. Er freute sich, endlich das zu spüren, wonach er sich schon so lange gesehnt hatte. Die Aussicht auf Befriedigung ließ ihren Körper geradezu jubilieren. Auf gar keinen Fall! Nicht mit diesem Mistkerl, verbot sie ihrem Körper im Stillen. Doch es schien, als hörte er ihr nicht zu, er vibrierte und freute sich weiter, ließ ihre Brustwarzen hart werden und ihre weibliche Flüssigkeit munter fließen. Während sie ihren Körper erforschte, hatte Russel sie wohl beobachtet. Denn als sie ihn ansah, hatte er sein dämliches Grinsen wieder im Gesicht. Als wenn er sie testen wollte, bewegte er seinen Unterleib. Auch wenn Mira sich noch so sehr auf die innere Wange gebissen hätte, es hätte nichts genutzt, ein Stöhnen kam ihr über die Lippen. Statt diesen Kerl von sich zu stoßen, stieß ihr Körper sich seinem einmal entgegen.

»Na, sieh mal einer an. Was haben wir denn da?«, fragte Russel voller Genugtuung. Und ließ sein Becken noch mal gönnerhaft kreisen.

Mira bereitete es innere Schmerzen, ihm nicht zu zeigen, wie geil sie das machte. Sie war so unglaublich notgeil, sie hätte es wahrscheinlich auch mit einem Hirsch getrieben.

»So, du hattest deinen Spaß. Jetzt geh von mir runter.«

Erstaunt sah er sie an. »Das ist bei dir schon alles? Bei mir heißt das, wir fangen gerade erst an.«

»Du träumst wohl. Geh runter, sonst gebe ich dir einen festen Händedruck, beidseitig.«

»Okay, okay ...«, sagte er gelassen, rutschte auf seine Knie und rappelte sich freihändig hoch.

Ein Glück, dachte Mira erleichtert, und doch fühlte sie auf einmal so etwas wie Enttäuschung. Ihr Körper bestrafte sie mit Unausgeglichenheit und Entzugserscheinungen. Sofort wurde sie wütend. Genervt sah sie zu Russel, der sich hinsetzte, aber ihr Gesicht beobachtet hatte.

»Was glotzt du so?!«, fuhr sie ihn an.

»Ich glaube, so ein kleiner Fick würde auch dir sehr guttun.«

»Quatsch! Lass mich in Ruhe!« Mira stand auf und ging auf die Lichtung. Sie blickte in den Himmel, der langsam dunkler wurde. *Wann kommt endlich dieser verdammte Helikopter*, fragte sie sich verzweifelt. Sie hätte am liebsten geheult. Erst als die Tränen über ihre Wangen liefen, stellte sie fest, dass sie es tat.

***

Nach etwa zwanzig Minuten kehrte sie zum Camp zurück. Sie hatte sich etwas beruhigt. Im Wald war es schon wesentlich dunkler als auf der Lichtung und plötzlich fuhr ihr die Erkenntnis heiß durch die Glieder, dass sie beide hier wahrscheinlich noch mal übernachten mussten. Und das Schlimmste war, sie hatte kein Zelt! Julie hatte es mitgenommen. Und wenn Russel keins hatte? Aber was, *wenn* er eins hatte? Sollte sie etwa mit ihm darin schlafen? Niemals. Niemals! Niemals!!!

Anscheinend hatte er die gleichen Gedanken wie sie, denn er sagte, kaum dass sie bei ihm war: »Wir müssen unsere Zelte aufbauen.«

»Ja, nur mit der winzigen Nebensächlichkeit, dass ich kein Zelt habe.«

Er blickte schnell zu ihr hoch. »Wieso?«

»Es gehörte Julie und liegt jetzt im klimatisierten Hotelzimmer.«

Sei linker Mundwinkel zog sich langsam nach oben und sein obligatorisches Grinsen erschien. »Dann schläfst du eben bei mir.«

»Auf gar keinen Fall!«

»Wie auch immer, das Zelt muss von dir aufgebaut werden.«

»Von mir?«, giftete sie.

»Ich weiß nicht, ob dein Kurzzeitgedächtnis lahmgelegt ist, aber ich habe da ein kleines Handicap.« Er winkte leicht mit den verbundenen Händen.

»Na super! Fehlt nur noch, dass ich dir deinen Schwanz zum Pinkeln halte.«

»Das kommt dann als Nächstes.«

»WAS?!« Sie drehte sich erschrocken zu ihm.

Er grinste.

»Arsch!«

»Nenn mich, wie du willst, ich weiß, dass du rattig, notgeil und untervögelt bist.«

Mit offenem Mund starrte sie ihn an. Sie war unfähig, darauf etwas zu sagen. Tausend Gedanken bombardierten sie: Dass er recht hatte, woher er das wusste, dass sie das niemals zugeben würde, dass sie ihn hasste, dass sie ihn wollte, dass sie ...

»Bau das Zelt auf. Wir werden es brauchen«, sagte er.

»*Ich* werde es brauchen!«, gab Mira zurück.

»Es ist *mein* Zelt.«

»Aber *ich* baue es auf und *ich* bin die Frau. Und wenn du ein Gentleman bist, überlässt du es mir.«

»Bin ich nicht.«

»Du bist so ein Vollhonk!«

Er grinste wieder. »Los, bau auf.«

Wütend riss sie das Zelt an sich, warf es auf den Boden, holte die Leinen zutage und baute mit einiger Mühe das Ding auf. Seine Augen folgten jeder ihrer Bewegungen. Schließlich stand es aufrecht und war festgezurrt. Wütend ging Mira mit stapfenden Schritten aus dem Wald auf die Lichtung. Dort blickte sie in den dunkler gewordenen Himmel. Wolken zogen auf. Kein Heli in Sicht. Dieser Mistkerl und sie saßen hier wirklich über Nacht fest. Sie war aufgewühlt, wütend und wusste nicht, woher diese unglaubliche Wut kam. Es konnte nicht nur am Zurückgelassensein liegen.

Während Mira zum Camp zurückstapfte, nahm sie sich vor, Russel komplett zu ignorieren. Sollte er sich in irgendeiner Form nachts an sie ranmachen, würde sie ihm auf seine verkohlten Pfoten hauen!

»Wir können ja losen«, schlug Russel vor.

»Wozu?«

»Wer im Zelt schläft.«

Mira überlegte. Wenn er gewann, müsste sie die ganze Nacht hier draußen verbringen. Aber wenn sie gewann, war es super! Besser, als mit ihm zusammen. Ein Versuch war es wert. Sie schloss kurz die Augen und betete im Stillen ganz, ganz doll, dass sie gewinnen und im Zelt schlafen könnte. Sie wünschte es sich. Dann schlug sie die Augen wieder auf.

»Okay, losen wir«, stimmte sie zu.

»Hast du eine Münze?«

Mira wühlte in ihrer Hosentasche und zog einen Quarter-Dollar hervor.

»Kopf«, sagte Russel.

Sie sah ihn an. Dann warf sie die Münze, betete noch mal, fing sie auf, schlug sie auf ihren Handrücken. Kopf. Oh Gott!

»Zahl«, sagte Mira.

»Es ist Kopf.«

Sie steckte die Münze wieder ein. »Du schläfst draußen.«

»Du hast gelogen, Mira!«

Sie nahm ihre Iso-Matte, hockte sich ins Zelt, rollte die Matte dort auseinander und drehte sie um. Ein heftiger Stoß auf ihren Hintern ließ sie mit einem Aufschrei auf ihre Iso-Matte fallen. Russel hatte sie mit seinem Unterteil geschubst.

»Spinnst du?«, fauchte sie ihn an.

»Das ist mein Schlafplatz.«

Sie rappelte sich hoch und wollte an ihm vorbei, doch er versperrte den Eingang mit seinem Körper.

»Lass mich raus«, zischte sie.

»Erst, wenn du mir zugestehst, dass das mein Schlafplatz ist.«

»Kommt nicht in Frage! Wir haben ausgelost.«

»Ja, aber du hast geschummelt. Meine Hände sind lahmgelegt, aber nicht meine Augen.«

Mit Kraft schubste sie ihn und er fiel nach hinten, aus dem Zelt, allerdings nur auf seinen Hintern. Schnell war er wieder oben und warf sich seitlich gegen sie, bevor sie es schaffte, aus dem Zelt zu kommen. Beide landeten wieder auf der Iso-Matte.

»Scheißkerl!«, fluchte Mira. »Du …«

Doch sie kam nicht weiter, weil er ihren Mund mit seinem verschloss, seine Zunge drang zwischen ihre Lippen. Sie riss die Augen auf, zog den Kopf weg und gab ihm eine heftige Ohrfeige.

»Du spinnst wohl!«, rief sie aufgebracht. Ihr Herz galoppierte, ihre Lust war wie aufs Stichwort wieder da. Das Eindringen seiner Zunge hatte einen Schwall Nässe in ihr ausgelöst. Ihre Atmung hatte sich beschleunigt. Sein Atem ebenso. Beide sahen sich an, keiner rührte sich. Die Stelle auf seiner Wange färbte sich rot.

»Sorry, aber ich bin so unendlich geil auf dich. Und ich werde diese Nacht sterben, wenn ich keinen Sex kriege. Bitte, hol mir einen runter, dann lass ich dich in Ruhe …«

Am liebsten hätte sie ihn zum Teufel geschickt, doch etwas an der Art, wie er es sagte, ließ sie zögern. Zwar sah er sie noch immer mit seinem erhabenen, männlichen Blick an – Unterwürfigkeit schien ein Fremdwort für ihn zu sein – aber es hatte sich etwas verändert. Ja, das war es. Er war wirklich geil auf sie und litt. Ihr ging es genauso. Sie war geil auf ihn und litt. Die Chance, in wenigen Minuten seinen Schwanz in sich zu spüren, brachte sie an den Rand des Wahnsinns. Sie verließ ihre Zukunftsversion und kam in die Gegenwart zurück, nahm wieder wahr, spürte seine Schwere auf ihren Körper, seinen Atem in ihrem Gesicht, seine Härte an ihrem Bauch, sah, wie seine Augen sie beobachteten. Sie entschied sich.

»Runter von mir, raus aus dem Zelt!«, befahl sie.

Einen Moment sah er sie ungläubig an, dann schien er sich in sein Schicksal zu fügen, seufzte und erhob sich. Kaum hatte er sich vor dem Zelt hochgerappelt, machte sie es ihm nach und stellte sich ihm in den Weg, bevor er zum Feuer gehen konnte.

»Was ist?«, fragte er unwirsch.

Anstatt einer Antwort knöpfte sie ihm seine Hose auf.

»Aber ... was tust du?«

Sie schob ihm die Jeans runter und ihr Gesicht war nun genau vor seiner steifen Männlichkeit. Sie stieß absichtlich mit dem Kopf leicht dagegen und er stöhnte. Schnell drückte er sich mit einem Fuß den Schuh vom anderen und andersherum, sodass Mira seine Jeans ganz ausziehen konnte. Sie kümmerte sich auch um seine Socken.

Als sie ihm seine Boxershorts runterziehen wollte, sagte er: »Halt! Erst du. Ich will alles sehen.«

Also zog sie ihr Langarm-Shirt über den Kopf, schälte sich aus ihren Boots, Socken und der Jeans. Nun stand sie nur noch in Unterwäsche vor ihm.

Er lächelte. Anzüglich.

»Kann ich noch mehr sehen?«

»Erst du. Und ich will alles sehen«, sprach sie ihm seinen vorigen Satz nach.

Er hielt ihr die Hände hin und sie zog ihm das Shirt erst über den Kopf, dann vorsichtig über die Hände. Seine Brust war männlich und kräftig, mit leichter Behaarung. Dass sie muskulös war, wusste sie ja schon vom Angeln. Schließlich zog sie ihm seine Boxershorts runter. Sein steifes Glied federte nach oben. Das ließ ihr die Lust durch den Körper schießen. Sie wollte, dass er sie fickte. Aber dieses stahlharte Angebot vor ihren Augen konnte sie einfach nicht ausschlagen. Ohne Nachdenken schob sie ihre Lippen über seinen Schwanz. Augenblicklich stöhnte Russel.

Mira setzte ihre Zunge ein und glitt damit über seinen harten Penis. Ihre Lippen formten einen engen Ring und pressten ihn über seine Eichel, was Russel ein erneutes Stöhnen entlockte. Sie bewegte ihren Kopf vor und zurück.

»Warte«, stieß Russel keuchend hervor. »Wenn du so weitermachst, dann spritze ich gleich. Zieh dich aus und leg dich ins Zelt.«

Nur ungern ließ sie seine harte Männlichkeit aus ihrem Mund gleiten, tat aber, was er sagte. Als sie nackt war, konnte sie es kaum erwarten, ihn in sich zu spüren. Und er ließ sich zum Glück auch nicht lange bitten, sich zu ihr zu legen. Doch sie stellte fest, dass es für ihn nicht so einfach werden würde und schlug vor, die Seiten zu wechseln. Er nickte dankbar und legte sich auf den Rücken, die Arme zu den Seiten ausgestreckt. Sie krabbelte über ihn, fasste seinen Schwanz an. Er stöhnte. Dann rieb sie ihn. Er stöhnte erneut, öffnete den Mund. Seine Brustwarzen waren hart. Ja, er war so geil, dass sie ihn sofort zum Abspritzen bringen konnte. Aber sie hatte noch eine kleine Rechnung mit ihm offen, also ließ sie seinen Schwanz los und rutschte auf seine Brust.

Erstaunt blickte er sie an.

»Da du immer bestimmen willst, wo es langgeht, sage *ich* dir jetzt, was du noch machen musst, bevor du deinen langersehnten Fick bekommst!«, sagte Mira.

War er unsicher geworden, so konnte er es gut verbergen. Seine Augen pressten sich zu Schlitzen zusammen und er sah sie lauernd an.

Sie wusste, dass er so einen Rollentausch nicht mochte. Er war der Führer auf jedem Gebiet, doch jetzt nahm sie die Zügel in die Hand. Augenblicklich rutschte sie mit ihrem Körper und gespreizten Beinen über sein Gesicht und sagte: »Leck meine Möse!«

Sie spürte seine Zunge. Aha, er tat es also. Erst war sie vorsichtig, erkundend. Mira stöhnte leise, denn es war nur ein leichtes Flattern, was ihre Lust anstachelte. Daraufhin wurde er mutiger und sie spürte, wie seine Zunge mit mehr Druck durch ihre Spalte glitt. Mira stöhnte lauter, und als er in ihren Möseneingang stieß, schrie sie kurz auf. Er fickte sie mit der Zunge. Scheiße, das hatte auch noch kein Mann mit ihr gemacht. War das geil! Doch noch geiler wäre es, etwas Dickeres, etwas viel Dickeres in sich zu spüren. Seine Zunge glitt wieder aus ihrem Loch und kreiste auf ihrer Klitoris. Mira stöhnte erneut und spürte, wie sich ihre Nippel vor Geilheit zusammenzogen. Er hörte nicht auf, sie mit seiner Zunge zu quälen. Sie wollte von seinem Gesicht runter, doch sie merkte, wie er seine Arme von hinten um ihre Oberschenkel legte und somit verhinderte, dass sie von ihm absteigen konnte. Shit! Sie wurde immer geiler. Seine Zunge war intensiv und so ausdauernd, dass sie hecheln musste. Sie wollte auf keinen Fall auf seinem Gesicht kommen – auf gar keinen Fall! Das war gegen ihr Vorhaben. Sie wollte ihn doch nur ein bisschen demütigen. Doch nun drehte er, trotzt seines Handicaps den Spieß um, leckte sie um den Verstand. Obwohl sie sich dagegen sträubte, alles in sich aufbrachte, so nicht zu kommen, schaffte sie es nicht. Er hatte sie im Griff, hielt sie fest auf seine nasse, leckende Zunge gepresst. Es gab kein Entkommen, außer, sich der Lust, die er in ihr entfachte, hinzugeben. Mit schnellem, wiederholten Stöhnen und einem Aufschrei kam Mira. Ihr Orgasmus war so groß, dass sie alles um sich herum vergaß. Sie genoss seine Zunge, die sie, noch während sie kam, immer weiter leckte und sich schließlich ganz fest auf ihre Klitoris presste, bis Mira ihren Orgasmus zu Ende gestöhnt hatte.

Sie glitt von seinem Gesicht und ließ sich neben seinem Körper ins Zelt sinken. Noch immer hatte ihre Atmung sich nicht beruhigt. Es dauerte auch noch einen Moment. Er gab ihr die Zeit, hielt sie im Arm. Erstaunt blickte sie ihn an. Er grinste mit nassem Gesicht.

»Oh Gott, du bist ...« Peinlich berührt krabbelte sie aus dem Zelt und holte ein Shirt vom Waldboden, mit dem sie ihn abwischen wollte.

»Nein, lass es drauf ...«, bat er.

Doch sie wischte schon ihre weibliche Nässe von seinem Gesicht.

»Warum hast du das gemacht?«, fragte er fast wütend.

»Weil ... das ist ... peinlich.«

»Quatsch! Mich macht das geil! Steig noch mal über mich.«

»Auf keinen Fall!«

Er seufzte. »Du musst noch ein bisschen was dazulernen, wenn wir wieder zu Hause sind.«

Sie blickte ihn sprachlos an.

»Los, komm zu mir. Wir haben noch was Schönes vor«, holte er sie aus ihren Gedanken.

Sein Schwanz zuckte. Das lenkte sie wirklich ab. Die Vorstellung, ihn jetzt in sich reinzuschieben, brachte ihre Lust wieder in Wallung. Als Mira ein Bein über ihn schob, merkte sie, wie nass sie noch war. Einen kleinen Moment vor dem großen Moment. Einen Moment, bevor seine harte Männlichkeit sich in sie schob. Wie lange hatte sie das schon nicht mehr gehabt, hatte so lange darauf gewartet ...

»Setz dich auf meinen Schwanz ...«, raunte er.

Miras Herz klopfte. Sie nahm sein hartes Glied, setzte es an ihren nassen Möseneingang und ließ sich langsam darauf nieder.

»Ohhh ...«, hörte sie Russel stöhnen. Seine Augen schlossen sich, sein Hinterkopf drückte sich so sehr auf die Iso-Matte, dass er sein Kinn reckte. »Ist das geil!«, entfuhr ihm.

Mira fing an, sich zu bewegen. Es war wirklich geil! Sie war geil, er war geil! Einfach alles! Sie schloss ebenfalls die Augen und gab sich ganz dem unglaublichen Gefühl hin, das nur ein Mann schaffte, in dieser Form bei ihr auszulösen. Sie ritt ihn langsam, genüsslich, intensiv. Sein Stöhnen machte sie noch geiler, als sie schon war und auch sie konnte ihr Stöhnen nicht mehr unterdrücken.

»Mach ... etwas ... schneller ...«, keuchte er im Takt ihrer langsamen Stöße, wenn ihr Becken auf sein Becken traf.

Und wieder befahl er, was zu tun war. Das kam gar nicht in Frage. Sie machte so langsam weiter wie bisher, auch wenn es sie ebenfalls gelüstete, eine schnellere Reibung zu bekommen, um sich auf den Weg zum Höhepunkt zu begeben.

»Mach ...«, forderte er.

Mira öffnete die Augen und sah ihn selbstbewusst an. »Nein. Ich mache es, wie ich will.«

»Das bringt uns aber beide nicht weiter!«

»Woher willst du wissen ...« Sie schrie auf.

Er hatte mit einem Ruck seine Knie rangezogen, sodass sie mit dem Oberkörper auf seine Brust fiel. Seine Arme legten sich auf ihren Rücken und hielten sie so an sich gepresst. Dann stieß er mit Kraft von unten in sie rein. Schnell, hart, ausdauernd.

»Nicht! Ich werde ...« Mira wurde von ihrer eigenen Geilheit überrannt. Wellen der Lust blitzten durch ihren Körper. Ihre noch empfindliche Klitoris rieb sich an seinem Unterbauch, während sein Schwanz ganze Arbeit leistete. Ihre Nippel rieben bei jedem Stoß von ihm an seiner harten Brust. Sie hörte ihn keuchen. Sie wusste, er geilte sich auf, nahm, was er brauchte und das machte sie noch geiler. Die Welle des Orgasmus kam auf sie zu, noch drei, vier Stöße, dann war es soweit.

»Ja, ja, ja ...«, hechelte sie. Mit einem Blitzschlag war sie da, krallte sich in seine Schultern, biss in seine Brust, was ihn aufstöhnen und dann noch mal stöhnen ließ. Sein Schwanz zuckte und ihre Möse nahm dankbar seine heißen, erlösenden Strahlen auf. Welle um Welle lief durch ihren Unterleib und verteilte sich in ihrem gesamten Körper, ließ endlich alles frei, ließ alles raus, was sich so lange angestaut hatte.

Schwer atmend blieben beide so liegen wie sie waren. Mira nahm den Kopf nicht von seiner Brust und er nahm seine Arme nicht von ihrem Rücken. Sie hörte an ihrem Ohr, wie sich sein Herzschlag langsam normalisierte und dann verlangsamte, aber kräftig weiterschlug. Sie fühlte sich glücklich und geborgen wie lange nicht mehr.

***

»Mira!«, hörte sie wie aus weiter Ferne. »Mira!« Ein Rütteln an ihr. Unwirsch schlug sie die Augen auf, hob den Kopf, blickte in Russels Gesicht. »Mira, steh auf!«

»Warum, was ist, wieso ...« Sie sah sich um. Nach und nach kam die Erinnerung zurück. Oh Gott, sie hatte Sex mit Russel gehabt! Oder war sie jetzt in einem Traum?!

»Der Hubschrauber!«, holte Russel sie in die Realität zurück.

Da, jetzt hörte sie es auch. Das Brummen. Es war schon ziemlich nahe. Sofort rutschte sie von ihm, merkte aber schnell, dass ihre Beine gelitten hatten, denn sie hatte die ganze Nacht mit gespreizten Beinen auf ihm gelegen.

»Ahh ...«, stöhnte sie.

»Schnell, zieh dich an. Nicht, dass sie uns verpassen!«, drängte Russel und schob sich an ihr vorbei aus dem Zelt. Dann hörte sie ihn fluchen. Schnell zog sie ihr Höschen und den BH an, kroch danach aus dem Zelt.

»Ich helfe dir«, bot sie an und zog ihm die Boxershorts, die Jeans und das Shirt über. In die Schuhe schlüpfte er so. »Aber deine Socken ...«

»Egal«, winkte er ab.

Beide liefen zum Landeplatz auf die Lichtung. Keine Sekunde zu früh. Der Helikopter kreiste über ihnen, der Pilot erblickte sie, machte Zeichen an einen Mann hinter sich und setzte zur Landung an.

***

Mira rührte kauend in ihrem Kaffee. Gott, war das schön! Wie sehr hatte sie sich auf dieses Frühstück gefreut! Brötchen, Butter, Honig, Kaffee – ein Traum. Und das nach fünfzehn Tagen Überlebenscamp.

Peter hatte sich gefühlte tausend Mal entschuldigt. Das war ihm in seiner gesamten Laufbahn als Campleiter – und das waren immerhin sechsunddreißig Jahre gewesen – noch nie passiert. Das Fehlen hatte er tatsächlich erst am nächsten Morgen beim Frühstück bemerkt und die anderen Campmitglieder daraufhin angesprochen. Sofort hatte er Kontakt mit den beiden Helikopterpiloten aufgenommen und festgestellt, dass keiner von beiden sich verantwortlich gefühlt hatte, zurückzufliegen.

Mira nahm einen Schluck Kaffee, war zufrieden mit den Umständen gewesen, die diesen Fehler mit sich gebracht hatten. Doch sie fragte sich, ob Russel, jetzt, da sie wieder in der Zivilisation waren, das genauso sah. Sie wusste, dass er sich gerade beim Arzt befand, der sich sofort seiner verbrannten Hände angenommen hatte. Vielleicht hatte er eine Freundin zu Hause, oder gar eine Frau und Kinder. Sie war nur sein Fick im Wald gewesen, der Druckabbau. Trotz seiner Hände, war er geil gewesen. In der Not geil. Notgeil.

»Ist hier noch frei?«

Mira blickte hoch und konnte nicht verhindern, dass ein freudiges Lächeln über ihr Gesicht huschte. Sie nickte und presste die Lippen zusammen.

»Fein.« Russel ließ sich ihr gegenüber nieder.

»Was sagt der Arzt?«, fragte sie, während sie seinen sehnsüchtigen Blick auf den Kaffee sah und ihm einschenkte.

»Danke. Er meinte, dass es gut gewesen war, zu kühlen, so konnte das Allerschlimmste verhindert werden. Wird nun ein paar Tage dauern. So ein Mist!« Er seufzte.

»Tut mir leid.«

»Nein, nein. Du hast alles richtig gemacht. Wenn du mich nicht zum See gezerrt hättest, dann wäre ich wohl nicht so glimpflich davongekommen. Danke noch mal.«

Sie wurde rot. »Gern«, sagte sie leise. Sie wusste gar nicht, dass sich dieses Wort in seinem Wortschatz befand. »Möchtest du ... ein Brötchen? Soll ich es schmieren?«, bot sie unsicher an.

»Ich wagte nicht zu fragen.«

Beide lachten.

»Und, wirst du zurechtkommen, wenn du zu Hause bist?«, fragte sie vorsichtig.

»Nein. Und ich habe keinen Plan.« Er nahm beide Hände und hielt so seinen Becher, um Kaffee zu trinken. Als er trank, blickte er sie an.

Ihr wurde heiß und sie sah schnell auf das Brötchen, das sie ihm schmierte.

»Es sei denn, du hättest Lust, meine Krankenschwester zu sein, wenn es sich mit deinem echten Beruf vereinbaren lässt ...«, sagte er.

»Ich habe noch eine Woche Urlaub. War mein Jahresurlaub.«

»Gut, das Notwendigste ist schon mal geklärt. Wie sieht es jetzt mit dem anderen aus?«

»Ich kann mir nicht vorstellen, dass du das wirklich willst ...«, gab Mira zu bedenken.

»Ich muss dir sagen: Ich kann es mir mit keiner anderen Frau besser vorstellen, als mit dir. Und ich bin ein absoluter Einzelgänger.« Er zwinkerte.

Mira grinste.

»Mit keiner anderen Frau habe ich mich so gezofft, wie mit dir, über keine andere Frau habe ich mich so geärgert, wie über dich und mit keiner anderen Frau hatte ich so geilen Sex, wie mit dir!«

»Geht mir genauso!«, sagte Mira lachend.

»Ich sagte doch, ein bisschen was musst du noch lernen und ich bin ganz wild darauf, es dir beizubringen!« Er beugte sich vor und gab ihr einen intensiven Kuss, während ihr Herz laut und schnell schlug.

HARTE MÄNNER

Kenna war sehr gespannt auf Gilbert gewesen. Ihre Freundin Shelly hatte in den höchsten Tönen von ihm gesprochen. Er arbeitete als Abteilungsleiter in Shellys Mode-Firma, war Engländer und nur wegen des Jobs hierhergekommen.

Und tatsächlich, als sie sich auf Shellys Geburtstagparty, wo etwa fünfundzwanzig Leute aufgetaucht waren, die Hände schüttelten, musste Kenna feststellen, dass er ein gut aussehender Mann war. Leider war er nicht sehr groß. Kenna stand auf große Männer, was ihr Sicherheit und Mannesstärke symbolisierte. Doch sie hätte auch gern über die Größe von Gilbert hinweggesehen, hätte sich nicht ein No-Go ans nächste gereiht. Zwar fand sie seinen feinen Akzent als Engländer sehr schön und melodisch, aber er ließ ihn so wenig männlich daherkommen. Er hatte leuchtend blaue Augen und ein strahlendes Lächeln. Sie schätzte ihn auf dreißig, drei Jahre jünger als sie, auch das fand sie wenig attraktiv. Sie stand auf ältere Männer. Das nächste No-Go, das Kenna sehr schockte, war, dass er auf Britney Spears stand. Das konnte sie unmöglich glauben. Ein gestandener Mann, der Britney Spears mochte? Oder standen viel mehr Männer in dem Alter auf diese Sängerin, ohne es zuzugeben? Vielleicht hatte sie für ihn eine große Faszination, weil er nicht amerikanisch wie Kenna war. Egal wie, nach dieser Offenbarung hatte Kenna sich mit dem vierten Glas Sekt von ihm zurückgezogen und sich im hinteren Teil des

Wohnzimmers neben eine großen Zimmerpalme in die Ecke eines Sofas gesetzt.

»Hey, was machst du denn hier?« Shelly drängelte sich zwischen eine Blondine und sie auf das Sofa.

»Ich trinke in Ruhe meinen Sekt«, gab Kenna von sich.

»Ach, Unsinn! Das machst du doch sonst nicht. Wo ist Gilbert?«

Ach ja, und noch ein No-Go, dachte Kenna, wie konnte ein Mann *Gilbert* heißen! Das klang doch hochgradig schwul. Vielleicht war er es ja und wollte es nur nicht zugeben. Deswegen auch die Affinität zu Britney Spears. Außerdem arbeitete er als Modeleiter in Shellys Firma. Männer und Mode ... da stimmte doch was nicht. Ein Detail reihte sich an das nächste.

»Kenna, hallo, wo hast du Gilbert gelassen?!«

Sie kam wieder ins Hier und Jetzt. »Äh, keine Ahnung. Dahinten irgendwo. Und außerdem *gelassen*? Was habe ich mit ihm zu tun?«

»Aber er ist doch süß, oder? Wenn ich nicht verheiratet wäre, dann wäre er genau mein Typ.«

Kenna seufzte. »Du hast ja nun wirklich den Helden geheiratet. Keiner kommt gegen Phil an.«

»Deswegen wundert es mich, dass du Gilbert anscheinend nicht so toll findest, wie ich. Wir haben doch immer schon den gleichen Geschmack gehabt.«

Kenna nickte. »Das stimmt. Ich finde ihn äußerlich auch sehr anziehend. Aber irgendwie ... er wirkt wie ein Weichei.«

»Quatsch! Auf welchem Trip bist du denn?«

»Ich bin es leid, diese netten Männer kennenzulernen. Ich hätte mal Lust auf einen richtigen Kerl, einen harten Mann, der so richtig rangeht, der vielleicht ein bisschen böse ist.«

Shelly starrte Kenna an. »Hast du 'nen Dachschaden?«

»Ach komm, Shelly, du musst doch zugeben, dass Gilbert

viel zu nett, zu höflich, zu lieb und zu steif ist.«

»Er ist nett, höflich, lieb, ja, aber ob er steif ist, kann ich dir nicht sagen.«

Beide Frauen prusteten los. Sie bekamen einen solchen Lachflash, dass ihnen die Tränen über die Wangen liefen.

Shelly erhob sich, nachdem sie sich die Lachtränen weggewischt und sich einigermaßen beruhigt hatte, da sie sich auch um die anderen Gäste kümmern musste.

Kenna beschloss, sich noch einen Sekt zu holen und mit ein paar Freundinnen Shellys zu plaudern, die auch sie kannte und mochte.

In der Küche war das Buffet aufgebaut und Kenna schnappte sich ein Lachshäppchen, das sie sich komplett in den Mund schob. Als sie sich Sekt in ihr Glas gefüllt hatte, nahm sie schon mal einen kräftigen Schluck, dann noch einen und auch einen dritten, schenkte sich nach. Dann versuchte sie, den Gefrierschrank, der der untere Teil des Kühlschrankes war, zu öffnen. Er ging schwer auf. Deswegen zog sie mit Kraft, wobei ihre Hand von dem Schwung mitgerissen wurde und in etwas Weichem landete. Ein unterdrücktes Aufstöhnen folgte. Als Kenna realisierte, was sie getan hatte, schoss ihr die Röte ins Gesicht. Hinter der geöffneten Gefrierschranktür stand, zusammengekrümmt, die Hände auf seine Männlichkeit gedrückt, Gilbert.

»Oh Gott, das tut mir leid!«, rief Kenna entsetzt. Sie zog die Packung mit den Eiswürfeln heraus und schloss die Tür.

»Schon gut«, presste Gilbert unter Schmerzen hervor.

Wahrscheinlich lag es am vielen Sekt, anders konnte Kenna es sich nicht erklären, als sie sich im Nachhinein die Situation vor Augen rief, wie Gilbert vor Schmerzen gekrümmt neben dem Kühlschrank stand und Kenna anfing, wie verrückt zu lachen. Sie bekam sich nicht mehr ein. Sie hatte versucht, mit dem Lachen aufzuhören, doch es ging nicht. Sie lachte und lachte. Sofort hatte Gilbert sich verzogen.

Sie lief ihm hinterher, doch er schloss sich im Bad ein. Das schlechte Gewissen hatte sie voll im Griff. Wie konnte sie nur lachen! Aber warum hatte er sie nicht angeschrien, warum war er nicht Manns genug gewesen, sie zurechtzuweisen? Sie fühlte sich schlecht, aber er war auch nicht besser. Genau das meinte sie: Sie brauchte einen Mann und kein Weichei.

Trotzdem hatte sie solche Schuldgefühle, dass sie wartete, bis er wieder aus dem Bad kam. Sie fing ihn ab. »Hey, Gilbert, tut mir leid.«

Seine Miene wirkte säuerlich, doch er blieb höflich. »Schon gut.«

»Tut mir echt leid«, wiederholte Kenna.

Er nickte und sagte: »Kann ja jedem mal passieren.«

Sie seufzte innerlich. Weichei. Wieso pöbelte er sie nicht an und sagte, sie sollte sich verpissen!

»Kann ich das irgendwie wiedergutmachen?«, fragte sie und hoffte, er würde Nein sagen.

Er blickte ihr einige Zeit ins Gesicht, studierte sie, dann sagte er: »Nein.« Dass er sie so intensiv musterte, jagte ihr einen Schauer über den Rücken.

Dennoch war sie erleichtert. »Prima, dann dir noch gute Besserung. Ich muss mal nach Shelly sehen.«

Er nickte. Dann ging er zur Garderobe, nahm seinen Mantel samt Schal und ging. In dem grauen Kurzmantel mit dem schwarzen Schal sah er unglaublich gut aus. Als er ging, blickte er kurz zu ihr, presste die Lippen zusammen und verschwand.

Das wurmte sie.

***

»Er hätte ja mal ›Auf Wiedersehn‹ sagen können«, beschwerte sich Kenna drei Stunden später bei ihrer Freundin, als alle Gäste gegangen waren und sie nur noch zu zweit in der Küche saßen.

Sprachlos starrte Shelly sie an. »Sonst noch irgendwelche Ansprüche?«

»Hä? Was hast du? Er ging, ohne Tschüss zu sagen.«

Shelly stemmte die Hände in die Hüften. »Du hast ihn ausgeknockt, ausgelacht, warst erleichtert, dass du nichts für ihn tun musstest, und dann erwartest du, dass er sich nett von dir verabschiedet?«

Kenna kaute an ihrer Unterlippe. »Naja ... Es ist eben so, wie ich sagte: Ich brauche einen Mann, der noch Mann ist. Einen harten Mann, auf jeder Ebene.«

»Ich glaube, dass du mit einem solchen harten Mann nicht zufrieden wärst. Er wäre zwar ein ganzer Kerl, aber diese Typen haben auch ihre Kehrseiten und ich bezweifle, dass du mit denen klarkommen würdest. Dazu bist zu viel zu sensibel, nimmst dir zu viel zu schnell zu Herzen«, gab Shelly zu bedenken.

Kenna war genervt. »Wie kommst du nur darauf! Anscheinend kennst du mich doch nicht so gut, wie ich dachte.«

Shelly zog die Augenbrauen hoch, nahm einen Schluck Wasser.

»Hey, Mädels, alles okay bei euch?« Philipp, Shellys Ehemann, kam herein. Als sie schwiegen, sagte er: »Also ... Es gibt eine Menge aufzuräumen. Soll ich schon mal anfangen, Schatz?«

Shelly blickte zu ihm hoch und lächelte. »Das wäre lieb von dir. Gern.«

Philipp gab ihr einen Kuss auf den Mund, einen Stupser mit seiner Nase auf ihre Nase und ging aus der Küche.

Kenna wurde warm ums Herz. Die beiden waren so süß zusammen. Das wünschte sie sich auch.

»Und«, unterbrach Shelly Kennas Gedanken, »fandst du das auch unmännlich?«

Eigentlich ja, aber irgendwie auch nicht ..., dachte sie, schüttelte den Kopf und war sich trotzdem nicht sicher.

Als Kenna zu Hause in ihrem Bett lag, konnte sie trotz später Stunde, des Sekts und der Müdigkeit nicht einschlafen. Immer wieder sah sie Gilbert vor Augen mit seinem erst netten Lächeln und dann seinem schmerzverzerrten Gesicht. Ihr Lachen war unverzeihlich, das wusste sie, und wahrscheinlich ließ ihr schlechtes Gewissen sie nicht schlafen. Dann stellte sie sich vor, ob sie mit so einem Mann Sex haben könnte. Zwar hatte sie einen kurzen Moment etwas zu ihm gespürt, als er ihr Gesicht studiert hatte, und auch bei der Begrüßung, als sie noch nicht wusste, dass er auf Britney Spears stand, aber es reichte nicht, um sich erotische Gedanken mit ihm zu machen.

Sie dachte an harte Männer, coole Männer, die wussten, was sie wollten. Ja, das machte Kenna an. Ihre Hand glitt zu ihrer Scham unter dem Nachthemd. Sie war schon feucht. Ganz sachte strich sie mit zwei Fingern in ihrer Spalte hin und her, berührte dabei sanft ihre Klitoris, was sie aufstöhnen ließ. Vor ihrem inneren Auge erschien ein gesichtsloser Typ, der sich nahm, was er wollte, der ein ganzer Kerl war, der sie einfach nur benutzte, weil er so geil war. Und genau damit machte er sie auch heiß. Ohne sie wäre er gar nicht erst so geil. Sein harter Schwanz würde gnadenlos in sie eindringen, in sie reinficken, bis er und sie gleichzeitig kamen ...

Kenna keuchte, kreiste jetzt schneller auf ihrer Klitoris, ließ die Geilheit durch ihren Körper pulsieren, hechelte, rief im Stillen: *ja, ja, ja ...*, und kam. Ihr Unterleib ruckte immer wieder nach oben. Mit dem Bild von dem harten Typen vor Augen, der sie durchfickte, durchrauschte sie ein wilder Orgasmus.

Erschöpft und selig schlief sie endlich ein.

Zwei Tage vergingen, doch in Kennas Gedanken blieb das lachende Bild von ihr. Das schlechte Gewissen ließ sie nicht los. Ob Gilbert nun schwul war oder nicht, sie musste sich noch mal bei ihm entschuldigen. Außerdem, er war ja nicht irgendein dummer Junge, er war Abteilungsleiter, und somit Shellys Vorgesetzter.

So setzte sich Kenna hin und schrieb einen Brief, in dem sie sich für ihr Verhalten noch mal entschuldigte, es auf den Alkohol zurückführte.

Gespannt wartete sie auf eine Antwort. Doch die kam nicht. Sie wartete eine Woche, aber keine Reaktion folgte. Er hatte ihre Adresse, wegen des Absenders auf dem Brief, und von Shelly hätte er sich ja auch ihre Telefonnummer besorgen können. Aber warum sollte er das tun? Sicherlich hatte er ihren Brief gelesen und die Geschichte damit abgehakt. Was erwartete sie denn? So mies, wie sie sich ihm gegenüber verhalten hatte ...

Genau, dieser Mann kümmerte sie nicht mehr. Er war nichts für sie, sie wollte ihn nicht, er war ein Weichei, all das redete sie sich ein und machte sich damit froh.

Sie hatte Shelly nichts von dem Brief erzählt. Es musste ja auch nicht alles über ihre Freundin laufen, ein bisschen Privatsphäre konnte nicht schaden. Außerdem hatte sie ja gesehen, wo diese Kupplungsversuche hinführten: Am Ende waren alle nicht glücklich und zwangen sich einen Typ auf, den keiner von beiden wollte, nur weil er oder sie gerade Single war.

***

Kenna zog ihren Schal stramm. Sie wollte heute nach guter alter Manier mal wieder tanzen gehen – und zwar allein. Niemand, der ihr reinredete und sagte, was das Beste oder wer der Beste für sie war. Sie war frei und konnte allein entscheiden.

Voller Vorfreude betrat sie die Diskothek. Die Beats wummerten ihr schon jetzt entgegen, das beflügelte sie. Doch nach zwei ernüchternden Runden um die beiden verschiedenen Tanzflächen in zwei Räumen, war sie sich sicher, hier heute niemanden zu finden. Sie holte sich einen Wodka-Lemon, in der Hoffnung, dass ihr Stimmungspegel dadurch nicht gänzlich in den Keller ging. Und tatsächlich trübte der Alkohol ihre trüben Gedanken und verschaffte ihr Mut, sich unter die Tanzenden zu mischen. Die Musik, aktuelle Charts, war super. Kenna kannte jedes Lied und das Tanzen machte ihr nach langer Zeit ungeahnt viel Spaß, brachte ihre Energie zu Tage und ließ sie glücklich sein.

Plötzlich tanzte ein großer Typ neben ihr. Wo kam der auf einmal her? Er trug einen Anzug. *Wie dekadent*, dachte Kenna und grinste in sich hinein. Sie sah zu ihm hoch. Als sich ihre Blicke begegneten, verzog er keine Miene. Er war ernst und sein Blick durchdringend, dann richteten sich seine Augen auf etwas hinter ihr. Kennas Herz machte einen Hüpfer. Dieser Typ war ja unglaublich cool. Sie besah ihn sich genauer. Alle um sie herum tanzten zu dieser vorgerückten Stunde ausgelassen und sangen hemmungslos mit, doch dieser Mann nicht. Sein Tanzen war eher dürftig, beschränkte sich auf zwei Tanzschritte und ein leichtes Wiegen seiner Hüften. Eine Hand von ihm hielt ein halbausgetrunkenes Bier, die andere steckte in seiner Hosentasche. Wieder blickte Kenna zu der Bierflasche. Seine Hand lag darum und Kenna stellte sich vor, wie er damit auch seinen Schwanz hielt. Sicher war er nicht so dick, aber es war geil, darüber nachzudenken, wie er es sich damit selber machte. Wie es wohl aussah, wenn er an Frauen dachte und sich einen abwichste ...

Und hier hielt er nur cool sein Bier. Als ihr Blick wieder zu ihm nach oben ging, sah er sie bereits an. Die Röte schoss ihr ins Gesicht. Er hatte sie beobachtet. Zum Glück konnte er ihre Gedanken nicht lesen! Doch so, wie seine Augen sie anstarrten, hatte sie das Gefühl, dass er es konnte. Er nahm den Blick wieder von ihr. Mist! Sie wollte doch die Erste sein. Wieso war er immer schneller?

Eine Weile tanzten sie so nebeneinander. Kenna hatte das Gefühl, dass er immer näher an sie heranrückte. Und irgendwann berührten sich ihre Ellenbogen. Keiner sah den anderen an. Ab und zu hatte Kenna das Gefühl, dass er wieder auf sie hinuntersah, doch sie wollte ihn nicht ansehen. Irgendwann traute sie sich, aber er blickte über sie hinweg. Wie blöde! Wenn er einen Arsch in der Hose hätte, dann könnte er sie jetzt endlich mal ansprechen. Hatte er denn nicht gemerkt, dass da etwas zwischen ihnen war?

Ihr ging der Gedanke durch den Kopf, dass sie *ihn* vielleicht ansprechen könnte. Allerdings war sie die Frau. Frauen sprachen Männer nicht an ... Sie mussten sich gedulden und warten, bis sie angesprochen wurden. Oder war das Schnee von gestern? War die Zeit vorangeschritten und akzeptierten vielleicht die richtigen Kerle die Emanzipation der Frauen? Wollten sie, dass eine starke Frau sie angriff, damit sie noch stärker waren? Oder schwächte die Frau den Mann, indem sie so stark war?

Als Kenna erneut zu ihm hochblickte, nahm sie sich vor, ihn mal anzulächeln. Seine Miene war undurchdringlich, als er ihrem Blick begegnete. Sie konnte nicht lächeln. Stattdessen fühlte sie, wie er sie erotisierte. Feuchtigkeit bildete sich in ihrem Schoß. Oh ja, das war ein Kerl, von dem sie gern mal so richtig gefickt werden wollte. Das war der, von dem sie träumte. Er schaffte es, ihren Körper zu erhitzen.

Er ging.

Kenna war wie geschockt. Wo wollte er hin? Ausgerechnet jetzt, wo sie sich so magisch von ihm angezogen fühlte und wo sie sich entschieden hatte, dass er ihr Stecher sein durfte? Er war doch der harte Mann, nachdem sie immer gesucht hatte! Er würde ihr Freund werden, das spürte sie. Aber das funktionierte natürlich vorn und hinten nicht, wenn er jetzt abhaute.

Sein Ziel war die Bar. Er stellte sich dort hin und lehnte sich an. Sein Blick schweifte über die Tanzenden. Gleich ... gleich hatte er sie. Doch er fand sie nicht.

Mann, Idiot, ich bin doch hier, wo du mich auch verlassen hast, dachte Kenna genervt im Stillen und ließ ihn nicht aus den Augen.

Er leerte sein Bier, drehte sich zur Bar und orderte etwas. Kenna nutzte die Chance, um zu ihm zu gehen. Er durfte ihr nicht durch die Lappen gehen, also: jetzt oder nie, sagte sie sich.

Er bekam gerade ein neues Bier und setzte es an seine vollen Lippen, da lächelte sie ihn von der Seite an. Seine Augen blickten sie während des Trinkens an. Als er die Flasche absetzte, war seine Miene unverändert. Noch hoffte Kenna, er würde sie endlich ansprechen, wenigstens mal zurücklächeln, doch das tat er nicht. Er sah zu den Tanzenden. Shit! Okay, selbst ist die Frau.

»Ganz schön warm hier, oder?«, hörte sie sich durch die laute Musik rufen.

Er sah zu ihr, musterte sie, als hätte er sie noch nie gesehen. Sein Gesichtsausdruck veränderte sich nicht, als er nickte.

»Bist du öfter hier?«, rief Kenna.

»Nein«, sagte er endlich. Es war das erste Wort, das sie von ihm hörte, und sie fand es toll. Er war kein Labertyp, war schlicht, hatte eine tiefe Stimme, passend zu seiner Größe.

Allerdings bereitete seine Wortkargheit ihr auch Probleme, ein Gespräch in Gang zu bekommen. Wenn er sie doch wenigstens nach ihrem Namen fragen würde. Doch er nahm wieder einen Schluck Bier und sah zu den Tanzenden rüber.

Eigentlich hätte Kenna sich abwenden müssen, denn er gab ihr schon ziemlich deutlich zu verstehen, dass er kein Interesse hatte. Oder wollte er nur testen, ob sie eine starke Frau war? Kenna war sich ihres Wertes als Frau bewusst. Sie hatte lange, braun-gelockte Haare, war schlank, trug einen Minirock mit einem Top darüber und hatte halbhohe Pumps an. Das musste nun wirklich jedem Mann gefallen. Das spürte sie auch an der Resonanz der Männer auf sich.

Okay, dachte sie, *er testet dich.*

»Wie heißt du?«, fragte sie mutig und stellte sich etwas auf die Zehenspitzen, um seinem Ohr möglichst nahe zu kommen.

Er zögerte. Dann sagte er: »Nicholas.«

»Cool«, gab sie zurück und dachte: *Bitte, bitte, frag!*

»Und du?«

Fast hätte Kenna ihn freudig umarmt. »Kenna!«

Er reagierte nicht darauf, nahm einen Schluck Bier.

Ihr fielen spontan tausend Fragen ein, aber noch immer hoffte sie, er würde genauso viele Eingebungen haben und *sie* fragen. Doch das tat er nicht. Stattdessen leerte er sein Bier, stellte es auf den Tresen und fragte: »Kommst du mit raus?«

Jaaaaaa, schrie es in ihr, sagen tat sie: »Och, warum nicht.«

Er ging vor. Natürlich sah er sich nicht einmal um, ob sie folgte. Anscheinend war er sich so unglaublich sicher, dass sie es tat.

Vor der Tür drehte er sich um, drückte sie mit seinem Körper gegen die Hauswand und küsste sie. Wild, stürmisch, männlich ...

Ihr blieb fast das Herz stehen. Was war das denn Geiles?!

Seine Zunge drang in ihren Mund, erkundete ihn, stieß in ihn. Sofort stellte Kenna sich vor, dass es sein Schwanz wäre, der in sie stieß. Ihr wurde heiß und sie wurde feucht. Sein Körper presste sich gegen ihren und sie spürte seine Männlichkeit. In ihr jubilierte es. Ein harter Mann – auf jedem Gebiet! Sie erwiderte stürmisch seinen Kussüberfall, zeigte ihm, dass sie ihm gewachsen war. Ihre Hände legten sich auf seine Pobacken, drückten zu, ließen los, drückten zu und zogen ihn noch dichter an sich. Er löste sich von ihrem Mund. Sein Kopf ging zu ihrem Ohr und er flüsterte: »Du Miststück!«

Kenna war erschrocken, aber sofort wandelte sich der Schreck in Geilheit, und auch in einen gewissen Stolz. Sie hatte es geschafft, diesen harten Typen aus der Reserve zu locken und ihn für sich zu interessieren. Yes! Sie provozierte ihn und drückte ihr Kreuz durch. Er verstand sofort und griff ihr mit beiden Händen an die Brüste. Daumen und Zeigefinger fanden augenblicklich ihre Nippel und massierten, bis sie sich ihm steif unter dem Stoff entgegenreckten. Lust schoss Kenna durch den Körper und sie wurde nass.

Dann kamen Leute. Wahrscheinlich hatte Nicholas sie nicht bemerkt, weil er mit dem Rücken zu ihnen stand. Kenna versuchte, sich ihm zu entziehen, doch er ließ ihre Brüste nicht los. »Da kommt jemand«, raunte sie.

»Scheiß drauf«, raunte er zurück und fummelte weiter.

Kenna versuchte, cool zu bleiben und so zu tun, als sei es kein Problem, sich vor dem Diskoeingang begrabbeln zu lassen, wenn man jung und neugierig ist. Doch die Blicke der beiden Frauen und des Mannes waren ihr schon unangenehm. Normalerweise fand sie so eine Fummelei und Zurschaustellung des sexuellen Triebes in der Öffentlichkeit überhaupt nicht gut. Und nun stand sie hier und präsentierte sich. Scham kroch in ihr hoch. Als die drei im Eingang verschwunden waren, kehrte ihre Aufmerksamkeit wieder zu ihrem Hengst zurück. Doch nun wollte sie nicht mehr, entzog sich seiner Hände und rutschte an der Wand von ihm weg. Ihre Hände fuhren durch ihre Haare.

Er griff in seine Sakkotasche und holte eine Karte heraus. »Hier«, sagte er und reichte sie ihr.

»Was ist das?«

»Meine Visitenkarte. Ruf mich an.«

Etwas verwirrt nahm sie die Karte entgegen und las im Stillen: *Nicholas Jones – Unternehmensberater.* Daneben war seine Handynummer. Gab er so eine Karte auch seinen Kunden? Der Beruf beeindruckte sie schon. Sie sah zu ihm hoch. »Möchtest du auch meine Nummer haben?«

»Nicht nötig. Ruf mich an. Dann daten wir uns. Bis dann.« Er drehte sich um und ging.

Sprachlos starrte Kenna ihm hinterher. So etwas hatte sie noch nie erlebt. Aber er war ja auch ein ganz besonderer Mann. Ein harter Kerl, ein erfolgreicher Kerl. Kein Weichei. Sie freute sich über den Kontakt. So schnell wie möglich wollte sie ihn wiedersehen. Mein Gott, ein Unternehmensberater – und er war auf sie aufmerksam geworden, hatte das Vertrauen, ihr seine Karte zu geben! Wahnsinn!

Kenna wollte nicht mehr reingehen, um zu tanzen, das brauchte sie nicht mehr. Im Grunde genommen hatte sie genau das erreicht, was sie wollte. Sie schwebte nach Hause.

***

Schon am nächsten Tag hatte sie ihr Handy auf dem Tisch liegen und fragte sich, ob neun Uhr dreißig zu früh zum Anrufen war. Sie hatte seine Nummer in ihr Handy eingespeichert und es war ein Bild von ihm aufgeploppt. Er sah umwerfend gut aus. Sie nahm ihr Handy und wollte auf Anrufen drücken, da kam ihr der Gedanke, ob es nicht besser gewesen wäre, wenn *er* sie angerufen hätte. Doch er hatte ihre Nummer ja nicht haben wollen. Also blieb ihr ja nichts anderes übrig. Sie drückte auf Wählen und ihr Herz klopfte zum Zerspringen. Es dauerte eine Weile, bis er ranging. Kenna zählte neun Ruftöne.

»Hallo?«

»Hallo Nicholas ... hier ist Kenna.«

Ein kurzes Schweigen. »Wer?«

»Kenna, aus der Disko.« Wieso wusste er nicht, wer sie war?!

»Ach so, richtig. Gestern.«

»Ja, genau.« Kenna war erleichtert.

»Cool. Also, wie wär's mit uns beiden Hübschen?«

Kenna zögerte. »Äh, was meinst du?«

»Wann hast du Zeit?«

»Für ein Date?«

»Nenn es wie du willst. Von mir aus Date.«

Kenna versuchte, daraus schlau zu werden. Wollte er sie nun daten oder nicht? Gut, egal, irgendwie ja schon. Sie nannte ihm Samstag in einer Woche.

Sie hörte, wie er redete, hatte aber sein Handy zugehalten. Dann war er wieder bei ihr. »Was sagtest du?«

»Samstag. Nächsten Samstag.«

»Da kann ich nicht. Wie wäre es mit übermorgen, also Dienstagabend.«

Da ging Kenna immer zum Sport. Aber den konnte sie für ihn gern ausfallen lassen. »Klappt.«

»Wunderbar. Dann sagen wir um zwanzig Uhr in der West Emerald Street Nummer vier.«

»Äh ...« Kenna hatte gehofft, er würde sie abholen. »Ja, gut. Ich bin pünktlich.«

»Wunderbar. Bis dann, Baby!« Er legte auf.

Baby ... Das war ein Kerl! Er hatte sie Baby genannt. Cool. Er war locker am Telefon gewesen, hatte den Ton angegeben, hatte nicht herumgeredet. Ein echter Mann.

Ihr Handy klingelte. Sofort ging sie ran. Atemlos, er könnte sie noch mal anrufen. Vor Aufregung hatte sie gar nicht auf das Display gesehen.

»Ja, hallo«, sagte sie freudig.

»Kenna? Hier ist Gilbert, guten Morgen.«

»Oh ...« War ihr die Enttäuschung anzuhören?

»Hab ich dich etwa geweckt? Tut mir leid. Ich kann auch

später noch mal anrufen.«

Sie konnte ihn jetzt nicht abwürgen, nur, weil sie ihren Helden erwartet hatte. Das hatte Gilbert nun echt nicht verdient. »Nein. Alles in Ordnung. Was möchtest du?« Sie war innerlich beschwingt, cool, sie hatte ein megascharfes Date, das sie strahlen ließ, komme was wolle.

»Geht es dir gut?«

»Ja, ja ...«, sagte sie ungeduldig.

»Ich äh, wollte mich in erster Line für deinen Brief bedanken. Ich weiß, ist eine Weile her, aber ich war geschäftlich in Paris, wegen der Fashion Week.«

»Ah, okay.«

»Also ... deine Worte ... die haben mich sehr berührt.«

Kenna stockte der Atem. Sie merkte, wie sie rot wurde. »Danke ...«, sagte sie überrascht.

»Ich muss sagen, dass ich noch nie einen so netten Brief bekommen habe. Er hat mich wirklich ... erfreut.« Er zögerte.

Kenna überlegte, ob sie etwas sagen sollte, wusste aber nicht, was. Sie hätte nicht erwartet, dass er so auf ihren Brief, bei dem sie sich tatsächlich Mühe gegeben hatte, reagieren würde. Sie war erstaunt.

»Also ... ich wollte dich fragen, ob du vielleicht Lust hättest, mal mit mir essen zu gehen.«

Ein Date? Sofort dachte Kenna an Nicholas. Was war, wenn Nicholas sie gut fand, wenn er sie so mögen würde, wie sie ihn? Es wäre dann nicht so geschickt, wenn sie sich die freien Tage mit Gilbert verbauen würde. Zwar hatte sie am Samstag noch nichts vor, aber den wollte sie sich für Nicholas freihalten.

»Danke für dein Angebot, aber leider kann ich diese Woche so gar nicht. Vielleicht nächste Woche.«

»Das ist kein Problem. Wenn es für dich okay ist, dann rufe ich dich nächste Woche noch mal an.«

»Ja, klar. Mach das.«

»Okay. Dann ... genieß deinen Sonntag. Bye.«

»Danke. Bye.«

Kenna legte das Handy auf den Tisch und starrte es an. Erst gab es keinen Mann in ihrem Leben und jetzt zwei auf einmal. Auf der einen Seite einen coolen, tollen Typen, einen echten Mann, und auf der anderen Seite einen ... ja, wen eigentlich? Doch anstatt über Gilbert nachzudenken, flogen ihre Gedanken wieder zu Nicholas. Noch zwei Tage ...

***

Für einen Herbstabend war er erstaunlich kalt. Kenna zog ihren Schal am Hals mehr nach oben. Aber vielleicht kam ihre Gänsehaut auch von der Aufregung, jetzt gleich Nicholas zu sehen. Um zu der von ihm genannten Adresse zu gelangen, musste sie fast fünfzig Minuten fahren. Was tat man nicht alles für ein Date! Als sie klingelte, öffnete sich langsam ein hohes Tor.

Mein Gott, dachte sie, *was für ein Luxus.* Fast andächtig betrat sie den kleinen Steinweg, der zwischen super gepflegtem Rasen entlangführte. An der Haustür stand Nicholas. Er hielt ein Glas mit einem Getränk samt Eiswürfeln in der Hand.

»Willkommen«, sagte er und küsste sie auf den Mund.

Wow, was für eine Begrüßung! Kenna versuchte, ebenso cool zu sein, und sich nicht anmerken zu lassen, wie überrascht sie war. Schließlich wollte sie mit ihm mithalten können. Also sagte sie schlicht »danke« und ging an ihm vorbei ins Haus. Dort zog sie ihren Mantel und Schal aus, drückte ihm beides in die Hand. »Wo ist das Bad?«, fragte sie, wobei sie ihrem Ton etwas Gelangweiltes verlieh. Sie sah die Tür zum Gäste-WC.

»Oben«, antwortete er.

Sie blickte ihn fragend an und deutete auf die WC-Tür. »Aber das hier ...«

»Du bist doch kein Gast. Du gehörst schon zum Haus. Für dich also oben, Baby.«

Er stellte sich hinter sie und griff ihr mit beiden Händen an die Brüste. Wieder fand er ruck zuck ihre Nippel durch den Stoff und zwirbelte sie. Hitze und Lust schoss ihr durch den Körper. Doch sie machte sich von ihm los. »Erst das Bad.« Dann ging sie über eine freischwebende Wendeltreppe nach oben. Hier waren vier Zimmer. Sie erkannte zwei Schlafzimmer mit breiten Betten. Den Gang weiter runter gab es noch ein Ankleidezimmer, daneben ein riesiges Bad. Kenna schloss die Tür von innen, wollte abschließen, aber es gab keinen Schlüssel. Mist. Sie ging zur Toilette, zog sich aus und setzte sich. Es kam nur wenig Pipi. Das war ja auch nicht ihr Ziel gewesen. Sie wollte sich die nächsten Schritte überlegen. Noch nie hatte sie ein Date in einem Haus eines Fremden gehabt. Wollte er etwa gleich mit ihr ins Bett? Das war nicht nach ihrem Geschmack. Sie hatte gehofft, er würde mit ihr Essen gehen, oder in eine Bar, oder selber etwas Kochen, oder irgendetwas, damit man sich mal unterhalten konnte, doch dieses Date sah irgendwie anders aus. Was sollte sie nur tun? Am besten würde sie ihn so lange wie möglich hinhalten, denn sie wollte mit ihm beim ersten Date auf keinen Fall Sex haben! Sie hoffte, dass er trotz seiner Männlichkeit auch ein Gentleman war.

Die Badezimmertür öffnete sich.

Kenna erschrak, als sie Nicholas in der Tür stehen sah. Ihr blieb fast das Herz stehen. Nicht nur, weil er sie unerlaubterweise so auf der Toilette sitzen sah, sondern weil er bis auf einen String nackt war. Ihr stand der Mund offen, sie war unfähig, etwas zu sagen, geschweige denn, einen klaren Gedanken zu fassen.

»Bist du fertig, Baby?«

»Äh ... nein! Geh wieder raus!«

»Hast du Pipi gemacht?«

»Was?!«, rief Kenna entsetzt.

Er kam auf sie zu, sah zu ihr hinunter.

»Geh raus!«, rief sie erschrocken und einer Panik nahe.

»Warum? Ich liebe es, Frauen beim Pinkeln zuzusehen. Aber am meisten liebe ich es, sie danach abzulecken.«

Oh Gott, dachte Kenna geschockt. Sie hatte keinen Plan, was sie sagen und tun sollte.

Er wusste es dafür umso besser und übernahm die Führung, legte seine Hände platt zusammen, als wenn er betete, bahnte sich damit einen Weg zwischen ihre Knie, öffnete die Hände, glitt so weit unter ihre Oberschenkel rechts und links, dass er sie hochheben konnte. Kaum war sie in der Luft, legten sich seine Hände auf ihren Hintern. Ihr Höschen und fiel auf den Boden. Nun waren ihre Beine für ihn gespreizt. Er trug sie so zu einer Art Badezimmerkommode, die wie ein Wickeltisch aussah, setzte sie darauf ab und senkte seinen Kopf zwischen ihre Beine. Augenblicklich leckte er ihren Saft von der Muschi, dazu brummte er genüsslich.

Kenna war geschockt. Seine Zunge war gierig, leckte jeden restlichen Tropfen Pipi von ihr, war unermüdlich. Dabei fuhr sie überall hin, durch ihren ganzen Spalt. An den inneren Schamlippen vorbei, über das Loch in ihr Innerstes, über die Klitoris, und immer wieder über die Harnröhre. Schließlich saugte er daran, als könnte er ihr noch mehr Flüssigkeit entlocken.

Kennas Herzschlag hatte sich verdreifacht. Sie wollte das alles nicht. Weder beim ersten Date noch so etwas Abscheuliches, wie Pipiauflecken. Doch gegen seine gierige Zunge war sie machtlos. Außerdem blockierte sein Körper ihre gespreizten Beine, sodass sie sie nicht schließen konnte. Kenna spürte, wie er ihre Lustsäfte in Wallung brachte und wenn er nicht bald damit aufhörte, würde sie schreiend in seinem Bad auf dieser komischen Kommode kommen – unter seiner Zunge. Kenna keuchte. »Hör bitte auf.«

Er antwortete nicht, machte einfach weiter. Leckte über ihre Klitoris, flatterte darüber, wanderte zur Harnröhre, saugte, schmatzte, saugte, leckte. Kenna konnte nicht anders, sie rekelte sich unter seiner dauerhaften Zungenfertigkeit. Sie versuchte, ihn wegzudrücken, doch es ging nicht. Er hatte sie voll unter Kontrolle. Kenna keuchte, stöhnte, spürte ihre harten Nippel, merkte, wie unaufhörlich die Lust durch ihren Unterleib spülte. Ihr Atem ging noch schneller. Sie versuchte, einen schwachen Protest einzulegen und ihn erneut wegzuschieben, doch es war schon zu spät. Mit einem gewaltigen Orgasmus kam sie unter seiner leckenden Zunge, die nicht aufhörte, nicht müde wurde, sie immer und immer wieder zu quälen. Kenna krallte sich an den Seiten der Kommode fest, sah sich zucken, ihr Becken ihm entgegenstoßen, hörte sich schreien.

Nur langsam kam sie zu zur Ruhe. Er schaute auf. Grinste. Dann zog er seinen String aus und Kenna blickte auf seinen großen, harten Schwanz, der bereits erwartungsvoll zuckte. Wollte er sie jetzt etwa vögeln? Sie brauchte erst mal eine kleine Auszeit.

Doch das war wohl nicht nach seinem Geschmack. Mit einem Ruck zog er sie von der Kommode, fing sie auf, als sie einen kleinen Schrei losließ, und trug sie zur Badewanne.

Gott sei Dank, dachte sie, er wollte mit ihr Baden. Aber ohne Wasser?

Er setzte sie ab, indem er sie auf die Füße stellte, drehte sie an den Hüften, sodass sie mit dem Rücken zu ihm stand. Was hatte er vor? Eine Sekunde später wusste sie es, denn er drückte ihren Rücken nach unten, zog ihre Pobacken auseinander und presste sich in ihre Möse.

Kenna protestierte, doch er hörte nicht auf sie, sondern schob sich immer weiter in ihren weiblichen Eingang. Kenna verstummte und ein Stöhnen kam ihr über die Lippen. Als er anfing, seinen Schwanz heftig in sie zu rammen, wollte sie sich am Badewannenrand festhalten, aber er war zu stark mit seinen Stößen und drückte sie so weit nach vorn, dass sie sich über die Wanne beugen musste, und sich auf der Seite der Armaturen festhielt. Ihre Beine hatten sich, in dem Versuch, Halt zu finden, noch mehr gespreizt und ihre Knie stießen an den Wannenrand. Er hielt sie an ihren Hüften fest und rammte ihr seinen Schwanz fest und stetig in die Möse. Mit jedem Stoß keuchte Kenna. Eine Hand von ihm löste sich und sie glaubte, er würde vielleicht ihre Klitoris mit den Fingern reiben. Aber nein, sie spürte die Finger woanders: an ihrem Poeingang. Er kreiste auf ihm, während seine Stöße nicht mehr so rammend kamen. Kenna protestierte, wollte das nicht, bat ihn, damit aufzuhören. Doch er schwieg und machte einfach weiter, bis sich ein Finger von ihm in ihren Anus schob. Kenna schrie auf. Nicholas drückte seinen Finger immer tiefer, währenddessen nahm er seine Stöße wieder auf. Dann tat er beides gleichzeitig: Er stieß sie mit dem Finger in den Arsch und mit dem Schwanz in die Möse. Das waren zu viele Sinneseindrücke. Kenna konnte die Geilheit nicht aufhalten. Zum zweiten Mal schrie sie ihren Orgasmus heraus, konnte kaum aufhören. Dann hörte sie ein Brüllen von ihm, er zog den Finger aus ihrem Arsch und fickte sie hart. Wie ein Bulle. Kenna schrie noch mal, nicht vor Lust, sondern vor Schmerz. Sein Schwanz stieß sie so tief, dass es ihr innerlich wehtat. Doch das registrierte er nicht, so sehr war er mit seinem Höhepunkt beschäftigt.

Endlich hörte er auf. Kenna seufzte. Als er sich aus ihr zog, sah sie, wie ein Gemisch aus Sperma, ihrem Lustsaft und Blut an ihren Beinen runterlief.

Nicholas drehte sie zu sich um. Jetzt würde er sie in die Arme nehmen, sie küssen, ihr den mentalen Balsam für ihre Seele schenken, sich für sein tierisches Gebaren entschuldigen.

»Du bist geil, Baby. Geiler als ich dachte. Mach dich frisch und komm dann zu mir.« Damit drehte er sich um und ging aus dem Bad.

Mit offenem Mund blickte Kenna ihm hinterher. War ihre Erwartungshaltung zu hoch? Sie fröstelte. Als sie sich bewegte, tat ihr alles zwischen den Beinen weh, auch die Knie. Sie war zwar befriedigt, war zwei Mal richtig hammermäßig gekommen, und trotzdem fühlte sie sich innerlich leer, nicht glücklich. Sie taumelte zu einer Dusche mit Glaswand in der Ecke des Bades, zog die restlichen Klamotten aus und duschte ihren Unterleib lauwarm ab. Das brannte zwar, tat aber auch gut.

Als sie sich abgetrocknet hatte, zog sie nur ihr Höschen und BH wieder an. Schließlich wäre es nach so einer Nummer blöd gewesen, wenn sie in voller Montur ins Schlafzimmer gekommen wäre. Sie verließ das Bad, blickte ins erste Schlafzimmer, doch dort reckte sich gerade eine Katze und gähnte. Kurz blickte sie Kenna an, dann legte sie ihren Kopf auf die Vorderpfoten und schloss die Augen. Kenna ging zum nächsten Schlafzimmer. Doch dort war Nicholas auch nicht.

»Nicholas?«, rief sie.

Es kam keine Antwort.

Sie ging die Treppe hinunter. Als sie vorhin am Wohnzimmer vorbeigegangen war, hatte sie gesehen, dass es dort einen Kamin gab. Vielleicht brannte er. Das wäre super gemütlich, freute sich Kenna, und es würde einiges gutmachen, wenn Nicholas dort mit einem Glas Wein auf sie wartete. Doch auch im Wohnzimmer war er nicht. Ihr Wunsch zerplatzte.

Sie hörte ihn lachen. Das kam aus der Küche. Sie ging dem Lachen entgegen und blickte mit einem ebenfalls zum Lachen verzogenen Gesicht zur Küche hinein. Doch ihr gefror alles. Dort stand eine Frau in Unterwäsche!

Nicholas drehte sich zu ihr um, nahm einen Schluck aus seinem Glas mit Eiswürfeln, machte ein kleines Geräusch beim Schlucken und sagte: »Mh ... hallo Baby.«

Kenna stand wie erstarrt. »Wer ist das?«, schaffte sie zu fragen.

»Sophia«, sagte Nicholas. »Komm doch zu uns. Was möchtest du trinken?«

»Nichts«, stieß Kenna hervor.

»Alles okay bei dir, Baby?«

Wie konnte er nur so tun, als wäre nichts?! »Kann ich dich mal kurz unter vier Augen sprechen?«, fragte Kenna mit kalter Stimme.

»Sicher.« Nicholas stieß sich vom Kühlschrank ab, ging an ihr vorbei ins Wohnzimmer. Breitbeinig stellte er sich hin, die Arme vor der Brust verschränkt, das Getränk noch in der Hand.

»Wer zum Teufel ist das?«, schoss es aus Kenna hervor.

»Hab ich doch schon gesagt. Sophia.«

»Ja, aber ... Wieso ist sie hier?«

»Um Sex zu haben.«

»Sex?« Kenna starrte ihn mit offenem Mund an.

»Ja. So wie du.«

»Ich?«

Er lachte. »Ja, du hattest doch eben Sex mit mir, oder hast du es schon vergessen?«

Kenna schloss kurz die Augen, besann sich, ordnete ihre Gedanken, dann die Worte. Danach öffnete sie die Augen wieder und sagte: »Aber wir beide hatten doch ein Date.«

»Genau. War geil, oder?«

»Nein, so meine ich das nicht. Wir wollten uns kennenlernen.«

»Wozu?«

»Um ... also, du wolltest mich doch, oder?«

»War es nicht andersherum? Du wolltest mich?«, fragte Nicholas.

»Ich wollte dich?«

Er nickte. »Du hast mich in der Disko angesprochen. Du hast mich angerufen. Du bist hergekommen. Was hast du erwartet? Rosen, Kerzenschein und Liebesbeteuerungen?« Er lachte.

Beinahe hätte Kenna genickt. Sie war so geistesgegenwärtig, es nicht zu tun und einen Hauch von Restwürde zu bewahren. Was er sagte, war wie ein Schlag gegen ihren Kopf. Aber es stimmte. So ungern sie es auch zugeben wollte, er hatte in allen Punkten recht. Gott, sie war so unglaublich naiv!

»Wenn du willst, machen wir eine Nummer zu dritt«, schlug er vor.

Kenna hob abwehrend die Hand. »Nein, danke.« Dann ging sie aus dem Wohnzimmer Richtung Gäste-WC, um sich anzuziehen. Es war abgeschlossen. Drin hörte sie Wasser laufen und ein leises Summen. Shit! Sie entschloss sich, ihre Klamotten einfach hier auf dem breiten Flur anzuziehen.

Nicholas setzte sich auf die vorletzte Stufe der Wendeltreppe und sah ihr dabei zu. »Du musst nicht gehen.«

Kenna biss die Zähne zusammen. Sie wollte so schnell wie möglich hier raus.

Als sie angezogen war, verabschiedete sie sich mit einem flüchtigen Kuss von ihm, während sich die Badezimmertür öffnete.

»Will sie schon los?«, hörte Kenna die piepsige Stimme von Sophia.

Nicholas nickte. »Ich bringe dich noch raus.« Er öffnete das Tor und Kenna schlüpfte hindurch.

»War sehr geil mit dir, Baby. Wenn du mal wieder Bock hast, schick mir 'ne SMS. In der Woche ist ein Fick immer drin. Auch mit mehreren.«

Kenna hatte genug gehört. Sie stieg schnell in ihr Auto, startete den Motor und raste davon.

***

Als sie im Bett lag, konnte sie einfach nicht glauben, was passiert war. Wie konnte es sein, dass sie nicht gemerkt hatte, worauf sie zusteuerte? Sie wälzte sich schlaflos hin und her, obwohl sie todmüde war. Wie hätte sie ahnen sollen, dass so etwas passieren würde! Dabei hatte doch alles so gut angefangen ... oder vielleicht doch nicht? Hätte das Draufgängerische von Nicholas am Eingang der Disko sie nicht schon hellhörig werden lassen sollen? Gott, sie war so naiv, so dumm gewesen ... Um vier Uhr fiel sie in einen unruhigen Schlaf.

***

Kenna blickte wieder auf die Uhr. Shelly verspätete sich jetzt schon um zehn Minuten. Sie beide hatten sich vor Shellys Firma verabredet und wollten zusammen etwas Essen gehen. Kenna musste unbedingt ihre Geschichte mit Nicholas loswerden. Vielleicht ging es ihr dann besser. Kenna schrieb Shelly eine SMS, dass sie hier draußen in der Kälte wartete. Ihr Magen knurrte und ihre Stimmung ging in den Keller, besonders, wenn diese zwei ihr verhassten Merkmale aufeinanderstießen: Hunger und Kälte.

»Komm rauf. Bin noch nicht fertig. Hier ist es warm«, schrieb Shelly.

Na wunderbar, das hätte sie ja auch früher schreiben können, grummelte Kenna und betrat die große Eingangshalle. Mit dem Fahrstuhl fuhr sie in den zweiundzwanzigsten Stock. Dort ging es am Empfangstresen vorbei, an dem keiner mehr saß. Kein Wunder, es war schon nach acht Uhr abends. Kenna steuerte auf Shellys Büro zu. Das lag neben dem vom Abteilungsleiter und dem des Chefs, der nur selten da war. Von Shelly wusste sie, dass Mr Burnsteen, der Chef, alles dem Abteilungsleiter aufs Auge drückte. Deswegen hatte der nach nur einem Jahr gekündigt. Sowieso, dieser Job war nie lange besetzt. Jedes Jahr, oder auch häufiger, wurde ein guter Mann – oder eine Frau – für diesen Posten gesucht. Auch wenn das Büro mit Blick auf die New Yorker Skyline ein echtes Schmuckstück war, so blieb das Augenmerk eben doch auf dem Umfang des Jobs. Shelly hatte Glück, denn ihr Büro befand sich genau daneben mit dem ebenso schönen Blick und weniger Verantwortung im Job.

»Hey, da bist du ja«, rief Shelly Kenna entgegen, bevor Kenna ihr missmutig mitteilen konnte, dass sie fast zwanzig Minuten in der Kälte mit Riesenhunger ausgeharrt hatte. Übertreiben war in dem Punkt auf jeden Fall erlaubt!

Die Freude ihrer Freundin, Kenna zu sehen, überwiegte allerdings und Kenna ließ sich davon anstecken. Sie umarmten sich. Shelly hielt sie ein Stück von sich weg, studierte sie und sagte: »Süße, du siehst richtig schlecht aus.«

Kenna seufzte und ließ sich in den Stuhl gegenüber dem Schreibtisch sinken. »Ja, ich weiß. Ich habe Hunger. Aber es kann auch daran liegen, dass ich dir Einiges zu erzählen habe ...«

»Richtig, hast du schon erwähnt, ich bin gespannt. Aber ich muss noch schnell ein paar Sachen erledigen. Möchtest du einen Kaffee? Hol dir doch einen aus der Tee-Küche. Ich mache inzwischen ein paar Kopien.«

»Alles klar. Hetz dich nicht. Wenn ich einen Kaffee habe, geht es mir gleich besser.« Damit erhob sich Kenna und ging zur Office-Küche. Sie nahm einen Becher und drückte auf den Knopf des Kaffeeautomaten für Cappuccino.

Der erste Schluck ließ sie die Augen schließen und für einen Moment alles Gewesene von ihr abfallen. Als sie die Augen wieder öffnete, stand regungslos ein Mann in der Tür, der sie mit einem leichten Lächeln beobachtete. Kennas Herz machte einen Hüpfer. Wieso das denn? Da stand doch nur Gilbert.

»Hallo, die Dame. Was für ein unerwartet hübscher Anblick am Abend«, sagte er.

Schleimer, dachte Kenna.

»Hi, Gilbert«, antwortete sie schlicht. Doch das Kompliment ließ sie nicht los. Auch wenn sie es albern fand, es schmeichelte ihr trotzdem.

Er ging an ihr vorbei, stellte eine Minitasse unter den Kaffeeautomaten und drückte auf den Knopf für Espresso. Als er in seine Tasse gelaufen war, drückte er noch mal.

»Nachtschicht?«, fragte Kenna.

Er grinste mit schiefem Mund. »Allerdings.«

»Ich hab schon von Shelly gehört, dass Burnsteen seinen ersten Untergebenen ganz schön ranrauschen lässt.«

Gilbert lehnte sich gegen die Theke, nahm einen Schluck Espresso. »Ist wohl so.« Er blickte zu ihr, dann auf sein Getränk. »Aber es macht mir Spaß. Ich muss gestehen, dass mir bisher kein Job so gut gefallen hat wie dieser. Ich mag auch die Stadt und die Menschen darin. Alles ist locker, nett, fröhlich.«

»Oberflächlich?«

Er lachte kurz auf. »Ja, das wurde mir in London auch prophezeit. Aber ich glaube, es ist einfach eine andere Einstellung, wie man sein Leben lebt und mit Menschen umgeht. Mir gefällt das.«

Kenna hatte den Kopf schiefgelegt und blickte Gilbert interessiert an. Sein Akzent war wirklich süß. Und das, was er sagte, faszinierte sie. Da kam ein Mann aus Übersee und fand Gefallen an viel Arbeit und neuen, fremden Menschen.

Er war ein Mann, der nachdachte, wurde ihr klar. Er wirkte auf einmal nicht mehr so jung. Ohne darüber nachzudenken fragte sie: »Wie alt bist du?«

Er war tatsächlich verwirrt von der Frage, antwortete jedoch: »Fünfunddreißig. Und du?«

»Oh, du bist drei Jahre älter als ich!«

Er lachte. »Wieso wundert dich das so?«

»Äh, keine Ahnung. Vielleicht, weil du ... also, du wirkst eher jünger.«

»Soll ich das als Kompliment auffassen?«, fragte er.

Bis vor zwei Minuten war es noch keins, dachte Kenna, nickte aber.

Er lächelte.

Schweigend standen sie sich gegenüber, wobei er in seinen Espresso sah und Kenna ihn anblickte.

»Ich könnte am Samstag«, hörte Kenna sich sagen.

Überrascht sah Gilbert hoch. Nach einer Weile grinste er freudig und sagte: »Das ist schön. Wäre acht Uhr für dich okay?«

Wie ein Blitz fuhr die Uhrzeit ihr durch Mark und Bein. Das war genau die gleiche Uhrzeit, die Nicholas vorgeschlagen hatte. Allerdings mit dem Unterschied, dass es kein Vorschlag gewesen war, sondern eine diktatorische Ansage.

»Wenn du willst, hole ich dich auch gern ab«, schlug Gilbert vor.

»Du willst mich ab...« Kenna wurde schwindelig. Alles drehte sich und es wurde dunkel.

***

»... nur gesagt, dass ich sie abholen würde ... nichts Schlimmes also.«

»Aber etwas *musst* du doch noch gesagt haben!«

»Nein, bestimmt nicht.«

»Da, sie kommt zu sich ...« Das war die Stimme von Shelly.

In Kennas Kopf drehte sich alles, Bilder stürzten auf sie ein, ihr Atem ging schneller, zu schnell ... Sie sah Gilbert. Er war über sie gebeugt, sein Gesichtsausdruck besorgt.

»Ganz ruhig«, hörte sie ihn sagen. »Atme tief ein und aus. Alles ist okay, wir sind da.«

Seine Stimme beruhigte sie tatsächlich und sie atmete langsamer. Was war passiert? Sie versuchte, sich hochzurappeln.

»Am besten bleibst du noch einen Moment liegen, damit sich dein Kreislauf stabilisiert«, sagte Gilbert.

»Nein, es geht schon«, hielt Kenna dagegen und wollte sich erheben, doch ein erneuter Schwindel erfasste sie.

»Kenna, bitte bleib liegen«, sagte Gilbert bestimmt. »Shelly, könntest du ein Glas Wasser holen?«

»Klar.«

Wieso tat Gilbert es nicht? Kenna blinzelte, drehte den Kopf. Jetzt wusste sie es: Weil sie in Gilberts Armen lag. Gott, wie peinlich! Sie wollte sich wieder hochrappeln.

Doch Gilbert drückte sie bestimmt runter. »Warte noch.«

Shelly reichte ihr das Glas mit Wasser. In kleinen Schlucken trank Kenna und sie merkte, wie es ihr Schritt für Schritt besser ging.

Gilbert half ihr hoch.

»Danke«, sagte Kenna leise. Doch kaum stand sie, wurde ihr wieder schwindelig und ihr Körper lehnte sich automatisch an Gilbert. »Tut ... tut mir leid«, stammelte sie.

»Kein Problem.« Er hielt sie fest.

Ihr Körper war schwer wie Blei, kurz schloss sie die Augen und lehnte den Kopf an seine Schulter. *So klein ist er gar nicht*, dachte Kenna, und nahm einen ganz leichten angenehmen Parfumduft von ihm wahr. Drei Sekunden genoss sie den Moment, von ihm umarmt zu werden, und sie hatte das Gefühl, dass ihr so nichts mehr passieren könnte, egal, was es war. Mit seinen Armen um sie war sie ganz beschützt.

»Alles okay, Kenna?«, fragte Shelly.

Sie öffnete die Augen und machte sich von Gilbert los. »Äh ja, alles okay.«

»Wirklich?«, fragte Gilbert.

»Ja, geht schon wieder. Danke.«

»Soll ich dich nach Hause fahren?«, fragte Gilbert.

»Äh, nein. Shelly und ich sind zum Essen verabredet. Zur Not kann sie mich ja rumfahren«, sagte Kenna.

»Ich bin mit der Metro hier. Ich kann dich nirgendwo hinfahren«, meinte Kenna entschuldigend. »Aber vielleicht hast du ja Lust, mit uns etwas essen zu gehen, Gilbert?«

Kenna traute ihren Ohren nicht. Sie wollte doch dieses furchtbare Erlebnis mit Nicholas endlich loswerden. Und wieso war Shelly mit der Metro gefahren? Das passierte auch nur einmal im Jahr bei ihr. Musste es ausgerechnet heute sein? Kenna blickte zu Gilbert und bemerkte, dass er sie ansah. Er studierte ihr Gesicht genauso wie auf der Party, als sie ihm prophylaktisch angeboten hatte, ob sie ihr Auslachen in irgendeiner Form wiedergutmachen könnte und es nicht so gemeint hatte.

Er schüttelte den Kopf.

Kenna stellte sich vor, wie es wäre, wenn sie zu dritt essen gingen. Sie stellte sich vor, wie er ihr aus dem Mantel half und sie seinen Duft noch mal in sich aufnehmen konnte, wie sein Lachen sie beflügelte, weil er es so meinte, weil er echt war. Ein echter Mann ... Wie konnte es sein, dass sie sich auf einmal wünschte, er käme mit? Vielleicht hielt er sie noch mal so im Arm wie eben.

»Ich denke, das wäre unpassend«, sagte er und trank seinen Espresso aus. »Gute Nacht, ihr beiden.«

»Aber ... ich würde mich auch freuen, wenn du ...«, begann Kenna.

Doch er unterbrach sie. »Ich hab noch zu tun. Aber es wäre schön, wenn Samstag klappt.« Er hielt ihren Arm fest. »Samstag, acht Uhr und ich hole dich ab?«

Plötzlich hatte Kenna einen Kloß im Hals, sie konnte nur nicken.

Er beugte sich zu ihr, hauchte ihr einen leichten Kuss auf die Wange und flüsterte: »Gute Besserung.«

Sein männlicher Duft umhüllte sie für ein paar Sekunden, dann ging er hinaus.

***

Kenna war froh, endlich etwas im Magen zu haben und sie war auch froh, Shelly endlich ihre Geschichte erzählt zu haben.

Shellys Kommentar: »So ein Arsch!«

Daraufhin mussten beide so herzlich lachen, dass ihnen wieder die Lachtränen an den Wangen hinunterliefen. Es war ein schöner Abend, ein wichtiger Abend, und Kenna war wieder einmal froh, so eine liebe, tolle Freundin zu haben. Auch wenn Kenna sehr abgelenkt von den Gesprächen war, Shelly hatte ihr auch einiges zu erzählen. Ab und an glitten ihre Gedanken zu Gilbert. Hatte sie sich in ihm so getäuscht? Oder hatte das Erlebnis mit Nicholas ihren Kopf zurechtgerückt? Sie stellte Shelly diese Fragen und diese beantwortete beide spontan mit Ja. Wieder mussten sie lachen.

»Ich sagte dir doch: Gilbert ist ein toller Mann. In dem Typen schlummern verborgene Talente«, sagte Shelly. »Ich freue mich wirklich, dass du Lust hast, ihn am Samstag zu treffen und bin gespannt, was du erzählst. Aber ich glaube, es wird viel Gutes sein.« Sie zwinkerte.

***

Eigentlich wäre Kenna nicht nervös gewesen. Wenn sie vor zwei Wochen an ein Date mit Gilbert gedacht hätte, dann hätte sie wahrscheinlich ihren Jogginganzug angezogen. Doch nun, nach der wirklich rührenden Aktion, als Kenna in der Teeküche umgekippt war, hatte Gilbert einen gewissen Stellenwert eingenommen. Zwar befürchtete sie noch immer, dass er nicht der harte Mann war, den sie sich wünschte, aber ein nettes Abendessen in Kombination mit seinem Duft, der sie wirklich betörte, erfüllte sie mit Vorfreude.

Kenna war froh, sich für ein azurblaues Kleid, das oberhalb des Knies endete, entschieden zu haben, dazu schwarze halbhohe Pumps mit schwarzer Handtasche und schwarzem Jäckchen.

Gilbert bedachte sie mit einem schnellen, anerkennenden Blick, als er ihr im Restaurant tatsächlich aus dem Mantel half und sagte ihr auch, wie hübsch sie aussähe. Er war locker und gesprächig, trotzdem hatte sie das Gefühl, er hielt sich zurück. Aber ihr ging es da ähnlich. Dieser Mann hatte eine unglaubliche Präsenz. Durch seinen englischen Akzent besaß er etwas Feines, das aber, so wie Kenna anfangs gedacht hatte, seiner Männlichkeit gar keinen Abbruch tat. Denn seine Sätze waren gut gewählt, locker und seine Geschichten interessant. Er trank gern Rotwein, wie sie, mochte keine Meerestiere, wie sie, und fand, dass ein Dessert ohne Schokolade kein Dessert war, so wie sie. Über die Gemeinsamkeiten mussten sie lachen.

Als er ihr nach vier Stunden in den Mantel half und sie nach Hause fuhr, hatte Kenna einen wunderschönen Abend verbracht, mit einem Mann, der durch seine Art gewonnen hatte. Der Name Gilbert war zweitrangig geworden, seine Größe – mit ihren Pumps waren sie in etwa gleichgroß – spielte keine große Rolle mehr und dass er auf Britney Spears stand, fand sie auch nicht mehr so schlimm, zumal er Kenna an diesem Abend zu Britneys Konzert eingeladen hatte. Sie gestand sich ein, noch nie auf einem Konzert gewesen zu sein und fand die Idee ganz aufregend.

Als sie vor Kennas Haustür standen, wurde Kenna unsicher. Beim ersten Date sollte kein Sex stattfinden. Aber sie war emanzipiert und konnte tun, was sie wollte. Doch dann dachte sie an den furchtbaren Abend mit Nicholas und wurde unsicher. Plötzlich war es ihr vor Gilbert nicht mehr egal, das Falsche zu tun. Aber, erwartete er, von ihr nach oben gebeten zu werden? Ihr Herzschlag beschleunigte sich. Was sollte sie tun?

»Es war ein wunderbarer Abend mit dir. Ich würde mich sehr freuen, wenn wir den wiederholen würden«, nahm er ihr die Entscheidung ab, beugte sich vor und küsste sie auf den Mund.

Kennas Herzschlag verdoppelte sich. Seine Lippen waren weich und warm. Sie nahm seinen Duft wahr. Dann war der Kuss schon vorbei.

»Gute Nacht, Kenna.«

»Gute Nacht«, hauchte sie.

Er strich ihr über die Wange und ging zu seinem Auto.

Kennas Herz galoppierte. Sie wollte ihn jetzt nicht gehen lassen, sie wollte ihn spüren, ihn riechen, ihn in sich haben, ihn ... »Gilbert!«, rief sie.

Er drehte sich um, die Hand an der Autotür.

»Ich ...«

Er zögerte. Dann verschloss er den Wagen, kam zu ihr zurück.

Mit klopfendem Herzen stand sie ihm gegenüber. Dann küsste sie ihn, wild und ungestüm. Er antwortete auf die gleiche Art, zog sie in seine Arme, hielt ihren Kopf, drückte sie an die Hauswand. Ihre Brüste drückten sich an ihn, seine Männlichkeit presste sich an sie. Sofort kam ihr der Abend mit Nicholas ins Gedächtnis und sie riss die Augen auf. Doch vor ihr stand Gilbert. Nie hätte sie erwartet, dass er diese Leidenschaft in sich trug.

»Tut mir leid«, stammelte er.

»Nein, nein ... bitte. Mach weiter«, ermunterte sie ihn. »Du bist super!«

Er lächelte sie an. Dann pressten sich seine Lippen wieder auf ihre, seine Zunge drang in ihren Mund und Lust flutete durch ihren Körper. Sie war verrückt nach ihm. Verrückt nach Gilbert!

Ein älteres Ehepaar kam an ihnen vorbei und wollte ins Nachbarhaus. Gilbert bemerkte die beiden zeitgleich mit Kenna und löste sich von ihr. Es war ihm genauso unangenehm wie ihr. Ein Glück!

»Komm«, sagte sie atemlos. »Oben sind wir mehr für uns.«

Er grinste. »Gute Idee!«

Sie liefen die Treppen nach oben, Kenna schaffte es kaum, den Schlüssel ins Schloss zu kriegen, weil Gilbert bereits an ihrem Mantel zerrte. Als sie in der Wohnung waren, stieß Gilbert mit dem Fuß die Tür zu und riss sich seine Klamotten, bis auf seine Boxershorts, vom Leib. Kenna tat es ihm gleich und ließ auch ihre Unterwäsche an. Beide mussten über ihre Ungestümtheit lachen. Dann presste er seine Lippen wieder auf ihre, verschlang sie förmlich.

»Schlafzimmer ...«, nuschelte er in ihren Mund.

Sie zog ihn mit sich. Als sie rückwärts vor ihrem Bett stand, gab er ihr mit seinen Knien einen Stubbs und sie fiel mit einem kleinen Aufschrei auf ihr Bett. Er legte sich auf sie.

»Gilbert«, hauchte sie. »Warte. Ich muss dir noch etwas sagen.«

»Du bist Jungfrau? Kein Problem.«

Sie lachte. »Nein, ich ... Also, ich habe normalerweise nie beim ersten Date Sex.«

»Ich auch nicht!«, gab er zu. »Aber bei dir kann ich mich einfach unmöglich beherrschen!«

Beide grinsten sich an. Dann legte Kenna ihre Hand in seinen Nacken und zog ihn zu einem Kuss an sich ran. Er tauchte mit seiner Zunge wieder in ihren Mund, legte aber seine Hände auf ihre Brüste. Als er ihre Nippel fand, stöhnte sie auf. Sein Mund wanderte zur rechten Brust und er biss sanft in die harte Brustwarze. Keuchend schob Kenna ihre Hände in seine Haare, schloss die Augen, genoss seinen Duft und seine Zungenfertigkeit. Er wechselte die Seite und stachelte immer mehr ihre Lust an. Er leckte und saugte ausgiebig, so lange und geduldig, dass sie ihm ihr Becken entgegendrückte, ungeduldig wurde. Er glitt mit den Händen unter ihren Rücken und öffnete geschickt die Häkchen des BHs. Als er ihre Brüste freigelegt hatte, besah er sie sich, saugte noch mal an ihnen. Kenna seufzte tief. Ihr Becken bewegte sich ihm wieder entgegen. Sie konnte es kaum erwarten, seinen Schwanz endlich in sich zu spüren. Ihre Geilheit nahm weiter zu, obwohl er sich immer noch bei der »Vorspeise« aufhielt.

Endlich schob er sich nach unten, stellte sich kurz vors Bett, zog ihr das Höschen aus, betrachtete sie. Das jagte ihr einen Schauer der Erregung über den Körper. Er hatte ihren Körper noch nie gesehen und nahm ihn in sich auf, urteilte über ihn. Ein Lächeln von ihm sagte ihr, dass er ihn gut fand. Das löste einen kleinen Schwall Nässe in ihrem Schoß aus. Dann zog er seine Boxershorts aus und sein steifer Schwanz sprang hervor. Kenna war total überrascht. War es nicht so: kleine Männer, kleiner Schwanz – große Männer, großer Schwanz? Hier gab es eine Laune der Natur! Denn sein Schwanz war ziemlich groß. Wahnsinn! Kenna fand ihn umwerfend geil. Anscheinend spiegelte sich das auf ihrem Gesicht, denn Gilbert hatte sie prüfend angesehen, und grinste nun. Er ließ sich auf die Knie vor dem Bett nieder, zog gleichzeitig ihre Beine zu sich ran, sodass ihre Kniekehlen auf der Bettkante lagen. Sein Mund glitt zu ihrer Scham. Oh Gott, sie fühlte sich wieder an den Abend mit Nicholas erinnert.

Gilbert blickte hoch. »Alles okay?«, fragte er.

Kenna atmete flach. »Ja, ich hab da nur eine komische Erfahrung gemacht ... also ...«

»Keine Angst, ich bin ganz vorsichtig.«

Kenna fuhr bei dem Satz die Lust durch den Köper. Unglaublich! Sie öffnete ihre Beine noch ein Stück weit, um ihm ihr Ja zu signalisieren. Zeitgleich setzte sich in ihrem Hinterkopf fest, wie aufmerksam er war. Unglaublich, dass er bemerkt hatte, wie ihr Körper auf die Erinnerung reagiert hatte.

Seine Zunge war sanft, forschend, leicht. Sie entzündete ein regelrechtes Feuer in ihrem Unterleib. Als er wie eine Feder mit der breiten Seite seiner Zunge über ihre Klitoris glitt, stöhnte sie laut auf. Ihr Becken ruckte ihm wieder entgegen. Sie wollte mehr. Doch er war geduldig, zu geduldig für ihren Geschmack, denn ihr Herz klopfte schon wie wild und ihr Körper verlangte nach Erlösung. Das, was er ihr gab, war zu wenig. Es stachelte sie noch weiter an und sie hatte das Gefühl, nicht mehr Anstachelung zu ertragen. »Gilbert«, keuchte sie leise. Er hörte nicht auf.

Sie wühlte in seinen dunklen Haaren, presste sein Gesicht noch stärker auf ihre Scham. Seine Zunge wurde fester, kreiste auf der Klitoris. Kenna stöhnte laut. Ihr Unterleib rotierte, sie keuchte, wimmerte, spürte, wie der Saft aus ihrer Möse lief.

»Oh bitte, ich halte das nicht mehr aus, bitte, mach was ...«

Und er tat es. Seine Zunge flatterte fest über ihre Klitoris, ausdauernd und unnachgiebig. Kenna schrie ihre Lust heraus. Sie versank im Orgasmus. Alles um sie herum verlor an Bedeutung. Es gab nur noch seine Zunge, ihre Klitoris und den Orgasmus ...

Noch lange zuckte ihr Becken und ihr Atem ging stoßweise, bis sie sich beruhigt hatte. Selten hatte sie so einen unglaublichen Orgasmus erlebt. Selbst der von Nicholas konnte da nicht ranreichen. Sie wollte nicht an den Mistkerl denken und schob die Gedanken beiseite. Langsam öffnete sie die Augen. Gilbert hatte sich neben sie gelegt, sein Kopf lag etwas oberhalb von ihrem, sein Schwanz stupste an ihren Oberschenkel und ein Arm hatte sich über ihren Brustkorb gelegt.

»Das war geil«, seufzte sie zufrieden.

»Das hat man gehört – und die Nachbarn auch.«

Kenna lachte leise und sah Gilbert an. Er grinste.

Doch bevor er sich etwas einfallen lassen konnte, drückte Kenna sich hoch und schnappte sich seinen Schwanz. Er wollte protestieren, doch da hatte sie ihn schon im Mund. Sie hockte sich zwischen seine Beine und leckte seine steife Rute. Gilbert ließ den Kopf stöhnend ins Kissen sinken. Kenna genoss das Gefühl, endlich mal wieder einen harten Schwanz in ihrem Mund zu haben, danach hatte sie sich wirklich gesehnt. Und dass er so auf ihr Blasen reagierte, machte sie noch experimentierfreudiger. Sie schob sich stoßweise seinen Schwanz immer tiefer in den Rachen. Irgendwo hatte sie mal gelesen, wenn man sich entspannte und durch die Nase atmete, dann könnte man den Schwanz richtig tief reinschieben. Sie tat es. Beim ersten Mal würgte sie, entspannte sich noch mehr, schob ihn wieder tiefer, es klappte. Dann noch ein Stück und noch ein Stück. Sein Becken stieß an ihren Mund.

»Oh Gott, Baby ...«, hörte sie Gilbert keuchen.

Dann bewegte sie ihren Kopf. Langsam vor und zurück. Sein Schwanz war so tief in ihren Rachen getaucht, dass sie ihn kaum noch spürte, nur die leichte Reibung. Aber für Gilbert war es wohl umso intensiver. Er beugte sich ein Stück vor, packte ihren Kopf, und stieß sein Becken mit schnellen Stößen gegen ihren Mund.

»Tut mir leid«, keuchte er, als er sie richtig schnell fickte. In Sekundenschnelle war er da, stöhnte laut auf und sein Schwanz zuckte in ihrem Rachen. Kenna hielt still, schenkte ihm die Zeit, die er brauchte, ließ ihn keuchen und stöhnen, bis er in die Kissen zurücksank. Seine Brust hob und senkte sich schnell. Nach und nach beruhigte sich seine Atmung. Kenna zog ihren Kopf zurück und entließ seinen Schwanz aus ihrem Mund. Sie schluckte.

»Bin gleich wieder da«, raunte sie, lief ins Bad, trank ein paar Schlucke Wasser. Dann huschte sie ins Schlafzimmer zurück und legte sich dicht an Gilbert. Er nahm sie in den Arm.

»Das war richtig geil!«, flüsterte er.

Nie hätte Kenna von ihm erwartet, dass er solche Worte benutzte, dass er sich nahm, was er wollte und dass er sie Baby nannte! Und das alles, ohne respektlos ihr gegenüber zu sein.

Die ganze Zeit war sie auf der Suche nach einem harten Mann gewesen und hatte nicht gewusst, dass ihr längst einer vorgestellt worden war, den sie abgelehnt hatte.

Sie drehte sich so, dass sie ihn ansehen konnte und sagte: »Ich fand's auch geil! Und ich freue mich schon auf den Moment, wo wir miteinander verschmelzen.«

AUSGESPANNT

Dieses schöne Wellnesswochenende hatte Greta sich verdient! Schon Wochen vorher hatte sie sich darauf gefreut und nun war es endlich soweit. Ihr Zimmer war ein Traum, das Essen lecker, die Atmosphäre angenehm. Überall lief leise sphärische Musik. Sobald sie die Empfangshalle des Hotels betreten hatte, kam sich Greta wie in einer anderen Welt vor.

Den Freitagabend, ihrem Anreisetag, hatte sie mit einem wunderbaren Abendbuffet genossen und sich noch spät massieren lassen. Zwar hatte sie gehofft, es wäre ein männlicher Masseur gewesen, aber man konnte schließlich nicht alles haben. Auch die versierten Frauenhände hatten sie gut entspannen lassen. Greta hatte das Gefühl, selten so tief geschlafen zu haben wie hier.

Beim Frühstücksbuffet, das aus Kaffee, Pancakes, Ahornsirup, Toast und Honig bestand, hoffte sie, einen ihrer anderen Wünsche erfüllt zu bekommen, denn am Nachbartisch saß ein großer, gut aussehender Mann mit blonden kurzen Haaren, markanten Gesichtszügen, athletischem Körper, nahezu perfekt. Er würzte sich gerade sein Rührei mit reichlich Salz und Pfeffer. Anscheinend hatte er ihren Blick bemerkt, denn seine Augen sahen, noch während er den Pfefferstreuer schüttelnd über sein Rührei hielt, in ihre Augen. Ihr Herz machte einen Hüpfer und sie sah schnell weg. Wieso schaffte sie es eigentlich nicht, dem Blick eines Mannes standzuhalten? Im Stillen ärgerte sie sich über ihre Feigheit. Aber er hatte sein Frühstück ja noch nicht beendet, es bestand also noch die Möglichkeit einer zweiten Chance.

Auf ihrer Wunschliste stand: »Ein Freund / ein Mann«. Da sie schon längere Zeit männerlos war, hatte der Wusch sich von Platz eins auf Platz zwei ihrer Liste verschoben. Auf Platz eins stand jetzt: »Sex«. Aber nach diesem Prachtexemplar von Mann tauschte sie die Wünsche schnell wieder durch. Lieber so einen tollen Mann kennenlernen und lange Zeit des Beschnupperns in Kauf nehmen, als sofort Sex mit ihm zu haben und er würde danach verschwinden. So war es immer. Hatte man schnellen Sex mit einem Typen, wollte er nur genau *das* und war augenblicklich weg vom Kennenlernfenster.

Gerade als Greta sich mit unweiblich weit geöffnetem Mund, sie hatte sich etwas zu viel auf die Gabel getan, einen Happen Pancake hineinschob, zerplatzte ihr Traum vom Kennenlernen. Denn eine große schlanke Blondine setzte sich dem Traummann gegenüber. Blond zu blond. Greta war brünett. Mit ihrem verwuschelten Bob war sie wohl nicht so ein Leckerbissen, wie die blonde Lady in ihrem rosa Twinset. Greta fühlte sich eher wie der Abenteuer-Typ, während ihr Traumtyp mit dem Pfefferrührei wohl eher auf Barbie stand.

Das hätte also sowieso nicht gepasst, dachte Greta und besah sich den Hausprospekt. Wo war was? Es gab einen großen Pool, einen Whirlpool, mehrere Saunen – innen und außen –, zwei Ruheräume, Meditationsräume, Yogaräume, Solarien, Billard und Bowling. Billard und Bowling? Was passte hier wohl nicht ins Programm ...

Yoga wollte Greta immer schon mal machen. Das stand auch auf ihrer Wunschliste, nicht ganz so hoch wie Sex oder Traummann, aber es stand mit drauf. Allerdings würde man dort weder einen Mann kennenlernen können, geschweige denn sehen. Das war doch eher was für Frauen. Und sollte ein Mann Yoga machen, wäre er dann nach ihrem Geschmack? So ein richtig toller, sie mal ordentlich durchfickender Typ, den konnte man doch nicht auf einer Yogamatte finden, oder?

»Schatz, möchtest du heute auch meditieren?«, hörte Greta eine Frau ihren Mann am Nachbartisch fragen.

Richtig, das gehörte auch noch zu einer Sorte Mann, auf die Greta nicht stand. Männer, die meditierten, waren ihr suspekt. Die waren dann ja tiefenentspannter als sie. Womöglich würden sie ihr beim Sex die Hand auf den Bauch legen und sagen: »Entspanne dich, Engel, fühle das Chakra, fühle deine innere Kraft, bringe es in deine Mitte und lasse es aus dir herausfließen.« Nein, das war nichts für Greta. Sie brauchte einen Mann, der ihr die Hand auf den Bauch legte und sagte: »Halt dich gut fest, Süße, ich fick dich jetzt mal durch.«

Greta hob den Kopf und blickte in die Richtung, aus der sie die Frage der Frau gehört hatte. Es kam von der Blonden. Greta hielt die Luft an und versuchte, seine Antwort zu verstehen. Aber sie brauchte nicht angestrengt zu lauschen, denn er schüttelte nur den Kopf, und das mit zusammengezogenen Augenbrauen. Aha, es war also auch nicht sein Ding. Gut!

»Na schön, wie du meinst, aber ich muss jetzt los. Wir sehen uns dann um elf auf dem Zimmer. Was machst du jetzt?«

Er zuckte die Schultern, sagte dann aber: »Ich seh mich mal ein bisschen um.« Leiser fügte er hinzu, aber Greta hörte es trotzdem: »Ich kann ja das Bett schon mal für dich vorwärmen ...«

Oh ja!, schrie es in Greta. Was für eine Glücksblondine!

»Ich weiß nicht, ob ich nach dem Meditieren dazu Lust habe. Vielleicht heute Abend oder morgen. Paddy, wir sind hier, um uns zu entspannen und nicht, um Sex zu haben.«

Er brummte: »Das Eine schließt das andere ja nicht aus.«

»Ich muss jetzt los.«

»Hm ...«

Schnell blickte Greta auf ihren leeren Teller und nahm die Kaffeetasse, als die Blonde an ihr vorbeischwebte. Neben ihr blieb es still. Greta sah zum Nachbartisch. Was machte »Paddy«? Er blickte sie an. Ihr Herz machte wieder einen Hüpfer. Schnell weggucken. Diesmal war es schlimmer, denn sie wusste von seiner Absicht und genau diese Absicht teilte sie auch noch! Aber das ging ja nun nicht. Und was sollte sie jetzt tun? Aufs Zimmer und lesen? Sie hatte sich auf Massagen und Lesen gefreut. Die Massage von Freitag lag hinter ihr. Sie wollte sich entweder morgen früh oder eventuell heute Abend noch eine gönnen. Lesen konnte sie jetzt allerdings nicht, darauf würde sie sich nicht konzentrieren können. Sie war heiß. Sie brauchte Sex. Aber wenn sie ständig wegsah, konnte sie auch keinen bekommen. Wobei dieser Adonis ja eine Freundin oder Frau hatte ... Sie versuchte, sich von ihm abzulenken. Sie könnte schwimmen gehen. Ja, das war eine gute Idee. Sie erhob sich.

»Hallo«, hörte sie den Traumtypen sagen.

Flüchtig sah sie zu ihm, er konnte ja wohl schlecht sie gemeint haben. Doch, das hatte er, denn er blickte sie erwartungsvoll an.

»Hallo«, sagte Greta eine Spur zu leise.

»Gehen Sie auch zum Yoga oder Meditieren?«, fragte er.

»Nein«, antwortete Greta.

»Gut. Und was machen Sie, wenn ich fragen darf?«

Hoffen und warten, dass du mir anbietest, mich zu ficken, dachte sie sehnlichst, antwortete aber: »Ich gehe wohl eine Runde schwimmen.«

Er drehte ihr seinen Oberkörper mehr entgegen, damit er den Kopf nicht so sehr verdrehen musste. »Das klingt ja richtig begeistert ...«

184

Greta musste grinsen. »Na ja, ich bin mir noch nicht sicher, wo meine Lust mich hinführt.« Es sollte locker klingen und sie hatte es nur so daher gesagt. Aber seine Miene veränderte sich. Da wurde ihr bewusst, dass sie beide ja das Eine wollten, es aber unmöglich zugeben konnten. »Ich meine ...«

»Hast du Lust auf Billard?«

»Äh ... was?« Es dauerte eine Weile, bis sie mehrere Dinge überdenken konnte. Er hatte sie geduzt, er wollte Billard mit ihr spielen, jetzt, gleich ... oder wann? Konnte sie das überhaupt noch? War Billard nicht weit entfernt vom Sex? Doch lieber schwimmen? Aber nach dem vielen Frühstück sich im Bikini zeigen? Billard mit diesem Adonis? Billard um neun Uhr morgens?

»Billard«, wiederholte er. »Hast du das schon mal gespielt?«

»Ja ... ist aber eine Weile her.«

»Ich bin auch nicht so gut. Ist aber besser als Meditieren. Wollen wir eine kleine Partie spielen? Danach können wir ja schwimmen gehen.«

Greta musste jetzt etwas antworten. Es war nicht so schwer Ja oder Nein zu sagen. Diese beiden Wörter befanden sich bereits seit Langem in ihrem Wortschatz.

Er erhob sich. »War vielleicht 'ne doofe Idee.«

Okay. Jetzt war eine Antwort fällig, sonst war er weg – er und die Möglichkeit. »Ja, okay«, hörte sie sich sagen.

Er drehte sich wieder zu ihr. »Echt?«

»Aber wie gesagt, es ist schon lange her bei mir.«

»Macht nichts. Ich bin übrigens Patrick.«

»Greta.«

»Klasse! Vielleicht gefällt es mir doch noch in diesem be-scheuerten Wellness-Tempel.« Er ging vor und als er zur Tür kam, hielt er sie auf und ließ Greta den Vortritt. Schließlich übernahm er wieder die Führung, denn er wusste, wo sich die beiden Billard-Tische befanden.

Greta konnte es nicht fassen. War es wirklich das, was sie wollte? So lange hatte sie sich auf Wellness gefreut und nun spielte sie Billard ...

Fast hätte sie Patrick mit dem Queue ein Auge ausgestochen, als sie versuchte, zu prüfen, welcher für sie der Idealste war. Aber eigentlich war das völlig egal, denn sie war froh, wenn sie die weiße Kugel traf, egal mit welchem Queue. Sie kam ganz gut ins Spiel rein, besser als sie dachte, und auch Patrick schien es mit ihr Spaß zu machen. Doch leider, das stellte sie nach und nach fest, war das eine total berührungslose Betätigung. Jeder war immer weit vom anderen entfernt. Mit Erotik hatte das nicht viel zu tun. *Na gut*, dachte Greta, *dann verbuche ich es eben unter dem Konto Spaß.*

Das Lustige war, dass Greta bereits drei Kugeln in ein und dasselbe Loch versenkt hatte. Patrick hatte schon vier Kugeln drin, allerdings in unterschiedlichen Löchern, und war auf dem besten Weg, die fünfte reinzumachen. Greta beobachtete ihn. Er war konzentriert und tief über den Tisch gebeugt. Er sah klasse aus! Seine Oberarmmuskeln lugten unter dem Kurzarm-T-Shirt hervor, seine rechte Hand wippte prüfend mit dem Queue vor und zurück.

»Ich werde jetzt in dein Loch stoßen«, sagte er.

Sofort lief es Greta heiß durch den Körper. »Was?«, schaffte sie zu fragen.

»Du hast in dem rechten Loch schon drei Kugeln drin. Das ist also dein Loch. Und da werde ich ...« Er zielte und stieß, die rote Kugel landete tatsächlich in der Billardtasche, die er angekündigt hatte. »... die Kugel versenken.«

»Ach so ...«, sagte Greta und biss sich sofort auf die Lippen.

Er blickte zu ihr rüber. »Wieso, was hast du denn gedacht?«

Schnell überlegte sie sich eine Antwort, aber ihr fiel nichts ein. Langsamen schlendernden Schrittes kam Patrick zu ihr, bis er ganz dicht vor ihr stand. Ihr Herz klopfte schneller. Dieser Typ sah so unverschämt gut aus. Er machte sie total an. Auch seine wissende, männliche Art ...

»Hm? Was hast du gemeint, als ich sagte, dass ich jetzt in dein Loch stoßen werde?«

»Keine Ahnung.«

Er betrachtete sie. »Darf ich dich mal anfassen?«, fragte er.

Ihr blieb fast das Herz stehen. Ohne Nachzudenken, nickte ihr Kopf. Sie war wahnsinnig! Dann spürte sie eine Hand auf ihrem Busen. Sie knetete eine ihrer Brüste. Sofort richteten sich ihre Nippel auf. Er erspürte den Nippel und presste ihn rollend auf ihrem Shirt zusammen. Ihr entfuhr ein Seufzer. Dann legte sich seine Hand auf ihre andere Brust und wiederholte dort das Spiel, nur mit dem Unterschied, dass ihr zweiter Nippel sich ihm bereits willig entgegenreckte. Sie seufzte erneut, spürte, wie Wärme ihren Körper durchfuhr. Nur am Rande bekam sie mit, dass er den Queue an den Billardtisch lehnte. Sobald er beide Hände frei hatte, fuhr er unter ihr T-Shirt zog den BH unter die Brüste und zwirbelte ihre Warzen. Greta stöhnte. Sie brauchte einen Gegenpart für ihren entzündeten Schoß. Auch wenn es nicht die feinste weibliche Art war, so drückte sie ihren Schoß dennoch an seine Hüfte und rieb sich an ihm. Ein Stöhnen kam ihr über die Lippen. Dann spürte sie, wie sein Mund sich auf ihren senkte und sie küsste. Seine Hände blieben weiter tätig und entfachten das Flämmchen in ihrem Körper zu einem großen Feuer. Ihr Atem ging schnell und ihr Innerstes sehnte sich nach einem Fick von ihm. Sie war scharf und hätte alles dafür getan. Der Billardtisch ... Ohne Umschweife setzte sie sich auf den Rand des Tisches und öffnete ihre Beine. Doch sie trug einen Rock, der verhinderte, dass sie die Beine weit spreizen konnte.

Patrick reagierte sofort. Er hob sie vom Billard-Rand, schob ihren Rock auf die Hüfte, zog ihr das Höschen aus und setzte sie wieder zurück. Greta dachte nicht nach, folgte nur ihren Gelüsten. Sie spreizte die Beine für ihn und er hatte nun vollen Einblick in ihre rasierte Möse. Sein Blick sprach Bände. Er wollte sie, sofort! Ein Blick auf seine Jeans zeigte ihr, wie sein Glied darunter bereits ordentlich angeschwollen war. Und es schien genau solche Lust auf das zu haben, was nur eine Frau ihm geben konnte.

Patrick nestelte an seiner Jeans, riss die Knopfleiste auf und ...

»Paddy?«

Dieser Ruf zerriss alles. Die Zeit schien stillzustehen. Für beide. Greta sah, wie der Staub in dem Raum in dem einzigen Sonnenstrahl, der sich durchs Fenster stahl, in der Luft schwebte. Sie glaubte, dass ihr Herz nicht mehr weiterschlagen würde. Der gleiche Schock stand auch Patrick ins Gesicht geschrieben.

Er besann sich als Erster. Sein einziges Wort weckte sie beide wieder auf. »Scheiße!«

Sofort schloss er seine Hose und hob Greta mit einer flinken Bewegung vom Billardtisch, und ebenso schnell zog er ihr den Rock sittsam wieder hinunter. »Tut mir leid«, flüsterte er. »Das ... das ist ... meine Freundin.«

»Ich weiß«, gab Greta leise zurück.

Verblüfft riss er die Augen auf. »Woher ...«, setzte er an, doch die Tür wurde aufgedrückt. Ein blonder Schopf erschien.

Greta wich einen kleinen Schritt von Patrick zurück.

»Paddy?« Patricks Freundin blinzelte ins Halbdunkel, dann schien sie ihn zu erkennen. »Ach, hier bist du. Was machst du denn ... Wer ist denn *das*?« Sie drückte auf einen Lichtschalter an der Tür.

Greta schloss geblendet die Augen.

»Das ist Greta. Wir spielen Billard. Sylvia, könntest du bitte das Licht wieder ausmachen.«

»Damit ich nicht sehe, was für steife Nippel die Schlampe hat?«

Greta fiel siedend heiß ein, dass ihr BH ja noch immer unterhalb ihrer Brüste lag. Und klar, so schnell konnten ihre Nippel auch nicht wieder auf Normalzustand umschalten, obwohl es ihr durch Sylvia leicht gemacht wurde.

»Bitte, Darling, es ist viel harmloser, als du denkst«, versuchte Patrick, sie zu beruhigen. »Wir haben nur gespielt.«

»Ja, aber anscheinend kein Billard!« Und schon war Sylvia aus dem Raum verschwunden, nicht, ohne für die beiden das Licht wieder auszuschalten.

Patrick seufzte. »Tut mir leid.«

»Schon gut«, sagte Greta und zog sich den BH über die Brüste.

»Woher wusstest du, dass sie meine Freundin ... ach, vom Frühstückstisch, richtig?«, fragte Patrick.

Greta nickte.

»Und du hättest es trotzdem mit mir getrieben?«

Greta nickte erneut.

Patrick kratzte sich im Nacken. »Puh ... Das wäre eine richtig geile Nummer geworden! Meine Freundin ist selber schuld, sie lässt mich mit Glück einmal die Woche ran ... Kein Wunder, dass ich total aufgeladen bin! Hast du einen Freund?«

»Nein.«

Er schüttelte den Kopf. »Verdammt!« Dann seufzte er wieder. »Ich muss los. Auch wenn ich das auf gar keinen Fall will. Sehen wir uns wieder?«

»Vielleicht. Das liegt wohl an dir.«

»Ja, ich weiß ... tut mir so leid.«

Greta stupste ihn an. »Nun hau schon ab, sonst hast du noch mehr Ärger an der Backe.«

Er beugte sich zu Greta und gab ihr einen Kuss auf den Mund. »Bis bald. Ich werde dich finden und dann ficken!« Damit verschwand er aus dem Billard-Zimmer. Der Staub tanzte noch immer in dem einzigen Sonnenstrahl.

***

Greta hatte sich vor fünfzehn Minuten auf ihr Bett geworfen und lag seitdem noch immer regungslos dort. Sie dachte an Patrick. Gegen ihren Willen auch an seine Freundin. Wie konnte man so leben? Von ihrer Seite aus mit einem Typen, der ständig wollte, obwohl man keinen Bock auf ihn hatte – für Greta total unvorstellbar – und von seiner Seite aus mit einer Frau, die so gar nicht wollte, obwohl sie einen Helden an ihrer Seite hatte – für Greta noch unvorstellbarer! Wieso reservierten solche frigiden Frauen solche potenten Männer? Und wieso blieben solche geilen Böcke bei solchen Stumpfnattern? Greta seufzte. Sie wälzte sich zur Seite und auf den Bauch. Ihre rechte Hand lag unter ihrem Venushügel. Sie bewegte sie leicht und sofort schossen ihr die Gefühle durch den Körper. Sie hielt ihre Finger still, ließ ihren Unterleib auf der Hand kreisen und stöhnte. Dazu rief sie sich das Gesicht von Patrick vor Augen, auch seine große Beule in der Hose. Schade, dass sie seinen Schwanz nicht gesehen hatte. Aber nun konnte sie sich den schönsten Schwanz zu seinem Gesicht vorstellen, das war vielleicht auch nicht schlecht. Vor ihrem inneren Auge sah sie, wie sich sein dicker Prügel in ihre nasse Möse rammte. Greta hatte die Augen geschlossen. Diese Vorstellung war so intensiv, dass sie seinen harten Schwanz förmlich in sich spürte. Zwei ihrer Finger zwängten sich an ihrem Höschen vorbei und glitten in ihren Möseneingang. Greta stöhnte. Das tat so gut! Das machte sie so geil. Ihre Finger stießen schneller in sie, dazu zog Greta ihr rechtes Bein an und krallte sich mit der linken Hand ins Kissen. Sie war so scharf, dass es ihr gleich kommen würde. Ihre Hand wurde immer schneller. Greta keuchte und keuchte. Dann war ihr Höhepunkt da. Heftig! Sie schrie ins Kissen, während ihre Gedanken verrücktspielten und sich vorstellten, wie Patrick seinen Samen auf ihren Körper spritzte. Ja, sie wollte von ihm besudelt werden, wollte von ihm benutzt werden, wollte, dass er sich an ihr abreagierte und sie der Grund war, weswegen er so hammergeil war.

Schwer atmend blieb Greta auf dem Bett liegen. Sie freute sich gleich auf Runde Nummer zwei. Denn dieser erste Eigenfick war nur die Aufwärmrunde. Sie kannte ihren Körper nur zu gut, um zu wissen, dass der zweite Höhepunkt den ersten noch würde toppen können. Doch eine kleine Pause brauchte sie schon, sonst war sie zu empfindlich.

Nach etwa drei Minuten bewegten sich ihre Finger wieder. Augenblicklich kam die Lust zurück, und wie Greta es geahnt hatte, noch heftiger. Ihr Unterleib kreiste auf der Bettdecke, ihre Finger warteten noch. Erst mal anheizen. Nach einer Weile, als sie spürte, dass das Lustfeuer wieder entfacht war, nahm sie ihre Finger zu Hilfe und stöhnte. Schon jetzt kamen ihr die Laute wesentlich kräftiger über die Lippen, als beim ersten Mal. Sex war einfach so geil. Greta stieß erneut in sich, stöhnte ins Kissen, massierte und fickte sich, genoss und freute sich auf den heranrollenden Orgasmus.

»Oh, Velzeiung.«

Greta schoss nach oben. Vor ihrem Bett stand ein kleiner Asiate. »Was tun Sie hier?!«, herrschte sie ihn an.

»Ich denken, Sie mich gehölt haben. Velzeiung.«

»Nein, ich habe Sie nicht gehört. Was machen Sie hier?«

»Ich machen Zimmel saubel.«

»Jetzt?«

»Jeden Molgen ich machen Zimmel saubel.«

»Hätten Sie nicht klopfen können?«

»Das ich haben.«

»Und hätten Sie nicht laut fragen können?«

»Das ich haben. Aber Sie zu laut waren.«

Entsetzt blickte Greta den Asiaten an. Sie hätte liegenbleiben können, doch es wurde ihr langsam zu peinlich. Obwohl dieser kleine Mann ohne »R« ihr echt hätte egal sein können. Doch nun war sie genervt. Ihre schöne zweite Runde!

»Nein, nein. Bitte bleiben liegen. Ich wiedel gehen.«

»Nein, schon gut. Ich gehe. Wollte sowieso zum Schwimmen.« Greta schnappte sich ihre Badetasche und zog die Schuhe an.

»Abel ich kann kommen spätel wiedel. Sie können machen Sex weitel.«

Sofort hörte Greta auf, ihre Schuhe anzuziehen, und blickte den kleinen, grinsenden Mann entsetzt an. Dann beeilte sie sich, aus dem Zimmer zu kommen.

»Es sein keine Ploblem fül mich«, versuchte der Asiate es erneut.

»Für mich aber«, gab Greta mit rotem Kopf und ertappt von sich. »Machen Sie ruhig das ›Zimmel saubel‹!« Damit verschwand Greta ruck zuck aus der Tür und lief in Richtung Schwimmbad.

***

Sie suchte in ihrer Badetasche. Um reinzukommen, benötigte sie eine Chip-Karte. Da, sie hatte sie. Es klappte. Als sie in der Umkleidekabine war, zog sie sich aus und wühlte in ihrer Badetasche nach dem Bikini. Doch er war nicht drin. Fassungslos starrte sie in ihre Tasche. Das konnte doch nicht wahr sein! War sie nun völlig bescheuert? Aber es nützte nichts. Wenn sie nicht vollkommen nackt im Schwimmbad auftauchen wollte, blieb ihr nichts anderes übrig, als sich wieder anzukleiden. Fluchend tat sie es und stand sieben Minuten später wieder vor dem Eingang des Schwimmbades. Was sollte sie jetzt tun? Zurück in ihr Zimmer wäre ein Ding der Unmöglichkeit, denn dem kleinen dreisten Asiaten, der genau gewusst hatte, was sie auf ihrem Bett gemacht hatte, wollte sie nicht noch mal begegnen. Sie blickte auf die Uhr. Es war halb elf. Zu spät, um noch das Spätfrühstück zu genießen, zu früh, um Mittag zu essen. Gut, sie musste also aktiv werden. Billard fiel aus, weil ihr der Spielpartner fehlte, Bowlen dito. Greta ging zur Empfangshalle und blickte auf den Plan. Yoga, Pilates, Meditation ... Die Auswahl war nicht ihre. Sie hatte nicht mal ihr Buch eingepackt! Greta ärgerte sich. Sie beschloss, auf ihr Zimmer zu gehen und sich zur Not mit dem Asiaten wieder anzulegen. Doch als sie einen Umweg zu ihrem Zimmer lief, half ihr der Zufall, denn sie kam am Eingang der Sauna vorbei. Diese hatte bereits geöffnet. Entschlossen zog Greta die Tür auf. Es gab hier aber gar keine Sauna, sondern einen großen Empfangsbereich.

Hinter einem Tresen saß eine ältere Dame und blickte in einen Computer. Als sie Greta wahrnahm, richtete sie ihren Blick auf sie und lächelte. »Guten Morgen. Wie kann ich Ihnen helfen?«, fragte sie.

»Ich wollte eigentlich in die Sauna ...«, sagte Greta.

»Das ist schön. Wir haben hier eine große Saunalandschaft, mit Innen- und Außensaunen. Sie können draußen in unserem Zen-Garten liegen oder innen in einem von unseren zwei Ruheräumen. Wir haben innen Duschen und außen ein großes Tauchbecken, in Form eines Sees. An einer Bar bekommen Sie kostenlos Erfrischungsgetränke. Möchten Sie drei oder sechs Stunden bleiben? Drei Stunden kosten acht Dollar und sechs Stunden zwölf Dollar.«

»Oh, ich wusste nicht, dass es etwas kostet, Moment ...« Greta wühlte in ihrer Badetasche und hoffte, acht Dollar zu finden.

»Wir können es auch auf Ihr Zimmer buchen lassen, wenn Sie möchten.«

»Oh ja, das wäre wunderbar.« Dankbar nahm Greta das Angebot an und nannte ihre Zimmernummer. Dann begab sie sich zu einem großen Umkleideraum, wo es lauter kleine Spinde gab. Beruhigende Musik ertönte aus Lautsprechern, die nicht zu sehen waren. Ruck zuck war Greta nackt und schlang sich ihr Handtuch um den Oberkörper. Dann schloss sie ihre Sachen ein und besah sich die Saunalandschaft. Diese war wirklich ungeahnt groß und wunderschön angelegt. Auch im Außenbereich, wo sich gleich vier Saunen befanden, gab es Wege mit kleinen flachen Platten und in der Mitte des Zen-Gartens einen großen See. Der eine Teil war für Fische und Pflanzen angelegt und der andere Teil, durch eine Trennwand unter Wasser, war das Tauchbecken, in dem sich nur klares Wasser befand. Das wollte Greta gern ausprobieren. Dafür musste sie allerdings erst mal in die Sauna. Sie entschied sich für eine 90-Grad-Sauna im Außenbereich. Niemand war darin. Kein Wunder, es war morgens und die meisten machten mit Sicherheit Yoga oder Pilates.

Greta war ganz entzückt von dieser Sauna, denn, und so etwas hatte sie noch nie gesehen, dort befand sich ein echter Ofen in der Mitte mit echten Holzscheiten und echtem Feuer. Sie lächelte und suchte sich ein Plätzchen auf einer der mittleren Saunabänke. Anfänglich setzte sich Greta hin, um sich an die Wärme zu gewöhnen, doch dann, das hatte sie sich vorhin vorgenommen, legte sie sich lang. Greta hatte sich noch nie in der Sauna hingelegt. Das war ein schönes Gefühl ... Die Wärme, die Atmosphäre, einfach wunderbar.

Nach einer Weile hörte sie, wie sich die Tür mit einem Ruck öffnete. Sofort stellte sie sich vor, dass es Patrick wäre. Niemand grüßte. Das konnte doch nur bedeuten, dass *er* es war und sie überrascht anstarrte. Sie drehte ihren Kopf zur Seite und öffnete mit leichtem Herzklopfen die Augen. Sie blickte auf einen breiten Hintern. Eine Frau legte gerade ihr Handtuch ganz ordentlich auf die unterste Saunabank, dann platzierte sie sich selbst darauf. Eine Frau ohne Gruß, naja. Greta drehte ihren Kopf wieder zurück und schloss die Augen. Dass die Frau nicht gegrüßt hatte, fand Greta blöd, denn es vermittelte ihr ein Gefühl von »nicht zusammen in der Sauna zu sein«. Es wirkte so, als wenn jeder sein eigenes Ding machte, wobei Greta es beruhigend fand, jemanden noch hier drin zu wissen.

Die Tür öffnete sich. Das war ja wie im Taubenschlag. Ein Schwung kühler Luft wehte herein und Greta hörte, wie ein paar Blätter auf dem Boden raschelten. Es waren tatsächlich Blätter in der Sauna! Gut, wenn man sich eine Außensauna aussuchte, dann musste man damit wohl rechnen. Greta drehte wieder ihren Kopf, um sich zu vergewissern, wer jetzt mit in die Wärme gekommen war. Ein junger, schlanker Mann. Er schien ganz in sich selbst versunken und summte vor sich hin. Greta schielte zu der Frau. Diese linste mit gekräuselter Stirn durch ihre Sehschlitze und schnappte nach Luft, als der junge Mann sein Handtuch ausschlug, weil ein Blatt vom Boden daran hing. Den heißen Hitzeschwall konnte Greta bis zu ihrer Bank spüren.

»Passen Sie doch auf«, ranzte die Frau ihn an.

»Oh, pardon«, sagte er, kletterte umständlich über die Frau, wobei sein Penis fast ihr Gesicht berührte, und versuchte, sich auf die oberste Bank zu legen.

Greta grinste in sich hinein.

Zwar war die Frau sichtlich genervt, aber ihre Nippel hatten sich sehr steif emporgehoben. Sie blickte noch immer mit ver- ärgertem Gesicht zu dem Mann, allerdings sah sie ihm nicht ins Gesicht, sondern auf seine Männlichkeit. Greta konnte es genau erkennen. Diese war allerdings entspannt und baumelte von seiner Mitte herab, und sein Summen erfüllte ganz leise die Sauna. Kaum lag er, stand er wieder auf.

»Die Damen, darf ich einen Aufguss machen? Ich sehe hier Orange-Rosmarin-Duft«, fragte er und stieg wieder etwas umständlich über seine unter ihm liegende Banknachbarin.

Gerade wollte Greta, mit unterdrücktem Lachen, seine Frage bejahen, als die Dame ihn anfuhr: »Auf keinen Fall! Und jetzt legen Sie sich hin und halten Sie endlich die Klappe! Ich brauche meine Ruhe.«

»Sehr wohl, Madame«, sagte er kleinlaut.

Greta biss sich von innen auf die Lippen, um nicht laut loszulachen. Und als sie noch mal kurz rüberblickte, konnte sie sehen, wie der junge Mann sich wieder umständlich über die Dame hangelte, wobei sein Penis sie diesmal im Gesicht traf. Mit einem Ruck, wobei sie ihren Kopf fast an seinen Eiern stieß, kam sie nach oben, rief: »Jetzt legen Sie sich endlich hin, in Herrgottsnamen! Und hängen Sie mir nicht ständig Ihr Gebaumel ins Gesicht!« Dabei fuchtelte sie wild mit den Händen in der Luft herum, als wollte sie eine lästige Fliege verscheuchen. Ihr massiger Busen wogte dabei hin und her.

Das war zu viel des Guten. Greta konnte sich nicht mehr halten vor Lachen. Sie erhob sich, viel zu schnell, taumelte zur Tür, wobei sie schon prusten musste. Kaum war sie draußen und hatte die Tür hinter sich zugeknallt, lachte sie laut los und bekam sich kaum noch ein. Lachend lief sie zum See und da sie gerade so gut drauf war, hüpfte sie einfach in das Tauchbecken. Das hätte sie mal lieber gelassen. Denn das schnelle Hochkommen aus der Sauna, das Verlassen der Hitze und der Schock des kalten Wassers waren wohl ein bisschen viel. Nach Luft japsend stand sie auf dem Boden des Tauchbeckens, wobei ihr das Wasser bis zum Hals reichte, und konnte nicht atmen.

»Hey, alles okay bei dir, oder gehört das zum Entspannungs-atmen?«, hörte sie über sich jemanden fragen.

Statt einer Antwort japste sie weiter, konnte sich noch immer nicht bewegen. Mit zwei Schritten war der Mann auf der Leiter, die ins Wasser führte, ergriff ihre Hände und zog sie mit sich nach oben. An Land füllten sich ihre Augen mit Tränen, während sie noch immer japste und den Mann ansah. Es war Patrick!

Mit einem breiten Grinsen legte er ihr das Handtuch um und berührte dabei, wie unabsichtlich, ihre Nippel. Dann rubbelte er ihre Arme, während er scherzhaft mahnend sagte: »Und das nächste Mal wird die Badeleiter benutzt! Außerdem, immer schön das tun, was hier verlangt wird: ›Vor dem Betreten des Tauchbeckens bitte abduschen‹.«

Nach und nach beruhigte sich Gretas Körper und ihre Atmung ebenfalls. »Danke«, sagte sie leise, während ihr Körper noch immer von seinem Rubbeln geschüttelt wurde.

Schließlich hörte er auf. »Am liebsten würde ich dich kurz in den Arm nehmen, aber leider geht das nicht.«

»Ist deine Freundin hier?«, fragte Greta, ihr Hals tat noch weh.

»Jepp. Sie ist in der 100-Grad-Sauna.«

Greta riss die Augen auf. »Was? Wirklich? 100 Grad?«

»Ja, sie ist wahrscheinlich der einzige Mensch, der dort jemals drin war seit Erbauung der Saunalandschaft. Welcher Selbstmörder würde das schon freiwillig tun ...«

Greta schmunzelte.

»Und«, sagte er und blickte sie herausfordernd an, »kann ich es in einer ruhigen Ecke mit dir treiben? Du hast mich schon wieder scharf gemacht.«

»Ich gehe rein und hole mir an der Bar ein Wasser«, sagte Greta schnell.

»Gute Idee. Ich komme mit und bestelle mir einen doppelten Whiskey, damit ich das Saunieren überlebe.«

»Klingt so, als wärst du kein großer Freund von Saunen«, schlussfolgerte Greta belustigt.

Statt einer Antwort seufzte und brummte Patrick, folgte ihr dann nach drinnen. Er nahm sich auch ein Wasser. Als er zwei Schlucke getrunken hatte, sahen beide durch die große Panoramascheibe, wie Patricks Freundin Sylvia aus der 100-Grad-Sauna kam. Ihr Kopf war rot, ihr Köper nass vom Schweiß. Sie ließ ihren schlanken Körper mit den kleinen festen Brüsten und der blonden, behaarten Scham mit einer eleganten Bewegung ins Tauchbecken gleiten.

Wow, was für ein Auftritt, dachte Greta, kein Wunder, dass Patrick mit so einer Heldenfrau zusammen war. Sie sah zu Patrick, doch der guckte überhaupt nicht zu seiner Freundin, sondern starrte Greta auf die üppigen Brüste. Erst jetzt bemerkte sie, dass ihr Handtuch sich verabschiedet hatte und nach unten gerutscht war. Als sie es mit einem Ruck wieder hochzog, blickte er Greta ins Gesicht und flüsterte: »Du bist so eine verdammt sexy Frau! Wenn ich nicht bald in dich eindringen darf, werde ich wahnsinnig.«

Greta konnte kaum glauben, was er da sagte. Anscheinend war er bereits wahnsinnig! Sie seufzte und rutschte vom Barhocker. Dann blickte sie sich nach den Ruheräumen um.

»Bis später, du verführerische Person! Ich werde dich finden!«, rief Patrick Greta hinterher.

Sie schmunzelte darüber, sah sich aber nicht um. Der Ruheraum war unglaublich schön. Vier lange, breite Liegen mit einer dicken Polsterauflage standen vier weiteren gegenüber. Leise asiatische Musik erklang. Die Decke des Raumes war rot und abgehängt, dahinter war gedämpftes Licht. Das Kaminfeuer prasselte und beleuchtete den schwarz-weißen Raum. Greta ließ sich nieder und entspannte. Sie stellte sich vor, wie es wäre, wenn Patrick jetzt reinkäme und über sie herfiele. Sie hätte nichts dagegen. Doch er kam leider nicht. Er und sein Schwanz blieben, wo sie waren, an der Bar, und später würden sie neben seiner bocklosen Freundin liegen und verkümmern.

Nach etwa fünfzehn Minuten Ruhen entschloss sich Greta, in eine nicht ganz so heiße Sauna zu gehen. Sie entschied sich für die Bio-Sauna. Die hatte sechzig Grad. Das war jetzt das Richtige für sie. An der Bar war Patrick nicht mehr zu sehen. Als Greta an der Panoramascheibe entlangging, blickte sie nach draußen in den Zen-Garten und zum See, samt Tauchbecken. Sie musste zweimal hinsehen, sonst hätte sie es nicht geglaubt. In dem Tauchbecken waren eine Frau und ein Mann, eng um-schlungen, aber es waren nicht Sylvia und Patrick, sondern die beiden aus Gretas Sauna! Ungläubig schüttelte sie den Kopf. Wo die Liebe eben hinfiel ... oder der Sex!

Sie zog die Tür der Bio-Sauna auf. Zwei Frauen saßen hier, beide auf der rechten Seite der mittleren Bank. Greta hatte es gern etwas Wärmer, müsste dafür also die oberste Bank nehmen, aber sie hatte keine Lust, von den beiden Frauen auf der gegenüberliegenden Seite angestarrt zu werden. Deswegen entschied sie sich auch für die rechte Seite und legte sich über die Frauen. Beide unterhielten sich leise und grüßten Greta zurück.

Diese Sauna war wirklich angenehm. Sie dachte an Patrick. Schon wieder. Ständig dachte sie an ihn. Das musste aufhören!

Die Tür öffnete sich. Greta sah kurz hin. Es war Sylvia. Oh Schock! Ihr Herz schlug automatisch schneller. Würde Patrick ihr folgen? Gebannt hielt sie ihren Kopf leicht angehoben. Sylvia hatte die Tür nicht geschlossen, jemand kam herein. Es war Patrick! Ihr Herz machte einen Satz. Er checkte die Lage. Erst ging sein Blick zu den Frauen, dann zu ihr, seine Augen blieben an ihren hängen, nur zwei Sekunden, höchstens drei, dann ging sein Blick zur freien mittleren Holzbank, ihr und den

Frauen gegenüber. In Ruhe ließ er sein Handtuch von seiner Hüfte gleiten, zog es mit beiden Händen in die Breite und packte es auf die mittlere Bank und setzte sich drauf. Hinter ihm, auf der obersten Bank, legte sich seine Freundin lang.

Nach einer Weile beugte er den Oberkörper vor und stützte die Unterarme auf den Oberschenkeln ab. Die Frauen hatten ihr Gespräch eingestellt und sahen zu ihm rüber.

Ja, dachte Greta, *guckt euch den blonden Leckerbissen genau an. Der gehört mir!*

Was dachte sie da … Er gehörte natürlich Sylvia. Aber ihr Wunsch, ihn heute noch in sich zu spüren, wurde langsam unerträglich. Er blickte hoch und ihre Augen trafen sich. Mein Gott, konnte er Gedanken lesen? Schnell drehte sie den Kopf nach oben, starrte an die Decke und schloss die Augen.

Die Frauen redeten weiter. Dann hörte Greta Sylvia etwas sagen und dann die tiefe Stimme Patricks, so leise allerdings, dass sie nichts verstand.

Nach etwa fünf Minuten verließen die beiden Frauen die Sauna. Nun lag Greta für jeden sichtbar auf der obersten Holzbank. Sie traute sich nicht, zu Patrick und seiner Freundin zu sehen. Nach einer Weile hörte sie Patrick fragen, ob sie raus wollten. Sylvia sagte entschieden Nein, denn sie würde noch nicht mal schwitzen. Kurz blickte Greta zu Patrick. Sein Oberkörper war schon nass, er kratzte sich gerade am Hinterkopf. Da er nicht zu ihr blickte, riskierte sie einen Blick auf seinen Schwanz. Er war entspannt, lang und schön. Ihr Herz klopfte schneller. Jetzt nur nicht verrückt machen lassen, ermahnte sie sich. Er seufzte. Schnell warf Greta noch einen Blick auf Sylvia. Sie lag auf der Bank wie eine Fee, dann drehte sie den Kopf zurück und schloss die Augen.

Nach einer Weile seufzte Patrick erneut. Greta konnte sich keine Sekunde entspannen, sie dachte ständig an ihn und dass er bestimmt ihren Körper scannen würde. Sie guckte vorsichtig zu ihm rüber. Als er ihren Blick bemerkte, lächelte er, dann leckte er sich langsam über die Lippen und starrte auf ihr rasiertes Schamdreieck. Sofort schoss die Hitze wie ein Blitz durch ihren Körper. Schnell schloss sie die Augen, aber das Bild blieb in ihrem Kopf.

Ein paar Minuten später spürte sie, wie ihr die ersten Schweißtropfen am Körper entlangliefen. Sie hörte, wie Patrick erneut fragte, ob sie rauswollten. Doch Sylvia klang ziemlich genervt, als sie ihm zuzischte: »Hältst du denn gar nichts aus?!«

Patrick verschränkte die Arme und blickte mit zusammengepressten Lippen auf seine Füße, dann hob er den Blick und sah Greta an. Sein Mund öffnete sich leicht. Sie sah ihm auf die feuchten Lippen und dann eine Etage tiefer. Sein Schwanz hatte sich leicht erhoben, er zuckte. Patrick grinste sie an. Greta merkte, wie es zwischen ihren Schamlippen nass wurde, und das lag in diesem Moment nicht an der Sauna. Sie schloss wieder die Augen und hörte ihn unter der Hitze seufzen. Sie sah seinen Schwanz im Geiste vor sich. Patrick stöhnte. Augenblicklich stellten sich ihre Nippel auf. Greta spürte, wie sie immer härter wurden und sich jedes Mal, wenn Patrick stöhnte, noch mehr zusammenzogen. Gretas Atmung beschleunigte sich. Die Lust glitt durch ihren Körper. Sie stellte sich vor, wie es wäre, wenn er jetzt einfach zu ihr käme und sie mitten in der Sauna ficken würde. Oh Gott, das wäre so genial! Diese Vorstellung ließ ihren Atem noch schneller gehen und die Lust durch ihren Körper rauschen. Sie konnte es nicht mehr aushalten. Gleich würde man sie hören können, vor allem: Sylvia würde sie hören!

Greta schlug die Augen auf und sah zu Patrick. Dieser starrte ihr auf die Brüste, sein Atem ging auch schneller. Als er bemerkte, dass sie ihn ansah, glitt sein Blick zu ihren Augen, seine Brust hob und senkte sich schwerfällig. Sie beide waren wahnsinnig, wahnsinnig nach einander!

Greta musste raus. Sie hielt es nicht mehr aus. Schnell schnappte sie sich ihr Handtuch und stieg mit zitternden Knien die zwei Bänke hinab. Ein vergewissernder Blick zu Sylvia sagte, dass es ihr egal war, ein kurzer Blick zu Patrick zeigte Greta einen fragenden, entsetzten Geschichtsausdruck. Seine rechte Hand zuckte kurz, als wollte sie Greta zurückhalten. Doch er ließ sie an sich vorbeihuschen.

Die kühle Luft umwirbelte Greta, kühlte sie aber nicht ab. Sie schwitzte, äußerlich und innerlich. Jetzt brauchte sie unbedingt eine kalte Dusche. Sie machte sich nicht mal die Mühe, ihr Badetuch um den Körper zu schlingen, sondern hielt es sich lediglich vor die Brüste gedrückt. Die Nippel waren so empfindlich und empfänglich, dass sie Greta einen Schauer der Lust durch den Körper jagten, als sie das Handtuch dagegen presste.

Als sie die Duschen erreicht hatte, drehte sie diese erst auf lauwarm und dann auf kälter. Sie japste unter der Kälte, ihre Nippel wurden steinhart. Das tat unendlich gut! Aber ihre Lust verschwand nicht. Im Gegenteil. Durch das Japsen schien es ihr, als heizte das ihrem Körper noch mal ein. Sie dachte, sie müsste verrückt werden. Da sich niemand außer ihr in den Duschen befand, legte sie die rechte Hand an ihre Muschi und die linke an ihre linke Brust. Sobald zwei von Gretas Fingern zwischen ihre Schamlippen tauchten, stöhnte sie. Gott, tat das gut ... sie schloss die Augen, den Kopf in den Duschregen haltend, und seufzte.

»Lass mich das machen ...«, hörte sie Patrick sagen.

Sie riss die Augen auf und drehte sich um. Kaum hatte sie ihn hinter sich erblickt, fühlte sie auch schon, wie sich seine Hände um ihre Brüste legten und sein harter Schwanz sich an ihren Hintern presste. Als er ihre Nippel zwirbelte und zusammenpresste, stöhnte sie und drückte ihren Hintern fester an ihn.

»Ich bin so was von geil auf dich ...«, flüsterte er in ihr Ohr. »Ich kann mich nicht beherrschen ...«

Damit packte er ihren Hintern, drückte Gretas Körper leicht nach vorn, und presste seinen harten Schwanz in ihre Möse. Greta wollte protestieren, denn wenn Sylvia jetzt kam, dann war Holland in Not! Doch sie wollte nicht vernünftig sein, wollte nicht für ihn denken müssen, sie wollte nur das Eine ... endlich gefickt werden! Sein Schwanz war schon in ihr verschwunden und entlockte ihr ein tiefes Stöhnen. Sie legte ihre Hände auf seine Hände, die noch immer ihre Hüften hielten. Das schien für ihn ihr Ja zu sein und er stieß zu – und wie! Sein Schwanz hämmerte in sie rein. Jeder Stoß ließ bei beiden ein unterdrücktes Stöhnen hören. Gretas Brüste wippten im Takt, das Wasser prasselte auf ihren Rücken, wobei Patrick so geistesgegenwärtig war und es etwas wärmer stellte. Sein Schwanz fügte sich perfekt in ihre Möse. Durch ihrer beider Geilheit waren sie so extrem angeheizt, dass Greta schon nach nur wenigen Sekunden ihren Orgasmus nahen spürte. »Oh Gott, ich komm gleich ...«, stöhnte sie leise.

»Macht nichts, ich auch ...«, keuchte er.

Nichts und niemand hätte Greta jetzt mehr aufhalten können, nicht mal die hysterisch, ungläubige Stimme Sylvias, die tatsächlich real war und in die Duschen kreischte: »Paddy! Bist du von allen guten Geistern verlassen! Was machst du da?!«

»Geh weg!«, keuchte Patrick.

»Was?!«, rief sie ungläubig.

»Hau ab, ich ficke gerade!«

Und dann kam es Greta. Sie stöhnte ihre Lust heraus, presste die Augen zusammen, fühlte nur diesen in sie stoßenden, harten Knüppel in sich, wie er sie in den siebten Himmel katapultierte und ihren Orgasmus zu einer wahren Freudenquelle werden ließ. Ihre Hände klammerten sich an der Armatur der Dusche fest, während es in ihrem Schoß zuckte, in ihrem Bauch ein Feuerwerk der Gefühle tobte und in ihrem Kopf nur Glück und Befreiung herrschten. Wie aus weiter Ferne hörte sie Patrick stöhnen, spürte, wie seine Finger sich in ihre Hüften gruben und er ihr noch acht sehr harte knappe Stöße verpasste, dann verkrampfte er sich, presste seinen Unterleib an ihren und brüllte seine angestaute Lust heraus.

Das Wasser rauschte über ihre beiden Körper, leise und beständig. Es führte das Leben weiter, wo Greta glaubte, es hatte kurz für diesen unglaublich lustvollen Moment aufgehört.

Patrick bewegte sich als Erster. Er trat einen kleinen Schritt von ihr weg und zog damit seinen halbsteifen Schwanz aus ihr. Greta öffnete die Augen, sah sich zu ihm um. Er begegnete ihrem Blick und lächelte.

»Danke!«, sagte er.

Greta lächelte ebenfalls. »Du brauchst dich nicht zu bedanken. Du hast mir das Leben gerettet.«

Er lachte auf. »Dann waren wir beide in Not.«

Er beugte sich vor und gab ihr einen Kuss, der wohl kurz sein sollte, doch er ließ nicht von ihr ab. Ihre Zungen umschlangen sich, liebkosten sich. Schließlich zog Patrick Greta in den Arm. Ihre Brüste pressten sich gegen seinen festen Brustkorb, sein Schwanz an ihren Bauch. Er wurde wieder hart.

»Kann das jetzt endlich mal aufhören?!«, schrie Sylvia in die Dusche rein.

Patrick und Greta lösten sich voneinander. Beide sahen wie in Trance zu der wütenden nackten, hübschen Frau.

»Nein, das geht nicht mehr«, sagte Patrick.

Sylvia ging auf ihn zu. »Was soll das?! Ich möchte mit dir

reden, und zwar sofort, und zwar unter vier Augen.« Sie zog an seinem Unterarm.

»Hey, vergiss es. Wir reden hier, oder gar nicht.«

»Wie bitte?«

»Fakt ist: Ich will nicht mehr mit dir reden. Ich habe schon viel zu lange mit dir geredet. Das ist jetzt vorbei. Ich habe jetzt jemand anderem zum Reden.« Er grinste Greta zu. »Und zum Glück muss ich mit ihr *nicht* so viel reden.«

Fassungslos blickte sie von ihrem Ex-Freund zu Greta und wieder zurück. »Was? Soll das etwa heißen, dass ... dass du unsere Beziehung beendest?«

»Welche Beziehung? Dich hat doch nichts zu mir gezogen. Es gab überhaupt keinen Bezug zwischen dir und mir. Und ja, es ist vorbei!«

Entsetzt starrte sie Patrick an, dann Greta. »Mit diesem Mops willst du glücklich werden?«

Greta sollte egal sein, was Sylvia sagte, diese war ja zutiefst gekränkt, doch das Wort Mops traf sie trotzdem.

»Du wirst es nicht glauben, aber den Mops und mich verbindet jetzt schon mehr, als wir beide jemals hatten.«

Mit einem Ruck drehte sich die blonde Schönheit um und verließ die Duschen, wobei sie sich ein »Ach, bleibt doch, wo der Pfeffer wächst!« nicht verkneifen konnte.

***

Ein leichtes Kitzeln am Ohr ließ Greta aufwachen. Sie räkelte und streckte sich auf ihrem Bett, drehte den Kopf zur Seite. Dort lag Patrick und lächelte sie an. »Guten Morgen«, sagte er.

Eine Welle des Glücks durchfuhr Greta und sie lächelte beseelt zurück. Sie konnte noch immer nicht glauben, was passiert war. Dieser Traumtyp lag nun neben *ihr*. Seine Beziehung mit Sylvia war beendet, und zwar ihretwegen. Oder würde er es sich doch wieder anders überlegen, nachdem er eine Nacht darüber geschlafen hatte? Hatte er auch heute noch Lust auf Greta? Und was hatten sie beide? Nur Sex? Oder wollte er eine Beziehung zu ihr?

Als sie gestern den Flur des Hotels entlanggegangen waren, wollte er kurz seine Sachen aus seinem Zimmer holen, doch das war nicht nötig gewesen. Sylvia hatte alles von ihm in den Hotelflur geworfen – anscheinend im hohen Bogen, denn sämtliche Sachen lagen auf der anderen Seite des Flurs an der Wand. Er hatte alles rasch eingesammelt und sie waren in Gretas Zimmer verschwunden. Dort hatten sie noch eine hammergeile Nummer geschoben. Greta wurde ganz heiß, als sie daran dachte. Doch was war heute? Prüfend sah sie ihn an.

»Und, was geht dir in deinem hübschen Köpfchen herum?«, fragte Patrick.

»Warum?«

»Weil du aussiehst, als wäre ich ein Geist und du müsstest gleich ans Ende der Welt vor mir flüchten.«

Greta lachte auf. »Oh nein ... ich dachte nur ... also gestern ...«

»Jaaaaa?«, fragte er gedehnt nach, wobei seine Stimme beim letzten A in die Höhe ging.

Greta musste grinsen. Dann suchte sie nach Worten. »Es kann ja sein, dass du heute nicht mehr so denkst, wie gestern.«

Er seufzte und ließ sich mit dem Hinterkopf ins Kissen sinken. »Ach, Greta, meine Süße, nein, das denke ich nicht. Ich habe einen richtigen Schritt getan, den ich nach wie vor nicht bereue. Ich mag dich, finde dich geil ... und, ich würde dich gern mal richtig kennenlernen. Also, vorausgesetzt, du willst das auch.«

Erleichterung machte sich in Greta breit, dann nickte sie. »Ja, das würd ich auch gern.«

Sein Kopf kam zu ihr, seine Lippen pressten sich auf ihren Mund. Sein Körper schob sich auf ihren. Leicht glitt seine

Zunge über ihre Oberlippe, dann fuhr sie weiter über ihr Kinn, ihren Hals, leckte an ihrer Kehle, was Greta einen Schauer über den Rücken jagte. Dann steuerte seine Zunge auf ihr Brustbein zu und leckte die Mitte, während seine Finger mit ihren Nippeln spielten und sie hart werden ließen. Er hörte nicht auf, sie in der Mitte ihrer Brüste zu lecken. Erst fand sie das etwas sonderbar, doch dann kam die Erkenntnis.

»Ich weiß, was du vorhast«, raunte sie.

Er blickte hoch und sah sie mit einem Grinsen an. »Ach ja? Was denn?«

Sie schob ihn von sich und stand auf.

»Greta ... wo willst du hin? Wir müssen das nicht tun, war nur eine blöde Idee von mir.«

Sie ließ sich nicht beirren und ging ins Bad. Als sie wiederkam, saß Patrick sehr unglücklich auf dem Bett. Er wollte gerade zu einer Entschuldigung ansetzen, als Greta ihm das Wort mit einer Geste abschnitt. Sie legte den Zeigefinger auf ihre Lippen.

Dann sagte sie: »Für das, was du vorhast, ist es besser, wenn wir Gleitgel nehmen.«

Seine Gesichtszüge entspannten sich. »Ein Glück. Ich wollte dich wirklich nicht verschrecken. Ich hätte auch vollstes Verständnis, wenn du das nicht willst.«

»Unsinn! Mich macht das mindestens so geil wie dich!«

»Du bist ein echtes Weltwunder!«

Greta lachte, legte sich aufs Bett und befeuchtete die Haut zwischen ihren Brüsten. Sie sah, wie Patrick Hand an sich legte, denn durch seine Befürchtungen war sein Schwanz kleiner geworden. Er rieb ihn langsam und Greta sah, wie er dazu seine Hand fest zusammenpresste. Es machte sie unglaublich scharf zu sehen, wie seine Schwanzspitze sich bei jedem Reiben nach vorn drückte. Lustsaft lief aus ihrer Möse.

»Komm her«, keuchte sie, »ich mache weiter …«

Er hockte sich mit gespreizten Beinen unterhalb ihres Brustkorbs über sie und legte seinen halbsteifen Schwanz zwischen ihre Brüste. Greta wischte ihre Hände an seinem Rücken ab, was beide kurz zum Schmunzeln brachte. Dann drückte sie ihre Brüste zusammen und nahm somit seinen Schwanz in die Mangel. Ein Stöhnen entfuhr ihm, als er seinen Schwanz nach vorn stieß. Sein Atem ging schwer, als er sich langsam zwischen ihren Brüsten bewegte. Greta legte ihren Kopf so tief wie möglich auf ihre Brust und öffnete den Mund. Sie wollte unbedingt, dass er zusätzlich in ihren Mund glitt. Nur durch den Anblick entlockte sie Patrick ein Stöhnen. Kurz schob er sich in ihren Mund. Das war aber ein bisschen zu umständlich. Deswegen streckte sie ihre Zunge raus und leckte bei jedem Stoß nach vorn über seine Eichel. Patricks Schwanz wurde immer härter, seine Lust hatte zugenommen, denn er stieß nun schneller, glitt rasanter durch ihre Brüste, deren Nippel steil nach oben standen. Die Reibung an ihren Nippeln ließ auch ihre Lust nicht unberührt. Nässe sickerte aus ihrer Möse. Greta spürte, wie die Geilheit wieder in ihr hochkochte. Sie konnte nicht anders und bewegte ihren Unterleib, als wenn Patrick mit seinem Schwanz nicht zwischen ihren Brüsten rieb, sondern in ihrer nassen Möse. Er fing an zu keuchen. Greta schmeckte das Salz seines Lusttropfens. Er rieb sich immer schneller.

»Kann ich es durchziehen?«, fragte er keuchend.

»Ja, Baby, fick meine Titten!«

Dann kam er. Er spritzte seine Ladung Sperma in ihren geöffneten Mund, auf ihr Gesicht und ihre Brust. Sein Stöhnen erfüllte den Raum. Er sah seinen Schwanz spritzen, dann legte er den Kopf in den Nacken und genoss die letzten Schübe mit geschlossenen Augen.

Greta gab ihm die Zeit, die er brauchte. Doch sie war angeheizt und befürchtete, dass er nicht mehr die Kraft haben würde, sie zum ersehnten Orgasmus zu bringen. Wie auch, sein Schwanz verkleinerte sich nach getaner Arbeit. Patrick schlug die Augen auf, besah sich seinen »Vulkanausbruch«, stieg von Greta, holte ein Handtuch und wischte sie einfach sauber und trocken.

»Das war hammergeil!«, raunte er ihr zu.

»Ja, das war es«, stimmte sie zu.

»Jetzt bist du dran.«

»Aber wie? Du brauchst doch ...« Greta zog scharf die Luft ein, als sie seine Zunge zwischen ihren Beinen spürte. »Du musst nicht ... Ich meine ...« Er nahm ihr die Kraft zum Sprechen.

Seine Zunge kreiste über ihrer harten Klitoris und entlockte ihr ein lautes Stöhnen. Dann saugte er sie in den Mund. Oh Shit, das hatte er echt drauf, dachte Greta, und stöhnte erneut. Sie war sich bewusst, dass sie in einem Hotel waren, aber sie konnte nicht leiser sein. Seine Zunge glitt elegant durch ihre Schamlippen, dann drückte sie sich in ihr nasses Loch und fickte sie. Greta krallte sich an seinen Haaren fest, stöhnte, presste ihm ihr Becken ins Gesicht. War das geil! Er fickte sie mit der Zunge. Greta wollte nicht undankbar sein, aber es wäre noch geiler, wenn sie dicker und größer gewesen wäre. Er hörte auf. Sie blickte an sich runter.

»Was ist?«, fragte sie erschrocken.

»Reicht dir meine Zunge nicht?«

»Äh ... doch ... doch ... es ist geil ...«

»Aber zu wenig für dich unersättliches Luder, was?«

Greta schoss die Schamesröte ins Gesicht.

»Dachte ich mir. Deswegen gebe ich dir etwas mehr.« Er schwang sich zu ihr aufs Bett und schob ihr mit einem Ruck seinen wieder harten Schwanz in die Möse. Greta schrie auf. Damit hatte sie nicht gerechnet. Die Lust raste durch ihren Körper. Ja, das hatte sie gebraucht! Seine Stöße ließen nicht lange auf sich warten. Patrick schien über unerschöpfliche Kräfte zu verfügen. Doch viel brauchte sie davon nicht, denn sie merkte, wie der Orgasmus bereits heranrollte.

»Oh Gott ...«, schrie sie, als Patrick sie mit Schwung und schnellten Stößen malträtierte, und der Orgasmus durch ihren Unterleib sprudelte. Sie schloss die Augen, hielt sich an ihm fest, stöhnte und schrie abwechselnd. Da sie die totale Kontrolle über sich und ihren Körper verloren hatte, sorgte Patrick dafür, dass sie nicht aus dem Hotel geworfen wurden und verschloss während ihres Höhepunktes ihren Mund mit seinem.

Etliche Minuten später ließ er von ihr ab und legte sich auf ihren ermatteten Körper.

»Bist du auch noch mal gekommen?«, fragte sie leise.

Er nickte an ihrem Hals.

Sie schloss ihn in die Arme und war glücklich. Was für ein geiles Wellnesswochenende. Sie hatte mit vielen Anwendungen und viel Entspannung gerechnet, nicht aber mit Anwendungen und Entspannungen dieser Art und Weise ...

»SexGedanken«
von Trinity Taylor
Die Internet-Story
MIT DEM GUTSCHEIN-CODE
TT8TBHEQR
ERHALTEN SIE AUF
WWW.BLUE-PANTHER-BOOKS.DE
DIESE EXKLUSIVE ZUSATZGESCHICHTE ALS E-BOOK
IN DEN FORMATEN PDF, E-PUB UND KINDLE.
REGISTRIEREN SIE SICH EINFACH ONLINE ODER
SCHICKEN SIE UNS DIE BEILIEGENDE
POSTKARTE AUSGEFÜLLT ZURÜCK!

Weitere erotische Geschichten:

Trinity Taylor
Ich will Dich ganz & gar

Lassen Sie sich von der Wollust mitreißen und fühlen Sie das Verlangen der neuen erotischen Geschichten:

Gefesselt auf dem Rücksitz,
auf der Party im Hinterzimmer,
»ferngesteuert« vom neuen Kollegen
oder in der Kunstausstellung ...

Lucy Palmer
Mach mich scharf!

Begeben Sie sich auf eine sinnliche Reise voller erotischer Begegnungen, sexuellem Verlangen und ungeahnter Sehnsüchte ...

Ob mit dem Chef im SM-Studio,
heimlich mit einem Vampir,
mit zwei Studenten auf der Dachterrasse oder
unbewusst mit einem Dämon ...

»Lucy Palmer schreibt einfach super erotische, romantische und lustvolle Geschichten, die sehr viel Lust auf mehr machen.« Trinity Taylor

Allegra Bellmont
SexLovers

Sechs erotische Geschichten voller Sex, Verlangen und Leidenschaft:

Ob mit dem heißen Feuerwehrmann,
dem geheimnisvollen Biker im »Paradies«,
dem Freund des Sohnes am Pool
oder mit der eigenen Stieftochter ...

Lassen Sie sich retten und verführen ...

... »Wo willst du hin?«, wollte Linda wissen.

»Na, zu den Massage-Räumen«, sagte Jason.

»Ohne mich! Ich will jetzt aus diesen Höhlen raus und nicht zu den Massage-Räumen!« Linda blieb stehen.

»Warum nicht?«, fragte Jason und drehte sich zu ihr um.

»Weil ... Diese Höhlen ... irgendwie machen die mir ...«

»Angst?«

Linda stieß die Luft durch die Nase. »Ja.«

»Ach Quatsch. Unsinn. Komm!« Und als Linda sich nicht rührte, fügte er hinzu: »Ich bin ja bei dir.« Beherzt legte er einen Arm um ihre Schultern und zog sie mit sich durch die Gesteine.

»Hier gibt es irgendwo ein riesiges Aquarium«, sagte Linda nach einer Weile.

Jason lachte. »Wir sind selber in einem riesigen Aquarium. Wer weiß, wer uns jetzt gerade zusieht ...«

Darüber konnte Linda nicht lachen. Im Gegenteil. Diese Vorstellung ließ sie erschaudern. Sie wünschte, Bruce wäre hier und es wäre sein beschützender Arm, der um sie lag.

Jason ließ sie einfach los und ging weiter, ohne sich weiter um sie zu kümmern. Etwas hatte seine Aufmerksamkeit erregt. Auf einmal blieb er einfach stehen und Linda rempelte gegen ihn.

Grinsend drehte er sich zu ihr um und sagte: »Hast du es schon mal in so einer Höhle mit jemandem getrieben?«

»Nein! Habe ich auch kein Verlangen nach«, stieß Linda hervor. »Das kannst du mit deiner Freundin machen.«

»Schon, nur ist sie leider nicht da.« Herausfordernd blickte er sie an. Anscheinend nahm er Lindas Blick diesmal ernst, denn er hob beide Hände und sagte: »Schon gut, schon gut ... Friss mich nicht gleich auf! Komm.«

Wieso musste er sie eigentlich die ganze Zeit herumkommandieren? Wirkte sie so hilfsbedürftig?

»Aha ...« Jason war erneut stehengeblieben. Er stieg über ein kleines Absperrband und ging gezielt auf einen Felsen zu.

»Jason, was machst du denn da? Wir dürfen da nicht durch. Hier steht: ›Nur für Personal‹.«

»Ich weiß, das macht das Ganze aber spannend. Hey, guck mal!« Er winkte Linda heran, während er durch eine Felsspalte blickte.

Linda war hin und her gerissen. Eigentlich wollte sie hier raus, ans Tageslicht und zu Bruce. Doch ihre Neugier war auch geweckt. Was sah Jason dort? Mit einem Seufzer stieg sie ebenfalls über das Absperrband und ging zu ihm. Er stand etwas gebückt und machte ihr nun Platz. Sanft schob er sie vor den Spalt. Linda blickte hindurch und sah, wie der Rücken einer Frau von einem Mann massiert wurde. Sie lag auf einer Massageliege, sanfte Klänge erfüllten den Raum, süßlicher Duft stieg Linda in die Nase. Das war nichts Besonderes. So sah es nun mal bei einem Masseur aus. Doch ihr fiel auf, dass die Frau kein Handtuch über ihrem Po liegen hatte, denn das war normalerweise üblich. Außerdem hatte Linda das Gefühl, dass die Beine der Frau mehr gespreizt waren, als unbedingt nötig.

»Ist es angenehm?«, fragte der Masseur so leise, dass Linda ihn kaum verstand.

»Ja, sehr«, sagte die Frau. »Es könnte noch angenehmer sein.«

»Das ist kein Problem für mich.« Der Masseur glitt mit

seinen knetenden Händen tiefer auf ihren Po zu und walkte ihn ordentlich durch. Die Frau fing an zu stöhnen.

»Was machen sie?«, fragte Jason.

Linda fuhr leicht zusammen und ließ ihn durch den Spalt gucken. Sie sah ihn grinsen, als er entdeckte, was sie bereits gesehen hatte. »Oh la la ...«, raunte er. »Da hatte ich ja den richtigen Riecher.« Dann erhob er sich und schob Linda wieder vor den Spalt.

Sie blickte hindurch und ihr blieb fast das Herz stehen, als sie sah, wie der Masseur seine rechte Hand zwischen die Beine der Frau gleiten ließ und dort kräftig massierte. Sie begleitete seine Aktivität mit einem lauten Stöhnen. Linda fuhr die Lust durch den Körper und zeitgleich spürte sie Jasons Hand an ihrem Hintern. Er strich ihr langsam über die Pobacken und massierte sie fast genauso wie der Masseur. Sollte sie das etwa zulassen? Während sie sah, wie die Hand des Masseurs tiefer zwischen den Schenkeln der Frau verschwand, nahm Linda wahr, wie ihr das Höschen runtergezogen wurde. Das war zu viel. Sie gab die leicht vornübergebeugte Haltung auf und drehte sich um. »Jason!«, zischte sie.

»Stell dich nicht so an, guck da weiter durch! Nun genieße doch endlich mal den Augenblick, ohne ständig deinen Kopf sich einmischen zu lassen.« Damit drückte Jason sie ein Stück nach unten, sodass sie wieder durch den Spalt sehen konnte. Die Lust in ihrem Körper kämpfte mit ihrem Verstand. Doch als sie sah, wie sich der Masseur nun zu der Frau hinabbeugte und seinen Mund zwischen ihre Pobacken presse und sich dort bewegte, war es um Linda geschehen. Sie wollte auch ... Und kaum hatte sie den Gedanken zu Ende gedacht, spürte sie auch schon Jasons Finger an ihrer Spalte. Sie befühlten Linda. Dann hörten sie auf. Zig Gedanken schossen Linda durch den Kopf. Was war los? War sie nicht feucht genug? Doch es gab diese

Unterbrechung nur, damit Jason ihre Beine weiter auseinander-schieben konnte. Sie folgte seinem Drängen. Und kaum stand sie breitbeinig in gebückter Haltung, spürte sie etwas Nasses. Sofort blickte sie nach unten und ihr Herz blieb fast stehen, aber nur, um augenblicklich weiterzugaloppieren. Jason hatte sich zwischen ihre Beine gehockt und seinen Mund auf ihre Mitte gepresst. Er schob seine Zunge zwischen ihre Schamlippen. Gott, hatte sie sich das gewünscht! Und es war genauso geil, wie sie es sich erhofft hatte ... Er leckte sie schnell, ungestüm und leidenschaftlich. Seine Zunge war unglaublich! Seine Hände hielten sich an ihren Oberschenkeln fest, während seine Zunge ihre Spalte der Länge nach erkundete und schließlich mit Kraft in sie eindrang. Linda stöhnte. Und sie hörte, wie die Frau auf der Massageliege stöhnte. Kurz sah sie hin und glaubte, sich dort zu sehen, denn mit ihr passierte genau das Gleiche. Der Masseur leckte seine Kundin ausgiebig, genau wie Jason bei ihr. Er war unglaublich gut. Er war ein Heißsporn und lustgierig. Seine Zunge stieß immer wieder in sie und Linda spürte die Orgasmuswelle in sich aufsteigen. Dann zog er seine Zunge aus ihr heraus und flatterte über ihre Klitoris, fest und erbarmungs-los. »Oh Gott ...«, wimmerte Linda. Noch ein paar Sekunden mehr und sie würde unter Jasons Zunge kommen. »Oh Gott, Jason, bitte hör auf ...«, versuchte Linda es, und seine Antwort: »Niemals! Ich lecke dich, bis du schreist«, ließ sie kommen. Laut stöhnte sie auf, krallte sich in seine Haare. Ihr Unterleib zog sich zusammen, es war eine unglaubliche Lustwelle, die sie gefangen hielt. Dann endlich ebbte sie nach und nach ab. Linda öffnete ihre Augen. Jason stand schon wieder vor ihr und grinste sie an. »Wow, du gehst ja echt ab, Baby.«

Linda kam zu keiner Antwort, denn sie wurden jäh von einem »He, was machen Sie da?! Das ist verboten!« unterbro-chen. Es war der Masseur.

Schnell zog Linda ihr Bikinihöschen wieder hoch und hörte, wie Jason cool sagte: »Schon gut, schon gut. Das, was ihr da macht, ist ja auch nicht gerade erlaubt. Wir haben uns nur ein bisschen eingeklinkt.« Lässig ging Jason mit Linda durch die Höhlen zurück.

Sie schwiegen. Linda hatte nur unterschwellig ein mulmiges Gefühl in den Höhlen, oberhalb blieben ihre Gedanken über das, was sie gerade mit sich hatte machen lassen. Sie war eine erwachsene Frau und hatte sich von einem Jungen lecken lassen, noch dazu von dem Freund ihrer Tochter! Das durfte nicht sein, das musste aufhören! Sie ließ Jasons Hand los.

Sofort blickte er zu ihr. »Was ist?«

»Jason, wir dürfen das nicht ...«

Er blieb stehen und legte den Kopf schief. »Du schuldest mir etwas!«

Erschrocken sah sie ihn an. »Was denn?«

Er lachte. »Na, mindestens einen Blow-Job!«

Linda blieb fast das Herz stehen. Sie sollte ihm einen blasen? Die Vorstellung, seinen jungen, glatten Schwanz in den Mund zu nehmen und sein immer so cooles, überlegenes Gesicht entgleisen zu sehen, nur durch ihren Mund, ließ sie wieder feucht werden.

»Das war nicht so abgemacht. Ich hatte dich nicht um das gebeten, was du da gerade getan hast, im Gegenteil! Außerdem ...«

»Ja, ja, ja ... Schon gut. Bleib locker, Baby. Ich weiß, dass du es auch willst, aber dich nicht traust – sonst würdest du hier nicht so ein Fass aufmachen.«

Die Hände in die Hüften gestemmt, wollte sie protestieren, doch er lachte nur und sagte: »Es ist noch zu früh für dich. Du bist einfach sehr unlocker. Aber es wird noch der richtige Zeitpunkt kommen, wo wir beide vögeln bis der Arzt kommt!«

»Du spinnst!«

»Nein, tue ich nicht.« Jason wurde ernst und trat dicht vor Linda. »Du bist zwar ein paar Jahre älter als ich ...«

»... achtzehn Jahre!«

»Von mir aus ... aber du bist eine tolle Frau. Ich finde dich attraktiv und begehrenswert. Ich hätte richtig Bock, dich jeden Tag durchzuficken!«

Linda stieß ihn mit beiden Händen zur Seite. »Du hast sie ja nicht alle!« Auf der einen Seite sagte Jason Dinge, die ihr gut taten, die sie sonst nie hörte – sie fragte sich, ob sie sie je in ihrem Leben gehört hatte – und auf der anderen Seite wirkte er noch jung. Aber genau das war er: ein Junge auf dem Weg zum Mann. Sie konnte das, was er sagte, dachte und tat, einfach nicht für bare Münze nehmen. Allerdings sollte sie sich auch so langsam mal fragen, was sie wollte ... Wollte sie das mitnehmen, diesen Jungen mit seinem Sexappeal, oder sich lieber von einem reifen Mann mit genug Erfahrung verführen lassen? Bruce ..., dachte sie sofort. Doch Bruce ging nicht so richtig ran. Nicht so wie Jason. Jason war unerschrocken und mutig, und Bruce ... bei ihm wirkte es so, als wollte er ihr nur behilflich sein, nicht mehr. Hatte Bruce Interesse an ihr? Hatte sie Interesse an ihm? Sie kannten sich beide nicht. Vielleicht war er mit einer Frau hier ... Aber dann hätte er beim Frühstück nicht allein bei ihnen gesessen, oder?

»Hey, was ist?«, holte Jason sie in die Gegenwart zurück.

LESEPROBE:
PAULE CRANFORD
VÖGELLAUNE

Auszug aus der Kurzgeschichte:
„Nächtlicher Besuch"
… Einer der Einbrecher trat einen Schritt zurück, um sie besser betrachten zu können. Dann nickte er zufrieden und sagte: »Sehr gut!« Unsanft stieß er sie zurück aufs Bett, drehte sie sofort auf den Bauch und presste ihr Gesicht in das Kissen.

Mit klopfendem Herzen hörte Jennifer, wie eine Schublade aufgezogen wurde. Würden sie DAS auch finden? Für einen Moment lang war es ganz still, dann nahm sie ein leichtes metallenes Klicken wahr. Ja, sie hatten ES gefunden und ihre Handgelenke glitten ganz einfach dort hinein: in die eisernen Fesseln. Ihre Fußgelenke ließen sich ohne zu zögern einfangen und ein paar Augenblicke später waren ihre Arme und Beine gespreizt und an das kalte Bettgestell gefesselt.

Handschuhhände hoben ihre Hüfte an. Mit jedem Finger einzeln strich jemand um die Knöpfe des Latexunterteils und riss es mit einem Ruck auf. Als Jennifer den leichten Windzug zwischen ihren Schenkeln spürte, schaltete ihr Körper um: von Angst auf Lust – und sie konnte nichts dagegen tun … Auch nicht gegen die wohligen Schauer, die durch ihren Körper liefen und eine befriedigende Mischung aus Furcht und Geilheit bildeten.

Jennifer rüttelte ein wenig an den Fesseln, aber kaum mehr an Bewegung war noch möglich. Sie war gefangen und dem fremdem Willen der Männer völlig ausgeliefert.

Die Einbrecher zogen die Handschuhe nicht aus, bevor sie ihr Opfer berührten. Es schien, als wollten sie Jennifer nicht direkt anfassen. Keine Haut-zu-Haut-Berührung zulassen, oder sie taten es aus dem Grund, um keinerlei Fingerabdrücke zu hinterlassen.

Die ledernen Finger pressten sich in den offenen Schlitz ihres Dessous, schoben sich weiter bis in ihre Möse rein. Überall fühlte sie Finger, die sie aufbrachen, einen klaffenden Spalt daraus machten, der wie eine fleischfressende Pflanze darauf wartete, die lohnende Beute mit unwiderstehlicher Nässe anzulocken und zu verspeisen. Mit Daumen und Zeigefinger rieben sie ihre Schamlippen so lange hart, bis überschäumende Nässe aus der Tiefe ihres Unterleibes hervorschoss. Eine Hand öffnete ihren Hintern, strich hart und unnachgiebig um ihren Anus herum. Und es dauerte nicht lange, bis auch der besiegt war.

Jennifer presste ihr glühendes Gesicht in das Kissen. Sie schämte sich dafür, dass ihr diese Typen solche Lust bereiten konnten. Typen, die eigentlich nur gekommen waren, um ihren Schmuck zu stehlen.

Soweit es ihr in der engen Fesselung möglich war, schob sie ihren Unterleib heraus, hoffte, lederne Finger würden auch nach ihrem Kitzler greifen.

Tatsächlich klammerten sich auf einmal zwei oder drei Finger um ihren Kitzler, zogen daran, in kleinen sanften Zügen, und erzeugten in ihr rasant anschwellende Erregung. Aus dem noch zurückhaltenden Wimmern wurde ein sehnsüchtiges Seufzen, das bald in wollüstiges Stöhnen umschlug. Sie hörte Lachen zwischen ihren Lauten und wusste, sie erniedrigte sich vollkommen vor den fremden Männern. Sie gab sich gerade vollständig preis. Ihr Kitzler fing an zu schmerzen und unter dem stetigen Druck der Finger konnte sie ihre Nässe fühlen, die sich aus ihrem Unterleib löste. Dieser Orgasmus würde berauschend sein, sie konnte ihn kaum noch erwarten. Doch bevor sie sich gehen lassen durfte, hörten die Finger ganz plötzlich auf, sie zu berühren.

»Was willst du von uns, du kleine Schlampe?« Die Stimme vibrierte verheißungsvoll und unheilvoll. »Sag schon, was sollen wir jetzt mit dir machen?«

Jennifer brauchte ein bisschen Zeit, aber dann waren ihre Worte unmissverständlich und sie flüsterte beschämt, was sie sich wünschte.

»Wir sollen was mit dir machen? Geht das auch ein bisschen lauter?«

Sie musste es noch zwei Mal wiederholen, bis die Männer sich entschieden, es zu verstehen. Sie ließen Jennifer in dem Glauben, sie müssten darüber nachdenken, was sie von ihnen wollte, bis endlich einer seinen Kopf zwischen ihre Schenkel steckte und anfing, worum sie förmlich gebettelt hatte. Als die männlichen Lippen auf ihre Haut trafen, krümmte Jennifer sich zusammen. Eine männliche Zunge schraubte sich in sie und vergaß dabei nicht, an ihrem pulsierenden Kitzler zu lutschen. Jennifer schämte sich kein bisschen für ihre Lust, sie konnte auch nicht mehr denken, war wie berauscht. Ihre Sinne wären am liebsten übergeschnappt. Die Fesseln verhinderten, dass sich ihr Körper losreißen konnte. Und da Jennifer kein Ventil für ihre Geilheit hatte, biss sie stöhnend und schreiend in das Kissen, während die Zunge sie bearbeitete.

Jennifer fühlte Zungen und Lippen, überall da, wo sie am geilsten war. Sie bäumte sich auf, den Lippen und Zungen entgegen, um bloß nichts zu verpassen. Die obszönen Leck- und Lutschgeräusche vermischten sich mit ihrem gurgelnden Keuchen und Stöhnen. Hautstück für Hautstück schoben sich lederumhüllte Finger zwischen ihre Pobacken, zogen die beiden festen Hälften energisch auseinander und schoben sich vorwärts. Die obszönen Geräusche hörten nicht auf, sondern verstärkten sich noch. Jennifers Orgasmen schossen wie kleine sprudelnde Fontänen aus der Tiefe ihres Unterleibes hervor, spritzten höher und höher. Ihre Gier konnte nicht mehr größer geleckt werden. Als Nässe nur so aus ihrem Körper lief, schob sich ein Schwanz von hinten langsam über ihre gespreizten Schenkel nach oben. Wie im Zeitlupentempo fühlte sie das jetzt. Die schabenden Laute des harten Schwanzes auf ihrer heißen Haut fügten sich in die restlichen Geräusche ein und trugen ihren Teil dazu bei, sie in einen orgiastischen Rausch zu versetzen.

Es war nicht nur diese unrealistische Situation, in der sie sich befand, es waren die männlichen Einbrecher, die so genial befriedigten. Hinzu kam diese Machtlosigkeit, sich nicht wehren zu können. Das Ausgeliefertsein an Fremde, die nachts unerlaubt in ihr Schlafzimmer eingedrungen waren, die Masken und Handschuhe trugen, und sich nahmen, was sie wollten.

Jennifer konnte nichts dagegen tun. Sie war ihren Trieben ausgeliefert.

Der erste Stoß tat weh. Sie zuckte zusammen. Sie war offen genug, nass genug und trotzdem rieb sich dieses Geschlechtsteil schmerzhaft an den Innenwänden ihrer Möse. Es war nicht nur lang, sondern auch groß. Sie versuchte, tief ein- und auszuatmen, zu entspannen, aber es dauerte einige Stöße lang, bis es nicht mehr so sehr wehtat. Als sie diesen schmalen Grad von Schmerz zu Lust überwunden hatte, brach etwas in ihrem Unterleib auf und produzierte auf einmal sprudelnde Freude.

Während sie kraftvoll und ausdauernd gevögelt wurde, beugte der eine Mann sich ganz weit über sie und biss ihr in den ungeschützten Nacken. Gerade, als sie sich auf den ansteigenden Höhepunkt einlassen wollte, zog sich der Stimulator aus ihr heraus, um heftig und geräuschvoll auf ihren Hintern zu spritzen. Noch bevor sie darüber enttäuscht sein konnte, stieß sich das andere Glied in sie, und dieses Mal gab es eine

222

Steigerung zu dem Mal davor.

Jennifers Körper wurde unter der Kraft der Bewegungen in ihrem Unterleib hochgestoßen. Hitzewellen schossen kreuz und quer durch ihren Körper. Sie schaffte es, sich trotz seines Körpergewichts und der Fesseln hochzustemmen. Nicht, um ihn abzuschütteln, sondern weil sie sich bewegen musste. Wie konnte sie ruhig unter einem solch massiven Beschuss Geilheit bleiben? Seine Arme griffen nach ihren und drückten sie wieder zurück. Er war stark. Sie hatte keine Chance und musste liegen bleiben, ihre Ekstase unbeweglich aushalten.

Jennifer beschimpfte beide Männer. Doch sie hörte nur Lachen als Antwort darauf. Sie bat um ein bisschen mehr Gnade, aber als die Stöße weniger wurden und schließlich komplett aufhörten, da flehte sie darum, weitergefickt zu werden.

Obwohl sie die Kraft dieser Stöße nun kannte, war sie nicht auf die Wucht vorbereitet, mit der einer der Männer sie jetzt bearbeitete. Mit welcher Rücksichtslosigkeit er sie zum Abschluss noch einmal nahm. Am liebsten hätte sie sich die Fesseln runtergerissen und dem Spiel ein Ende gesetzt. Aber nur ihr Kopf dachte so und schrie NEIN, ihr Körper dagegen schrie JA! Ihr Körper gewann. Und so biss sie die Zähne zusammen, hoffte, dieser letzte Schmerz würde sich auch in Lust verwandeln. Das tat er. Und sie fühlte, wie sie plötzlich innerlich lichterloh brannte, die Lust in ihrem Körper aufstieg und aus ihr herausbrach. Sie schrie ihre Ekstase ins Kissen, verkrallte sich in den Fesseln. Ihr Körper zuckte und wand sich.

Während sie ihrem Orgasmus ausgeliefert war, fing sein Glied tief in ihr an zu vibrieren und augenblicklich zog er sich aus ihr heraus. Mit einem heftigen Ruck und einem triumphierenden Schrei presste er sich auf sie. Sie konnte hören, riechen und fühlen, wie er auf dem Höhepunkt aller Lust angekommen war und sich auf ihr verspritzte.

Ihr Körper fühlte sich leicht an, als er sich erhob. Jetzt konnte sie endlich entspannen und genießen.

Die Männer verloren keine Zeit. Jennifer lauschte ihren Bewegungen. Sie bekam Angst, die Einbrecher würden sie nicht losbinden, vergessen, die Fesseln zu öffnen – vielleicht sogar absichtlich. Doch in Sekundenschnelle war sie erlöst von den harten Griffen. Jennifer wagte es, den Kopf zur Seite zu drehen. Die Augen der Männer waren weit geöffnet. Die dunklen Pupillen riesig hinter den Schlitzen der Masken.

Sie robbte zum Kopfteil ihres Bettes, rieb sich die brennenden Handgelenke und presste ihre wunden Schenkel zusammen. Die Männer sahen sie an. Unschlüssig. Sie zögerten wegen irgendetwas. Dann zog der eine den Beutel mit ihrem Schmuck aus der Hosentasche und warf ihn auf ihren schweißbedeckten Bauch. Sie zuckte zusammen.

»Vergiss nicht, die Terrassentür hinter uns zu schließen. Nicht, dass noch Einbrecher kommen ...«

Das dröhnende Lachen klang ihr noch in den Ohren, als die Männer schon längst verschwunden waren.

***

Als Jennifer am nächsten Morgen erwachte, fühlte sie sich wunderbar entspannt, auch wenn sie nicht viel geschlafen hatte.

Im Frühstücksradio wurden die neusten Nachrichten zum Fall der vermummten Einbrecher gebracht. Sie waren in der vergangenen Nacht noch geschnappt worden, frühmorgens am anderen Ende der Stadt, als sie in eine leer stehende Villa einsteigen wollten.

Jennifer lächelte melancholisch. Schade, sie hätte die beiden lieber persönlich kennengelernt, als nur von ihnen zu träumen. Sie streckte sich ausgiebig und stand dann auf.

Auf ihrem Boden vor dem Bett lag ein schwarzer Handschuh ...